# O VERÃO E A CIDADE

## OBRAS DA AUTORA PUBLICADAS PELA RECORD

*Janey Wilcox, alpinista social*
*Quatro louras*
*Quinta Avenida nº 1*
*Os diários de Carrie – vol. 1*
*O verão e a cidade – vol. 2*
*Selva de batom*
*Sex and the city (O sexo e a cidade)*

Candace Bushnell

# O VERÃO E A CIDADE

*Tradução*
Alda Lima

GALERA RECORD
RIO DE JANEIRO • SÃO PAULO
2012

CIP-BRASIL. CATALOGAÇÃO-NA-FONTE
SINDICATO NACIONAL DOS EDITORES DE LIVROS, RJ

B983d
Bushnell, Candace, 1958-
    Os diários de Carrie: o verão e a cidade / Candace Bushnell; tradução de Alda Lima. – Rio de Janeiro: Galera Record, 2012.
    (Os diários de Carrie; 2)

    Tradução de: The Carries diaries: summer and the city
    ISBN 978-85-01-08718-8

    1. Romance americano. I. Lima, Alda II. Título. III. Série.

11-4580                                         CDD: 813
                                                    CDU: 821.111(73)-3

Título original em inglês:
*Summer and the city*

Copyright © Candace Bushnell 2011

Publicado primeiramente no Reino Unido por HarperCollins Children's Books sob o título original de *The Carrie Diaries*.

Todos os direitos reservados.
Proibida a reprodução, no todo ou
em parte, através de quaisquer meios.
Os direitos morais do autor foram assegurados.

Composição de miolo: Abreu's System

Texto revisado segundo o novo Acordo Ortográfico da Língua Portuguesa.

Direitos exclusivos de publicação em língua portuguesa somente para o Brasil adquiridos pela
EDITORA RECORD LTDA.
Rua Argentina 171 – Rio de Janeiro, RJ – 20921-380 – Tel.: 2585-2000
que se reserva a propriedade literária desta tradução.

Impresso no Brasil

ISBN 978-85-01-08718-8

Seja um leitor preferencial Record.
Cadastre-se e receba informações sobre nossos
lançamentos e nossas promoções.

Atendimento e venda direta ao leitor:
mdireto@record.com.br ou (21) 2585-2002

EDITORA AFILIADA

*Para Alyssa e Deirdre*

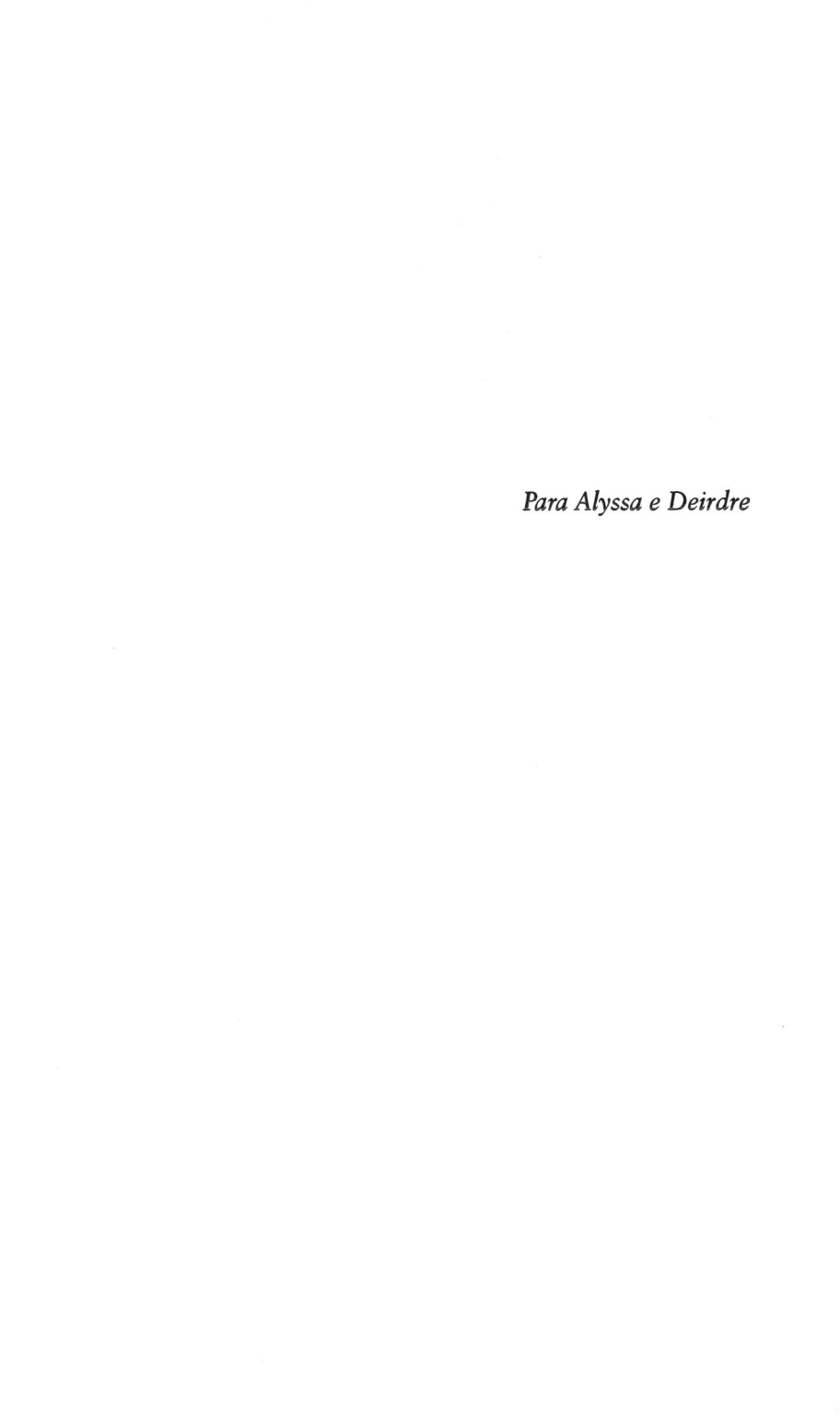

**PARTE UM**

# Sorte de principiante

CAPÍTULO UM

Primeiro Samantha pede que eu procure seu sapato. Quando o encontro dentro da pia, ela me convida para ir a uma festa.
— É melhor você aceitar. Não tem outro lugar para ir e não estou a fim de ficar de babá.
— Não sou um bebê.
— É um passarinho. Tanto faz — continua, ajeitando o sutiã de seda enquanto veste uma roupa de lycra verde —, já conseguiu ser roubada. Se for sequestrada por um cafetão, a culpa não vai ser minha.

Ela se vira para mim e analisa minha roupa: uma jaqueta de gabardine azul-marinho com calças da mesma cor que eu realmente considerava chique algumas horas atrás.
— Você só tem isso?
— Tenho um vestido de festa preto dos anos 1960.
— Use-o então. E coloque estes. — Ela joga para mim uns óculos de aviador dourados. — Farão com que pareça normal.

Não pergunto o que seria normal enquanto ando atrás dela, que descia fazendo barulho os cinco lances de escada até a rua.
— Regra número um — declara, entrando no meio do tráfego. — Sempre aja como se soubesse para onde está indo, mesmo que não saiba.

Ela ergue uma das mãos, e um carro freia de repente.

— Anda logo. — Samantha bate no capô do carro e mostra o dedo médio ao motorista. — E sempre use sapatos com os quais consiga correr.

Saio disparada atrás dela pela pista de obstáculos na 7th Avenue e alcanço o outro lado como uma náufraga recém-chegada a um pedaço de terra.

— E, pelo amor de Deus, essas sandálias tipo anabela. Jogue fora — decreta Samantha, lançando um olhar de nojo na direção dos meus pés.

— Sabia que a primeira sandália anabela foi inventada por Ferragamo para Judy Garland quando ela ainda era jovem?

— Por que saberia uma coisa dessas?

— Sou uma fonte interminável de informações inúteis.

— Então vai se sair bem na festa.

— De quem é a festa mesmo? — grito, tentando ser ouvida em meio ao barulho do trânsito.

— David Ross. O diretor da Broadway.

— Por que ele está dando uma festa às quatro horas da tarde de um domingo? — pergunto, ao desviar de um carrinho de cachorro-quente, de uma cesta de supermercado cheia de cobertores e de uma criança numa coleira.

— É um chá da tarde.

— E vão servir chá? — Não dá para dizer se ela está falando sério mesmo.

Ela ri.

— O que *acha*?

A festa acontece numa escura casa cor-de-rosa ao final de uma rua de pedrinhas. Por uma fresta entre os prédios, consigo ver o rio, turvo e marrom, sob os raios de sol.

— David é muito excêntrico — adverte Samantha, como se excentricidade fosse o tipo de característica que afastasse uma garota recém-chegada do interior. — Alguém levou um pônei à última festa e ele sujou todo o carpete de Aubusson.

Finjo saber o que é um carpete de Aubusson só para descobrir mais sobre o cavalo.

— Como conseguiram colocá-lo lá dentro?

— Táxi! — chama Samantha. — Era um cavalo bem pequeno.

Hesito.

— Acha que seu amigo David vai se importar de estar me levando?

— Se ele não se importou com um pônei, acho que não vai se importar com você. A não ser que seja inconveniente ou entediante.

— Posso até ser entediante, mas nunca inconveniente.

— E essa história de ser de cidade pequena? Esqueça — diz.

— Em Nova York, precisa ser um personagem.

— Um personagem?

— Você mesma, mas melhorada. Floreie um pouco — explica com graciosidade ao pararmos na frente da casa.

A construção tem quatro andares, e a porta azul está aberta sinalizando boas-vindas e revelando uma multidão colorida, rodopiante e agitada como os atores de um espetáculo musical. Meu corpo estremece de animação: aquela porta é minha entrada para outro mundo.

Estamos prestes a entrar quando um homem negro como a noite sai, com uma garrafa de champanhe numa das mãos e um cigarro aceso na outra.

— Samantha! — grita.

— David — devolve Samantha, com sotaque francês.

— E quem é você? — pergunta ele, examinando-me com curiosidade, mas amistoso.

— Carrie Bradshaw, senhor. — Estendo a mão.

— Que divino — ri o homem. — Não sou chamado de "senhor" desde que usava bermudas. Não que eu já tenha usado bermudas alguma vez. Onde andou escondendo essa adorável jovem?

— Encontrei-a na entrada de casa.

— Você chegou numa cesta, como Moisés? — pergunta.

— Num trem — respondo.

— E o que a traz à cidade das esmeraldas?

— Ah. — Dou um sorriso. E, seguindo o conselho de Samantha, rapidamente digo: — Vou ser uma escritora famosa.

— Como Kenton! — exclama ele.

— Kenton James? — pergunto, ofegante.

— E existe outro? Ele deve estar por aqui. Se tropeçar num homem baixinho com voz de poodle toy, saberá que o encontrou.

No instante seguinte, David Ross está no meio da sala, e vejo Samantha sentada no colo de um estranho.

— Aqui! — Ela acena do sofá.

Passo por uma mulher de macacão branco.

— Acho que acabei de ver meu primeiro Halston!

— Halston está aqui? — pergunta Samantha.

Se eu estiver na mesma festa que Halston, o estilista, e Kenton James, acho que morro.

— Quis dizer o macacão.

— Ah, o macacão — repete Samantha com exagerado interesse para o homem debaixo dela. Pelo que consigo ver dele, é bronzeado e atlético, e suas mangas estão enroladas para cima.

— Você está me matando — diz ele.

— Esta é Carrie Bradshaw. Ela vai ser uma escritora famosa — esclarece Samantha, assumindo a fantasia do meu personagem, agora quase real.

— Olá, escritora famosa. — Ele estende uma das mãos, seus dedos são estreitos e bronzeados.

— Este é Bernard. O idiota com quem não transei ano passado — brinca ela.

— Não quis ser mais um na sua lista — comenta Bernard.

— Não estou mais fazendo listas. Não ficou sabendo? — Ela lhe mostra a mão esquerda. Um enorme diamante cintila no dedo anelar. — Estou noiva.

Ela beija o alto da cabeleira escura de Bernard e olha em volta da sala.

— Em quem preciso bater para arranjar um drinque nesse lugar?

— Eu pego — oferece-se Bernard. Ele se levanta, e, por um momento, vejo meu futuro se desdobrando.

— Vamos lá, escritora famosa. Melhor vir comigo. Sou a única pessoa sã aqui. — Ele coloca as mãos em meus ombros e me guia pela multidão.

Olho de volta para Samantha, mas ela apenas sorri e acena, o gigantesco diamante em seu dedo capturando os últimos raios de sol. Como posso não ter notado aquele anel antes?

Acho que estava ocupada demais notando todo o resto.

Como Bernard, por exemplo. É alto e tem cabelos escuros e lisos. O nariz é grande e torto. Olhos cor de avelã e um rosto que muda de triste para encantador a cada segundo, como se tivesse duas personalidades puxando-o em direções opostas.

Não consigo imaginar por que estaria prestando tanta atenção em mim, mas fico fascinada. Pessoas não param de se aproximar para parabenizá-lo, enquanto fragmentos de conversas flutuam como fumaça ao redor da minha cabeça.

— Você não desiste, não é...

— Crispin o conhece e está apavorado...

— Eu disse: "Por que não tenta formular uma frase..."

— Horrível. Até o diamante dela parecia sujo...

Bernard pisca para mim e, de repente, seu nome completo me salta de uma edição velha da *Time* ou da *Newsweek*. Bernard Singer? *O dramaturgo?*

Não pode ser. Entro em pânico, sabendo instintivamente que pode ser, sim.

Como diabos isso aconteceu? Cheguei a Nova York há exatamente duas horas e já estou com os importantes?

— Qual é o seu nome mesmo? — pergunta ele.

— Carrie Bradshaw.

O título de sua peça, a mesma que ganhou o prêmio Pulitzer, perfura meu cérebro como um caco de vidro: *Cutting Water*.

— Melhor eu devolvê-la a Samantha antes que a leve para casa eu mesmo — ronrona.

— Eu não iria — respondo atrevidamente. O sangue pulsa em meus ouvidos. Minha taça de champanhe está suando.

— Onde você mora? — Bernard aperta meu ombro.

— Não sei.

Isso o faz gargalhar com vontade.

— É órfã? Seu nome é Annie?

— Prefiro ser Candide.

Estamos encostados na parede perto de portas francesas que dão para um jardim. Ele escorrega para baixo para ficar na altura dos meus olhos.

— Voltaire... De onde você veio?

Lembro-me do conselho de Samantha.

— Isso importa? Estou aqui.

— Diabinha insolente — declara ele.

E, de súbito, fico feliz por ter sido roubada. O ladrão levou minha bolsa e meu dinheiro, além da carteira de identidade. O que significa que, pelas próximas horas, posso ser quem quiser.

Bernard segura minha mão e me leva até o jardim. Várias pessoas — homens, mulheres, velhos, jovens, belos, feios — estão sentadas em volta de uma mesa de mármore, dando risadinhas e soando indignadas como se discussões acaloradas fossem o combustível do dia. Ficamos espremidos entre uma mulher baixa de cabelos curtos e um homem elegante de paletó de algodão.

— Bernard — começa a mulher num tom de voz suave —, vamos assistir à sua peça em setembro. — A resposta de Bernard é interrompida por um grito de reconhecimento de um homem sentado do outro lado da mesa.

Ele está envolto num casaco preto e volumoso parecido com o hábito de uma freira. Óculos de sol marrons escondem os olhos e um chapéu de feltro lhe cobre a testa. A pele do rosto é delicadamente enrugada, como se coberta por um suave tecido branco.

— Bernard! — exclama o homem. — Bernardo. Querido. Amor da minha vida. Pegue um drinque para mim? — Ele me vê e aponta um dedo trêmulo. — Você trouxe uma criança!

Sua voz é estridente, assustadoramente aguda, quase inumana. Todos os músculos do meu corpo se contraem.

Kenton James.

Minha garganta se fecha. Seguro a taça de champanhe com força e bebo até a última gota, sentindo uma cutucada do homem de paletó de algodão. Ele indica Kenton James com a cabeça.

— Não ligue para o homem por trás do pano — diz num sotaque típico da Nova Inglaterra, o tom de voz é baixo e seguro. — É a bebida. Anos de bebida. Destrói o cérebro. Em outras palavras, é um bêbado incurável.

Sorrio, agradecida, como se soubesse exatamente do que ele está falando.

— Não somos todos?

— Já que está dizendo, somos.

— Bernardo, *por favor* — implora Keaton. — É uma questão de praticidade. Você está mais perto do bar. Não pode esperar que eu entre no meio daquela massa suada e nojenta de humanidade...

— Culpado! — grita o homem de paletó.

— E o que está usando debaixo desses trapos? — berra Bernard.

— Tenho esperado ouvir estas palavras saírem de seus lábios há dez anos — confessa Kenton.

— Eu posso pegar — ofereço, levantando-me.

Kenton James começa a aplaudir.

— Maravilha. Por favor, prestem atenção todos vocês, isso é exatamente o que crianças devem fazer. Pegar e trazer. Precisa trazer crianças às festas mais vezes, Bernie.

Saio de perto sem muita vontade, querendo ouvir mais, saber mais, sem vontade de deixar Bernard. Ou Kenton James. O escritor mais famoso do mundo. Aquele nome se repete em meu cérebro, pegando velocidade como A Pequena Locomotiva e seu bordão: "Eu acho que posso, eu acho que posso".

A mão de alguém toca meu braço. Samantha. Seus olhos brilham tanto quanto seu diamante. Uma fina camada de suor cobre seu lábio superior.

— Está bem? Você sumiu. Fiquei preocupada.

— Acabo de conhecer Kenton James. Quer que eu leve uma bebida para ele.

— Não vá embora sem me avisar, tá bom?

— Não vou. Não vou querer ir embora nunca.

— Bom. — Samantha sorri e volta à sua conversa.

O clima está agitado no nível máximo. A música está alta. Corpos se contorcem, um casal se agarra no sofá. Uma mulher engatinha pela sala com uma sela nas costas. Dois garçons são banhados de champanhe por uma mulher gigantesca usando espartilho. Agarro uma garrafa de vodca e danço no meio da multidão. Como se frequentasse festas assim o tempo todo. Como se pertencesse àquele lugar.

Quando volto à mesa, uma jovem vestida de Coco Chanel dos pés à cabeça está sentada no meu lugar. O homem de paletó simula um ataque de elefante, e Kenton James puxou o chapéu ainda mais para baixo, cobrindo as orelhas. Deliciado, ele reconhece a minha presença.

— Abram caminho para o álcool — grita, se afastando para abrir um pequeno espaço ao seu lado. Então, dirigindo-se a todos na mesa, declara: — Um dia, esta criança vai mandar na cidade!

Sento ao lado dele, espremida.

— Não é justo — grita Bernard. — Tire as mãos da minha namorada!

— Não sou namorada de ninguém — respondo.

— Mas vai ser, meu bem — alerta Kenton, piscando um olho embaçado. — *Vai ver só.* — Ele dá uns tapinhas na minha mão com aquela mão delicada.

CAPÍTULO DOIS

Socorro!
Estou sufocando, me afogando em tafetá. Estou presa num caixão. Estou... morta?
Fico sentada e me liberto, encarando a pilha de seda preta no colo.
É meu vestido. Devo ter tirado em algum momento da noite e o colocado sobre a cabeça. Ou alguém tirou para mim? Olho em volta em meio à penumbra da sala de estar de Samantha, atravessada por estranhos raios de luz amarela que iluminam elementos comuns de sua vida: algumas fotografias na mesa de canto, uma pilha de revistas no chão, uma fileira de velas no peitoril.
Estou com a cabeça latejando e me lembro vagamente de um táxi cheio de gente. De descascar vinil azul e um tapete grudento. Eu fiquei escondida no chão do táxi contrariando os protestos do motorista, que dizia: "Não posso levar mais de quatro." Na verdade, éramos seis, mas Samantha teimava que não. Risadas histéricas. Então rastejamos os cinco lances de escadas, mais música e mais telefonemas, e um homem usando a maquiagem de Samantha. Algum tempo depois devo ter desabado no sofá e dormido.

Ando até o quarto de Samantha na ponta dos pés, desviando das caixas abertas. Ela vai se mudar, e o apartamento está uma bagunça. A porta do pequeno quarto está aberta, a cama desfeita mas vazia, o chão lotado de sapatos e de peças de roupa como se alguém tivesse experimentado tudo o que havia no armário e atirado para longe na pressa. Abro caminho até o banheiro e, desviando de uma floresta de sutiãs e calcinhas, entro na banheira antiga e ligo o chuveiro.

Plano do dia: descobrir onde vou morar, sem ter que ligar para meu pai.

*Meu pai.* O gosto amargo da culpa sobe pela garganta.

Não liguei para ele ontem. Não deu tempo. Talvez a essa altura já estivesse morrendo de preocupação. E se papai tiver ligado para George? E se tiver ligado para minha senhoria? Talvez a polícia esteja procurando por mim, outra garota que desaparece misteriosamente em meio ao caos de Nova York.

Lavo meus cabelos. Não posso fazer nada agora.

Ou talvez não queira fazer.

Saio da banheira e me apoio na pia, encarando meu reflexo enquanto a névoa do chuveiro lentamente evapora e meu rosto se revela.

Não pareço diferente. Mas com certeza me sinto muito diferente.

É minha primeira manhã em Nova York!

Corro até a janela aberta para sentir a brisa fria e úmida. O barulho do trânsito é como o som das ondas batendo gentilmente na margem. Ajoelho-me no peitoril, olhando a rua lá embaixo com as palmas das mãos no vidro — uma criança olhando para dentro de um enorme globo de neve.

Fico ajoelhada lá por um bom tempo, vendo o dia ganhar vida. Primeiro vêm os caminhões, descendo pela avenida como dinossauros, barulhentos e ocos, enchendo-se de lixo ou varrendo a rua com as cerdas que parecem bigodes. Então começa o trânsito: um único táxi, seguido por um Cadillac prata. Depois, caminhonetes com logotipos de peixarias, padarias e floriculturas, vans enferrujadas e um desfile de carrinhos de supermercado. Um garoto de casaco branco pedala sua bicicleta levando dois engradados cheios de laranjas. O céu muda de cinza para um branco preguiçoso. Um homem passa correndo, depois outro e mais um, desta vez com jaleco azul, tentando freneticamente chamar um táxi. Três cachorrinhos presos na mesma coleira puxam uma senhora idosa pela calçada, enquanto comerciantes abrem com esforço as barulhentas grades de metal das lojas. A luz do sol listrada ilumina os cantos dos prédios enquanto uma massa de seres humanos sobe os degraus ao pé da calçada. As ruas se enchem com o barulho de gente, carros, música, britadeiras, latidos, sirenes; são oito horas.

Hora de me mexer.

Procuro meus pertences perto do futon. Enfiado atrás da almofada, encontro um pedaço de papel, um pouco gorduroso e amassado, como se eu tivesse dormido segurando-o contra o peito. Observo o papel com o telefone de Bernard, a caligrafia bem-feita. Na festa, ele fizera um grande show ao anotar seu número e entregá-lo a mim dizendo: "Só por precaução." Não pediu o meu, como se ambos soubéssemos que um novo encontro deveria acontecer só se eu quisesse.

Coloco o pedaço de papel na mala com cuidado e é quando encontro o bilhete, preso debaixo de uma garrafa vazia de champanhe. Ele diz:

*Querida Carrie,*
 *Seu amigo George ligou. Tentei acordá-la, mas não consegui.*
 *Deixei 20 dólares. Pague quando puder.*
*Samantha*

E, embaixo disso, um endereço. Devia ser do apartamento para o qual deveria ter ido ontem, mas não fui. Devo ter ligado para George na noite passada, afinal.

Seguro o bilhete nas mãos, procurando por pistas. A letra de Samantha é estranhamente infantil, como se a parte responsável pela caligrafia em seu cérebro não tivesse evoluído depois do sétimo ano. Visto minha roupa de gabardine, pego o telefone e, relutante, ligo para George.

Dez minutos mais tarde, estou arrastando minha mala escada abaixo. Empurro a porta e piso do lado de fora.

Meu estômago ronca com uma fome devastadora. Não apenas de comida, mas de tudo: de barulho, de excitação, da louca vibração de energia que emana sob meus pés.

Faço sinal para um táxi, abro a porta e jogo a mala no banco de trás.

— Para onde vai? — pergunta o motorista.

— Para a 47 leste — grito.

— É para já! — diz o motorista, enfiando o táxi naquele nó de trânsito.

Passamos por um buraco e sou momentaneamente lançada para fora do meu assento.

— São aqueles malditos motoristas de Nova Jersey.

O taxista sacode o punho para fora da janela e observo. E me dou conta: é como se sempre tivesse vivido aqui. Nascida da cabeça de Zeus, uma pessoa sem família, sem passado, sem *história*.

Uma pessoa completamente nova.

Enquanto o táxi costura o trânsito perigosamente, estudo os rostos dos passantes. Aqui a humanidade está presente em cada tamanho, forma e cor, e ainda assim me convenço de que em cada rosto percebo um parentesco que transcende todos os limites, como se todos estivessem ligados pelo conhecimento secreto de que aqui é o centro do universo.

E então abraço a mala, amedrontada.

O que dissera para Samantha era verdade: nunca mais quero ir embora. E agora tenho apenas sessenta dias para dar um jeito de ficar.

George Carter me traz de volta ao planeta Terra com um baque. Está sentado obedientemente no balcão da cafeteria da 47$^{\text{th}}$ street com a 2$^{\text{nd}}$ Avenue, onde combinamos de nos encontrar antes de ir para seu emprego no *New York Times*. Posso ver pelo formato de sua boca que está irritado: cheguei a Nova York há menos de 24 horas e já estou me perdendo. Não consegui nem chegar ao apartamento onde deveria me hospedar. Dou um tapinha em seu ombro e ele se vira, com uma expressão ao mesmo tempo aliviada e irritada.

— O que aconteceu com você? — pergunta.

Ponho minha mala no chão e sento no banco alto a seu lado.

— Minha bolsa foi roubada. Não tinha dinheiro. Então liguei para essa garota, prima de alguém que eu conheço da Castlebury. Ela me levou a uma festa e...

George suspira:

— Não devia estar andando com gente desse tipo.

— Por que não?

— Não a conhece.

— E daí? — Então fico irritada. Esse é o problema de George. Sempre age como se fosse meu pai ou coisa parecida.

— Preciso que me prometa que vai tomar mais cuidado no futuro.

Faço uma careta.

— Carrie, estou falando sério. Se arranjar outra confusão, não vou estar aqui para ajudar.

— Está me abandonando? — pergunto de brincadeira. George tem uma queda por mim há quase um ano. E é um dos meus amigos mais queridos. Se não fosse por ele, talvez eu nem estivesse em Nova York.

— Na verdade, estou — confirma, deslizando três notas novas de vinte dólares na minha direção. — Isso deve te ajudar. Pode me pagar quando chegar a Brown.

Levanto o olhar das notas para seu rosto. Não está brincando.

— O *Times* está me enviando a Washington D.C. durante o verão. Vou fazer reportagens de verdade, então aceitei.

Estou surpresa. Não sei se o parabenizo ou o castigo por me deixar.

O impacto de sua ausência iminente me atinge em cheio, e sinto o chão sumindo debaixo dos meus pés. George é a única pessoa que conheço de fato em Nova York. Estava contando com ele para me ensinar as coisas. Como irei sobreviver sozinha?

Como se lesse meus pensamentos, George diz:

— Vai ficar bem. Apenas lembre-se do básico: vá às aulas e faça seus trabalhos. E tente não se misturar com gente louca, está bem?

— Claro — respondo. Isso não seria problema tirando o fato de eu mesma já ser um pouco louca.

George pega minha mala e viramos a esquina até chegarmos a um prédio de tijolos brancos. Um toldo verde com as palavras WINDSOR ARMS guarda a entrada.

— Não é tão ruim — observa George. — Perfeitamente respeitável.

Por dentro da porta de vidro há uma fileira de botões. Aperto o marcado com 15E.

— Sim? — grita pelo interfone uma voz estridente.

— É Carrie Bradshaw.

— Ora, ora — respondem, num tom que poderia azedar creme de leite. — Finalmente.

George me beija na bochecha enquanto a segunda porta se abre com um zumbido.

— Boa sorte — deseja ele, e então resolve me dar um último conselho: — Pode, por favor, ligar para o seu pai? Tenho certeza que ele está preocupado com você.

CAPÍTULO TRÊS

— É Carrie Bradshaw falando? — A voz é feminina e o tom ligeiramente autoritário, como se quem ligasse estivesse um pouco irritada.
— S-i-i-i-i-m — respondo com cuidado, imaginando quem poderia ser. É minha segunda manhã em Nova York e ainda não tive a primeira aula.
— Estou com sua bolsa — anuncia a garota.
— O quê?! — Quase deixo o telefone cair.
— Bem, não fique muito animada. Encontrei-a no lixo. Alguém a sujou toda de esmalte. Pensei em deixá-la lá, mas então pensei: "O que eu gostaria que alguém fizesse se a bolsa fosse minha?" Então liguei.
— Como me achou?
— Sua agenda telefônica. Ainda estava na bolsa. Me encontre na frente da Saks às dez horas se quiser buscar — continua.
— Não tem como não me ver. Tenho cabelo ruivo. Tingi do mesmo tom de vermelho da lata de sopa Campbell's. Em homenagem a Valerie Solanas. — Ela faz uma pausa. — Do *Scum Manifesto*? Andy Warhol?
— Ah, claro. — Não faço a mínima ideia do que ela está falando, mas não vou admitir minha ignorância. Além disso, essa garota parece meio... bizarra.

— Ótimo. Nos vemos lá. — Ela desliga antes mesmo de eu perguntar seu nome.

Oba! *Sabia!* Durante todo o tempo em que minha bolsa estava desaparecida, tive a estranha sensação de que a teria de volta. Como algo tirado daqueles livros de controle da mente: "Visualize o que você quer e virá até você."

— Tá bom!

Levanto os olhos da cama e vejo o rosto rosado e esfoliado de minha senhoria, Peggy Meyers, apertada dentro de uma roupa de borracha cinza que mais parece uma embalagem de salsicha. A roupa, em combinação com seu rosto redondo e brilhante, lhe confere uma estranha semelhança com o mascote dos pneus Michelin.

— Estava ligando para alguém?

— Não — respondo, um pouco ofendida. — Ligaram para mim.

Seu suspiro é uma precisa combinação de irritação e desaprovação.

— Já não conversamos sobre as regras?

Assenti de olhos arregalados, assustada.

— Todos os telefonemas devem ser feitos na sala de estar. E nenhuma ligação deve durar mais que cinco minutos. Ninguém precisa de mais de cinco minutos para se comunicar. Todas as ligações que fizer devem ser rigorosamente anotadas no caderno.

Rigor, penso. É uma boa palavra.

— Alguma pergunta? — quis saber ela.

— Não — digo e balanço a cabeça.

— Vou correr. Depois tenho uma audição. Se resolver sair, lembre-se de levar as chaves.

— Vou lembrar. Prometo.

Ela para, olha meus pijamas de algodão e franze o cenho:

— Espero que não esteja planejando voltar a dormir.
— Vou até a Saks.

Peggy faz um bico de desaprovação, como se apenas indolentes fossem à Saks.

— A propósito, seu pai ligou.
— Obrigada.
— E, lembre-se, chamadas para outros estados são a cobrar.

Ela sai andando como uma múmia. Se mal consegue andar naquele traje de borracha, como conseguiria correr dentro dele?

Conheço Peggy há apenas 24 horas, mas já não nos damos bem. Poderia chamar de ódio à primeira vista. Quando cheguei na manhã de ontem, descabelada e meio desorientada, seu primeiro comentário foi: "Que bom ter resolvido aparecer. Estava quase oferecendo seu quarto a outra pessoa."

Olhei para Peggy — que suspeitava um dia ter sido atraente, mas que agora murchara por completo — e em parte desejei que *tivesse* oferecido o quarto para outro.

— Tenho uma lista de espera de um quilômetro — continuou. — Vocês de fora da cidade não fazem ideia, *ideia nenhuma*, de como é impossível encontrar um lugar decente para se hospedar em Nova York.

Então ela me fez sentar no sofá verde e me deixou a par "das regras":

Nada de visitantes, principalmente homens.

Nada de hóspedes pernoitando, especialmente homens, mesmo se ela tiver ido passar o fim de semana fora.

Nada de roubar a comida dela.

Nada de telefonemas ultrapassando cinco minutos. Ela precisa da linha desocupada para o caso de receber uma ligação sobre algum teste de elenco.

Nada de chegar depois da meia-noite. Ela pode ser acordada e precisa de cada minuto de sono que puder ter.

E, principalmente, nada de cozinhar. Peggy não quer ter que limpar nossa sujeira.

Fico esperando até escutar a porta da frente bater, e depois tamborilo na parede de madeira ao lado da minha cama:

— Que a bruxa não volte tão cedo — desejo.

L'il Waters, uma menina pequena como uma borboleta, passa pela porta de compensado que separa nossas celas.

— Alguém encontrou minha bolsa! — exclamo.

— Ah, querida, isso é maravilhoso. Como uma das mágicas coincidências nova-iorquinas.

Ela pula na beirada da cama, quase a derrubando. Nada nesse apartamento é real, incluindo as paredes, portas e camas. Os "quartos" são parte da sala de estar, formando dois cômodos estreitos onde cabem apenas uma cama de acampar, uma mesinha e uma cadeira dobráveis, um pequeno móvel com duas gavetas e uma luminária para leitura. O apartamento fica na 2$^{nd}$ Avenue, por isso comecei a chamar L'il e eu de As Prisioneiras da 2$^{nd}$ Avenue.

— Mas e Peggy? Escutei-a gritando com você. Avisei para não usar o telefone no quarto — suspira L'il.

— Achei que ela estivesse dormindo.

L'il balança a cabeça. Ela está no mesmo curso que eu na New School, mas chegou uma semana antes para se acostumar, o que também significa que ficou com um quarto um pouco melhor. Precisa passar pelo meu para chegar ao dela, então tenho menos privacidade ainda.

— Peggy sempre se levanta cedo para correr. Diz que precisa perder dez quilos...

— Naquela roupa de borracha? — pergunto, estupefata.

— Diz que faz com que sue toda a gordura.

Olho para L'il com gratidão. É dois anos mais velha que eu, mas parece cinco anos mais nova. Seu porte franzino a faz parecer uma daquelas garotas que provavelmente vão parecer ter 12 anos pelo resto da vida. Mas não se deve subestimar L'il.

Ontem, quando nos conhecemos, brinquei sobre como "L'il" ficaria na capa de um livro, mas ela apenas deu de ombros e disse:

— Meu pseudônimo é E.R. Waters. De Elizabeth Reynolds Waters. Ajuda a publicação quando as pessoas não sabem que você é uma garota.

Ela me mostrou dois poemas seus que tinham saído pela *New Yorker*.

Quase caí para trás.

Então contei a ela sobre ter conhecido Kenton James e Bernard Singer. Sabia que conhecer escritores famosos não era como ter o próprio material publicado, mas achei que deveria ser melhor que nada. Até mostrei o papel onde Bernard Singer escrevera seu número de telefone.

— Precisa ligar para ele — disse.

— Não sei. — Não queria fazer muito estardalhaço com aquilo.

Pensar em Bernard me deixara toda boba até Peggy entrar no quarto e mandar que ficássemos quietas.

Agora abro um pequeno sorriso para L'il.

— Peggy — começo. — Ela realmente faz testes de elenco naquela roupa de borracha? Pode imaginar o cheiro?

L'il sorri.

— Ela é sócia de uma academia, Lucille Roberts. Diz que toma banho lá antes. Por isso está sempre tão atordoada. Fica suando e tomando banho pela cidade toda.

Começamos a gargalhar e caímos na cama de tanto rir.

*   *   *

A garota ruiva tem razão: não tenho dificuldade alguma em achá-la.

De fato é impossível não vê-la, plantada na calçada da frente da Saks, segurando um imenso cartaz escrito ABAIXO A PORNOGRAFIA de um lado e A PORNOGRAFIA EXPLORA MULHERES do outro. Atrás dela há uma mesa coberta por imagens explícitas de revistas pornográficas.

— Acordem, mulheres! Digam não à pornografia! — grita.

Ela acena para mim com o cartaz.

— Quer assinar uma petição contra a pornografia?

Estou quase explicando quem sou quando uma estranha me interrompe:

— Ah, por favor — murmura a mulher, dando a volta. — Achei que algumas pessoas teriam coisa melhor a fazer do que se preocupar com a vida sexual dos outros.

— Ei — grita a ruiva. — Escutei isso, sabia? E não gostei.

A mulher se vira e pergunta:

— E daí?

— O que sabe sobre minha vida sexual? — pergunta.

Seu cabelo é curto como o de um garoto e, conforme prometido, tingido de um chamativo vermelho-tomate. Está usando botas de construção e macacão e, por baixo, uma camiseta roxa rasgada.

— Querida, está bastante claro que você não tem uma — responde a mulher com um sorrisinho.

— Ah, é mesmo? Talvez não faça tanto sexo quanto você, mas ainda é uma vítima do sistema. Sofreu lavagem cerebral pelo patriarcalismo.

— Sexo vende — diz a mulher.

— À custa das mulheres.

— Isso é ridículo. Alguma vez pensou que certas mulheres realmente possam *gostar* de sexo?

— E...? — A garota a fuzila com os olhos enquanto me aproveito da rápida pausa para me apresentar.

— Sou Carrie Bradshaw. Você me ligou. Está com minha bolsa?

— *Você* é Carrie Bradshaw? — Ela parece desapontada. — O que está fazendo com ela? — A garota aponta o polegar na direção da outra mulher.

— Nem a conheço. Se puder apenas pegar minha bolsa...

— Tome — explode a ruiva, aborrecida. Ela pega sua mochila, tira a minha bolsa e a entrega a mim.

— Obrigada. Se existir algo que eu possa fazer...

— Não se preocupe — responde, com orgulho. Ela pega o cartaz e aborda uma mulher mais velha usando pérolas. — Quer assinar uma petição contra a pornografia?

A senhora sorri e responde:

— Não, obrigada, querida. Afinal, de que adiantaria?

A garota de cabelos vermelhos fica momentaneamente cabisbaixa.

— Ei — digo. — Eu assino sua petição.

— Obrigada — agradece, entregando-me uma caneta.

Rabisco meu nome e em seguida desço a Quinta Avenida. Abro caminho entre a multidão, imaginando o que minha mãe teria pensado sobre eu estar em Nova York. Talvez estivesse zelando por mim, certificando-se de que a ruiva engraçada achasse minha bolsa. Minha mãe também era feminista. No mínimo ficaria orgulhosa por eu ter assinado a petição.

— Aí está você! — chama L'il. — Fiquei com medo de que fosse se atrasar.

— Não — respondo, sem fôlego, enquanto me junto a ela na calçada em frente à New School. A caminhada até o centro da cidade foi bem mais demorada do que imaginei, e meus pés estavam me matando. Ainda assim vi todo tipo de coisa interessante no caminho, como a pista de patinação no Rockefeller Center. A biblioteca pública de Nova York. Lord & Taylor. Alguma coisa chamada de edifício dos brinquedos. — Peguei minha bolsa — contei, levantando-a.

— Carrie foi roubada em sua primeira hora em Nova York — fofoca L'il para um garoto bonitinho de olhos azuis e brilhantes e cabelo preto ondulado.

Ele dá de ombros.

— Isso não é nada. Meu carro foi arrombado em minha segunda noite aqui. Quebraram a janela e roubaram o rádio.

— Você tem carro? — pergunto, surpresa. Peggy nos dissera que ninguém tem carro em Nova York. Todo mundo anda ou pega ônibus ou metrô.

— Ryan é de Massachusetts — informa L'il, como se isso explicasse tudo. — Ele também está na nossa turma.

Estendo minha mão e me apresento:

— Carrie Bradshaw.

— Ryan McCann. — Ele tem um sorriso doce e meio pateta, mas seus olhos me examinam como se estivesse analisando a concorrência. — O que acha do nosso professor, Viktor Greene?

— Extraordinário — interrompe L'il. — É o que considero um artista sério.

— Pode ser um artista, mas definitivamente é esquisito — responde Ryan, contrariando-a.

— Você mal o conhece — rebate L'il, indignada.

— Espere um minuto. Vocês já o *conheceram*? — pergunto.

— Semana passada — explica Ryan casualmente. — Tivemos nossas conferências. Você não teve?

— Não sabia que teríamos uma conferência — hesito. Como isso foi acontecer? Eu já fiquei pra trás?

L'il olha séria para Ryan:

— Nem todo mundo teve uma conferência. Era só para quem já estivesse em Nova York. Não importa.

— Ei vocês, crianças. Querem ir a uma festa?

Olhamos para o outro lado. Um rapaz com um sorriso igual ao do gato de *Alice no País das Maravilhas* estende alguns folhetos.

— É no Puck Building. Quarta-feira à noite. A entrada é gratuita se chegarem antes das dez horas.

— Obrigado — responde Ryan ansiosamente, enquanto o garoto entrega os folhetos e sai andando.

— Conhece? — pergunta L'il.

— Nunca o vi antes. Mas é legal, não é? — pergunta Ryan. — Em que outro lugar um estranho chegaria até você e te convidaria para uma festa?

— Você e mais outros mil estranhos — acrescenta L'il.

— Só mesmo em Nova York — conclui Ryan.

Entramos no prédio enquanto examino o panfleto. Na frente tem uma imagem de uma escultura: um cupido sorridente. Embaixo dele, as palavras AMOR. SEXO. MODA. Dobro o folheto e o guardo em minha bolsa.

CAPÍTULO QUATRO

Ryan não estava brincando. Viktor Greene *é* estranho mesmo.

Para começar, ele anda de um jeito meio mole. É como se alguém o tivesse jogado do céu e ele nunca tivesse se acostumado com suas pernas na Terra. E também tem o bigode. É espesso e lustroso e cobre todo o lábio superior, curvando-se em volta dos cantos da boca como dois sorrisos tristes. E ele não para de acariciar o bigode como se fosse uma espécie de animal de estimação.

— Carrie Bradshaw? — pergunta ele, consultando uma lista.

Ergo uma das mãos e digo:

— Sou ela.

— Sou *eu* — corrige. — Uma das coisas que aprenderão nesse seminário é a gramática apropriada. Vão descobrir que a fala também vai melhorar.

Fico corada. Cinco minutos na primeira aula de redação criativa e já causei má impressão.

Ryan olha para mim e pisca como se dissesse "Eu avisei".

— Ah, e aqui está L'il. — Viktor Greene assente enquanto faz mais algumas carícias de leve no bigode. — Todos conhecem a Srta. Elizabeth Waters? É uma de nossas mais promissoras escritoras. Tenho certeza de que ainda vamos ouvir falar muito dela.

Se Viktor Greene tivesse dito algo assim sobre mim, ficaria com medo de todos na classe me odiarem. Mas não L'il. Ela aceita naturalmente o elogio de Viktor, como se já estivesse acostumada a ser reconhecida por seu talento.

Durante um momento, fico com inveja. Tento me reassegurar de que todos na classe são talentosos. Caso contrário, não estariam aqui, certo? Incluindo eu. Talvez Viktor Greene apenas não saiba o quanto sou talentosa... ainda?

— O seminário vai funcionar assim. — Viktor Greene anda de um lado para o outro como se tivesse perdido algo e não lembrasse o quê. — O tema do verão é lar e família. Durante as próximas oito semanas, vocês deverão escrever quatro contos, uma novela ou seis poemas explorando este tema. A cada semana, escolherei três ou quatro para serem lidos em voz alta. E então vamos discuti-los. Alguma pergunta?

A mão de alguém se levanta e vejo que pertence a um garoto magro de óculos e com uma cabeleira loira. Apesar de parecer um pelicano, ele consegue passar a impressão de que se acha melhor que todos os outros alunos.

— Quantas páginas os contos devem ter?

Viktor Greene tamborila em seu bigode.

— Quantas forem necessárias para contar a história.

— Então isso pode significar duas páginas? — quer saber uma garota de rosto anguloso e olhos amarelados.

Ela tem um boné de beisebol virado para trás sobre os cheios cabelos escuros e usa uma pilha de colares de contas em volta do pescoço.

— Se conseguir contar uma história inteira em quinhentas palavras, fique à vontade — responde Viktor Greene, pesaroso.

A garota assente com uma expressão triunfante no belo rosto.
— É só que meu pai é um artista. E ele diz...
Viktor suspira.
— Todos sabem quem é seu pai, Rainbow.
Espere um minuto. *Rainbow?* Que tipo de nome é esse? E quem é esse pai artista dela?

Descanso as costas na cadeira e cruzo os braços. O cara de nariz comprido e cabelos loiros encara Rainbow e a cumprimenta com a cabeça, chegando a cadeira um pouco mais perto dela, como se já fossem amigos.

— Tenho uma pergunta. — Ryan ergue a mão. — Pode garantir que depois de completarmos esse curso seremos todos escritores?

Isso faz Viktor Greene ficar ainda mais mole. Na verdade, me pergunto se alguma hora ele vai afundar no chão e desaparecer.

Ele alisa o bigode freneticamente com ambas as mãos.
— Boa pergunta. E a resposta é não. Talvez 99,9 por cento de vocês não se tornem escritores no final.

A classe inteira geme.
— Se não vou dar certo como escritor, terei que exigir meu dinheiro de volta — diz Ryan, brincando.

Todos riem, exceto Viktor Greene.
— Se é assim que se sente, melhor entrar em contato com a tesouraria.

Ele torce as pontas do bigode entre os dedos.

Aquele bigode vai me enlouquecer. Imagino se Viktor Greene é casado e o que sua esposa deve achar de tantas carícias no bigode. Conviver com aquilo deve ser como ter mais uma pessoa dentro de casa. Será que ele tem nome e come as próprias refeições também?

Então, de repente, estou cheia de estímulo. Não ligo para o que Viktor Greene diz; eu vou conseguir. Serei uma escritora de verdade nem que eu morra para isso.

Olho para os outros estudantes. É a minha vez de analisar a concorrência.

— Tudo bem — começo, desabando na cama de L'il. — Quem é o pai de Rainbow?

— Barry Jessen — esclarece ela com um suspiro.

— Quem diabos é Barry Jessen? Sei que é um artista e tudo, mas...

— Não é qualquer artista. É um dos artistas mais importantes de Nova York no momento. Lidera um tipo de novo movimento artístico. Vivem em edifícios abandonados no SoHo...

— Rainbow vive num edifício abandonado? — pergunto, perplexa. — Eles têm água corrente? Aquecimento? Ela não parece ser desabrigada.

— E não é — interrompe L'il, exasperada. — Só *costumavam* ser prédios abandonados. Fábricas de roupas e gráficas. Mas todos esses artistas se mudaram para lá e começaram a consertar tudo. E agora fazem festas em seus lofts, e se drogam, e dizem às pessoas para comprarem suas obras e escreverem sobre elas no *New York Times* e na *New York Magazine*.

— E Rainbow?

— Bem, o pai dela é Barry Jessen. E sua mãe é Pican...

— A *modelo*?

— Por isso ela é tão bonita e consegue tudo o que quer. O que inclui virar uma escritora. Isso responde à sua pergunta?

— Então ela é um milhão de vezes mais cool que a gente.

— Que nós — corrige L'il. — E sim, é. Seus pais conhecem toneladas de pessoas, e se Rainbow quer ter um livro seu publicado, tudo que precisa fazer é estalar os dedos e seu pai arranja alguém que o publique. Depois consegue um bando de jornalistas para escrever sobre o assunto e críticos para elogiá-la.

— Puxa — observo, impressionada.

— Enquanto isso, se o resto de nós quiser ser bem-sucedido, tem que tentar à moda antiga. Precisamos escrever algo ótimo.

— Que chatice — comento, sarcástica.

L'il ri enquanto puxo um fio imaginário da colcha.

— E quanto àquele garoto loiro e metido? Ele age como se a conhecesse.

— Capote Duncan? — pergunta, surpresa. — Aposto que sim. Capote é do tipo que conhece todo mundo.

— Por quê?

— Ah, ele apenas é. Veio do Sul — diz, como se isso explicasse tudo. — É meio bonitinho, não é?

— Não. Mas é meio babaca.

— É mais velho. Ele e Ryan são veteranos na faculdade. E amigos. Parece que os dois são bem mulherengos.

— Está brincando.

— Não. — Ela para e, num tom de voz quase formal, acrescenta: — Se não se importa...

— Eu sei, eu sei — digo, pulando da cama. — Devíamos estar escrevendo.

L'il não parece ter o mesmo interesse presunçoso que eu nas outras pessoas. Talvez confie tanto em seu talento que ache que não precisa. Eu, por outro lado, poderia passar o dia inteiro fofocando, o que prefiro chamar de "análise de caráter". Infelizmente, não se pode analisar caracteres sozinha. Volto ao meu cubículo, sento em frente à escrivaninha, coloco uma folha na máquina de escrever e fico ali sentada.

Dez minutos depois, ainda estou ali, encarando a parede. Tem apenas uma janela em nossa área, e ela fica no quarto de

L'il. Como se estivesse sufocando, me levanto, vou até a sala de estar e olho para a rua da janela.

O apartamento de Peggy fica nos fundos do prédio, de frente para os fundos do outro prédio quase idêntico da rua seguinte. Eu poderia arranjar um telescópio e espionar os apartamentos do outro lado. Poderia escrever uma história sobre os habitantes. Infelizmente, os moradores daquele prédio parecem ser tão chatos quanto nós. Vejo a tela de uma televisão piscando, uma mulher lavando roupas e um gato dormindo.

Suspiro, frustrada. Existe todo um mundo novo lá fora, e estou presa no apartamento de Peggy. Estou perdendo tudo. E agora só me restam 59 dias.

Tenho que fazer alguma coisa.

Corro até o meu cubículo, pego o número de Bernard e apanho o telefone.

Hesito, considerando o que estou prestes a fazer, e desisto.

— L'il? — chamo.

— Sim?

— Acha que devo ligar para Bernard Singer?

L'il vem até a porta.

— O que você acha?

— E se ele não se lembrar de mim?

— Ele te deu o número dele, não deu?

— Mas se não estivesse falando sério? E se estivesse apenas sendo educado? E se...

— Você quer ligar para ele? — pergunta.

— Quero.

— Então ligue. — L'il é muito decidida. Uma qualidade que espero desenvolver também algum dia.

E antes de poder mudar de ideia, disco.

— A-lôu — atende ele, depois do terceiro toque.

— Bernard? — pergunto numa voz aguda demais. — É Carrie Bradshaw.

— A-ha. Achei que poderia ser você.

— Achou? — Enrolo a corda do telefone em volta do dedo.

— Sou meio sensitivo.

— Você tem visões? — pergunto, sem saber o que dizer.

— Sensações — murmura sensualmente. — Estou sempre em contato com minhas sensações. E você?

— Acho que também estou. Isto é, nunca pareço conseguir me livrar delas. Minhas sensações.

Ele ri.

— O que está fazendo agora?

— Eu? — guincho ao telefone. — Bem, estou apenas sentada aqui tentando escrever...

— Quer vir pra cá? — pergunta Bernard subitamente.

Não sei bem o que eu estava esperando, mas não era isso. Acho que tinha uma vaga porém esperançosa ideia de que ele fosse me convidar para jantar. Sair comigo num encontro de verdade. Mas me chamar para ir a seu apartamento? Putz. Provavelmente acha que vou transar com ele.

Faço uma pausa.

— Onde você está? — quer saber.

— Na 47$^{th}$ street.

— Está a menos de dez quarteirões de distância.

— Tá — concordo, com cautela. Como sempre, a curiosidade vence o juízo. Uma característica muito ruim e que espero mudar. Algum dia.

Mas talvez namorar seja diferente em Nova York. Que eu saiba, convidar uma estranha para seu apartamento é exatamente como se comportam por aqui. E se Bernard tentar alguma coisa, sempre posso chutá-lo.

\* \* \*

Na saída, encontro com Peggy. Ela está ocupada tentando apoiar três velhas sacolas de compras no sofá. Olhando-me de cima a baixo, suspira:

— Vai sair?

Penso um pouco, pensando o quanto é necessário contar a ela. Mas a excitação me trai.

— Vou visitar meu amigo. Bernard Singer.

O nome tem o efeito esperado. Peggy inspira profundamente, as narinas se abrindo. O fato de eu conhecer Bernard Singer deve matá-la. É o escritor mais famoso de Nova York, e ela ainda está tentando ser atriz. É provável que sonhe há anos em conhecê-lo e eu, depois de apenas três dias na cidade, já o conheço.

— Algumas pessoas têm uma vida e tanto, não é mesmo? — resmunga, enquanto vai até a geladeira pegar uma de suas muitas latas de refrigerante Tab, também proibidos para L'il e eu.

Por um momento me sinto vitoriosa, até ver a expressão desanimada de Peggy. Ela abre a lata e bebe afoitamente, como se a solução para todos os seus problemas estivesse naquela lata de refrigerante. Peggy a esvazia, distraída, passando o polegar pelo anel da tampa.

— Peggy, eu...

— Droga! — Ela larga a lata e coloca o polegar na boca, chupando o sangue da pele cortada pelo anel. Peggy fecha os olhos como se prendesse as lágrimas.

— Tudo bem? — pergunto rapidamente.

— É claro que sim. — Ela levanta o olhar, furiosa por eu ter testemunhado o momento de fraqueza. — Ainda está aqui?

Peggy segue para o quarto, esbarrando em mim no caminho.

— Hoje é minha noite de folga e quero dormir cedo. Então não volte para casa tarde.

Ela fecha a porta. Por um segundo fico ali parada, pensando no que havia acabado de acontecer. Talvez não seja a mim que Peggy odeie. Talvez seja sua própria *vida*.

— Tá — digo para ninguém em particular.

CAPÍTULO CINCO

Bernard mora em Sutton Place. Fica apenas a alguns quarteirões de distância, mas é como se fosse outra cidade. Não há barulho, sujeira, nem os tipos suspeitos que circulam pelo resto de Manhattan. Em vez disso, prédios de pedra em cores suaves, com torres e telhados de dois andares em verde e cobre. Porteiros uniformizados de luvas brancas ficavam parados debaixo de toldos; uma limusine esperava na calçada. Eu paro, absorvendo a atmosfera de luxo, enquanto uma babá passa por mim empurrando um carrinho de bebê, atrás do qual desfilava um pequeno cão peludo.

Bernard deve ser rico.

Rico, famoso e bonito. No que estou me metendo?

Ando pela rua, à procura do número 52. Fica do lado leste em frente ao rio. Chique, penso, correndo até o prédio. Ao entrar, sou interrompida por um porteiro de aparência séria que rosna baixo para mim:

— Posso ajudá-la?

— Vou visitar um amigo — balbucio, tentando desviar dele. E é quando cometo meu primeiro erro: nunca, nunca tente escapar de um porteiro num prédio que exige que usem luvas brancas.

— Não pode simplesmente ir entrando. — Ele ergue uma das mãos enluvadas, como se a mera visão daquilo fosse o suficiente para espantar os indesejados.

Infelizmente, alguma coisa naquela luva me irrita. Não há nada que eu odeie mais do que um velho me dizendo o que fazer.

— Como queria que eu entrasse? A cavalo?

— Senhorita! — exclama o porteiro, dando um passo de descontentamento para trás. — Por favor, diga a que veio. E, se não pode explicar, sugiro que leve seus serviços para outro lugar.

A-ha. Ele acha que sou uma espécie de prostituta. Deve ser meio cego. Quase não uso maquiagem.

— Estou aqui para visitar Bernard — explico, séria.

— Bernard de quê? — exige, recusando-se a ceder.

— Bernard Singer?

— O *Sr.* Singer?

Por quanto tempo mais isso pode durar? Ficamos nos encarando em silêncio. Ele deve saber que não tem chances. Afinal, ele não pode negar que Bernard vive aqui... ou pode?

— Vou ligar para o Sr. Singer — cede finalmente.

Ele demora para atravessar o lobby de mármore até uma escrivaninha que contém um imenso arranjo de flores, um caderno e um telefone. Aperta uns botões e, enquanto espera Bernard atender, acaricia o queixo com exagero.

— Sr. Singer? — pergunta ao telefone. — Tem uma — ele me olha torto — jovem, hum, *pessoa* aqui embaixo pedindo para vê-lo. — Sua expressão muda para um semblante de decepção enquanto olha na minha direção. — Sim, obrigado, senhor. Vou falar para subir.

E, quando achava que conseguira escapar daquele porteiro que mais parecia um cão de guarda, sou confrontada por mais um homem de uniforme no elevador. Estando no século XX e tudo mais, era de esperar que a maioria das pessoas já soubesse apertar botões sozinha, mas parece que os habitantes de Sutton Place são um pouco atrasados quanto à tecnologia.

— Posso ajudá-la?

De novo não.

— Bernard Singer — respondo.

Enquanto aperta o botão do nono andar, ele pigarreia com desaprovação. Mas ao menos não me importuna com perguntas.

As portas do elevador se abrem e revelam um pequeno corredor, outra escrivaninha, outro arranjo de flores e papel de parede estampado. Há duas portas no final do corredor e, finalmente, Bernard em uma delas.

Então assim é o covil de um prodígio, penso, olhando o apartamento à minha volta. E de fato é surpreendente. Não pelo que há nele, mas pelo que não há.

A sala de estar, com suas janelas de batente, lareira aconchegante e imponentes estantes de livros, pedia móveis agradáveis e gastos, mas havia ali apenas um pufe. O mesmo acontece com a sala de jantar, ocupada por uma mesa de pingue-pongue e algumas cadeiras dobráveis. Depois vem o quarto: uma cama *king-size* e uma televisão *king-size*. Sobre a cama, um único saco de dormir.

— Adoro ver TV na cama — explica Bernard. — Acho sexy, você não?

Estou prestes a lançar um olhar desanimador para ele quando noto sua expressão. Parece triste.

— Você se mudou para cá há pouco tempo? — pergunto, alegre, procurando alguma explicação.

— Alguém acaba de se mudar daqui — responde.

— Quem?

— Minha mulher.

49

— É casado? — pergunto num sobressalto.

De todas as possibilidades, não havia considerado a de que talvez fosse comprometido. Que tipo de homem casado convida uma garota que acaba de conhecer para visitar seu apartamento?

— Minha *ex*-mulher — corrige. — Esqueço que não somos mais casados. Nos divorciamos há um mês, e ainda não me acostumei.

— Então *foi* casado?

— Por seis anos. Mas já estávamos juntos dois antes disso.

Oito anos? Meus olhos se estreitam enquanto faço as contas. Se Bernard esteve tanto tempo num relacionamento, significa que tem pelo menos trinta anos. Ou 31. Ou até mesmo... 35?

Quando foi lançada sua primeira peça? Lembro-me de ler sobre ela, então devia ter pelo menos 10 anos. Para disfarçar minha distração, perguntei rapidamente:

— Como foi?

— Como foi o quê?

— O casamento.

— Bem — disse, rindo. — Não tão bom. Considerando que agora estamos divorciados.

Demoro um segundo para me recuperar emocionalmente. Durante a caminhada até lá, as partes mais ousadas de minha imaginação criaram imagens de Bernard e eu juntos, mas em lugar algum daquela visão existia uma ex-mulher. Sempre achei que meu único e verdadeiro amor também teria apenas um único e verdadeiro amor — eu. A descoberta sobre o casamento anterior de Bernard é como um balde de água fria nas minhas fantasias.

— E minha mulher levou todos os móveis. E você? — pergunta. — Já foi casada?

Olho para ele, estupefata. Mal tenho idade para beber, por pouco não confesso. Em vez disso, balanço a cabeça como se também já tivesse tido decepções amorosas.

— Acho que somos dois trapalhões — diz.

Acompanho seu humor. Acho-o particularmente atraente no momento e espero que me abrace e me beije. Estou com vontade de ser apertada contra aquele peito magro. Em vez disso, sento-me no pufe.

— Por que ela levou os móveis? — pergunto.

— Minha mulher?

— Achei que estavam divorciados — insisto, tentando mantê-lo focado.

— Está com raiva de mim.

— Não pode fazê-la devolver tudo?

— Acho que não. Não.

— Por que não?

— É teimosa. Ah, Deus. Teimosa como uma mula num dia de corrida. Sempre foi. Por isso chegou tão longe.

— Hum... — Me ajeito de forma sedutora no pufe.

Minhas ações têm o efeito desejado: por que ele deveria pensar na ex-mulher quando tem uma jovem adorável como eu em quem se concentrar? Como era de esperar, no segundo seguinte, Bernard pergunta:

— E você? Está com fome?

— Sempre estou com fome.

— Tem um restaurantezinho francês bem na esquina. Podemos ir até lá.

— Ótimo — digo, saltando e ficando de pé, apesar do fato de a palavra "francês" me lembrar o restaurante que costumava frequentar em Hartford com meu ex-namorado Sebastian, que me trocou por minha melhor amiga Lali.

— Gosta de culinária francesa? — pergunta.

— Amo — respondo. Sebastian e Lali aconteceram há muito tempo. Além disso, estou com Bernard Singer agora, não com um colegial confuso.

O "restaurantezinho francês na esquina" na verdade fica a vários quarteirões de distância. E não é exatamente pequeno. É o La Grenouille. Tão famoso que até eu já tinha ouvido falar dele.

Bernard abaixa a cabeça envergonhado quando o maître o cumprimenta pelo nome:

— Bon soir, *monsieur* Singer. Temos sua mesa de sempre.

Olho para Bernard com curiosidade. Se ele vem aqui sempre, por que não disse?

O maître pega dois cardápios e, com um elegante movimento, nos leva até uma charmosa mesa ao lado da janela.

Então o Sr. Terno puxa minha cadeira, desdobra um guardanapo e o coloca no meu colo. Ele ajeita as taças de vinho, pega um garfo, examina-o e, tendo o talher passado pelo teste, reposiciona-o ao lado do meu prato. Para ser honesta, toda essa atenção chega a ser desorientadora. Quando o maître finalmente se afasta, olho para Bernard em busca de ajuda.

Ele está lendo o cardápio.

— Não falo francês. Você fala? — pergunta.

— *Un peu.*

— Verdade?

— *Vraiment.*

— Deve ter estudado numa escola muito chique. A única língua estrangeira que aprendi foi o pugilismo.

— Rá.

— Era muito bom nisso também — continua, dando socos no ar. — Tive que ser. Era uma criança estranha e, portanto, o saco de pancadas favorito de todo mundo.

— Mas você é tão alto — observo.

— Não cresci até os 18 anos. E você?
— Parei de crescer aos seis.
— Hahaha. Você é engraçada.

E bem na hora em que a conversa estava prestes a deslanchar, o maître retorna com uma garrafa de vinho branco.

— Seu Pouilly-Fuissé, *monsieur* Singer.
— Ah, obrigado — agradece Bernard, parecendo tímido outra vez.

Isso é muito estranho. O apartamento, o restaurante, o vinho... certamente Bernard é rico. Por que, então, insiste em agir como se não fosse? Ou melhor, como se ser rico fosse um fardo que de alguma maneira precisasse carregar?

Servir o vinho é mais um ritual. Quando acaba, suspiro de alívio.

— É irritante, não é? — pergunta Bernard, dando voz a meus pensamentos.
— Por que deixa que façam, então?
— Deixa-os felizes. Se eu não cheirasse a rolha ficariam extremamente desapontados.
— Poderia até mesmo perder sua mesa exclusiva.
— Tenho tentado me sentar àquela mesa há anos — diz e aponta para uma mesa vazia nos fundos do salão. — Mas não deixam. É como a Sibéria — acrescenta num sussurro dramático.
— Faz mais frio lá?
— Um gelo.
— E esta mesa?
— Bem em cima do equador. — Ele para. — E você... está no equador também. — Ele estende o braço e pega minha mão. — Gosto da sua presença de espírito — diz.

* * *

O chef prepara todas as especialidades para Bernard. Depois de uma refeição de sete pratos de entupir o estômago — incluindo sopa, suflê, duas sobremesas e um delicioso vinho pós-jantar com gosto de ambrosia —, dou uma olhada no relógio e descubro que já passa de meia-noite.

— Preciso ir.
— Por quê? Vai virar abóbora?
— Algo parecido — respondo, pensando em Peggy.

Seu movimento seguinte fica suspenso no ar, girando como um preguiçoso globo espelhado.

— Suponho que devo acompanhá-la até sua casa — diz, afinal.
— E estragar isso tudo? — pergunto e solto uma risada.
— Não faço "isso tudo" há um bom tempo. E você?
— Ah, sou uma especialista — brinco.

Andamos de volta até o meu prédio, os braços balançando sem jeito.

— Boa noite, gatinha — diz, parando na frente da porta.

Ficamos em pé, meio desajeitados, até ele tomar uma iniciativa. Bernard levanta meu queixo e se inclina para um beijo. No início é um beijo gentil e civilizado, depois passa a ser cada vez mais urgente, terminando pouco antes de um limite imaginário de desejo ser ultrapassado.

O beijo me deixa nas nuvens. Bernard me olha pensativamente e, em seguida, se decide por apenas um beijinho educado e rápido na bochecha e um aperto de mão.

— Te ligo amanhã, está bem?
— Está bem. — Mal consigo respirar.

Observo-o andar e sumir em meio à noite. Na esquina ele olha para trás e acena. Quando ele desaparece por completo, entro.

Ando de fininho pelo corredor do apartamento, passando os dedos pela parede cor de ervilha para me equilibrar, pensando por que alguém pintaria um corredor com uma cor tão feia.

Enfio a chave com cuidado na primeira fechadura. Uma tranca vira com um barulho alarmante.

Prendo a respiração ao me perguntar se Peggy escutara o barulho e, se a resposta fosse sim, o que poderia fazer. Mas ao não escutar nada por vários segundos tento a próxima tranca.

Ela também gira com facilidade, ou seja, agora deveria conseguir entrar no apartamento. Giro a maçaneta e tento abrir a porta, mas ela não se mexe.

Hein? Talvez Peggy não tenha trancado a porta, e acabei fazendo-o eu mesma. Não parece ser algo de que Peggy se esqueceria, mas tento girar as trancas na direção oposta só para ter certeza.

Nada. A porta se move exatamente quatro centímetros e então se recusa a ceder, como se alguém tivesse colocado um móvel para bloqueá-la.

A corrente, penso, cada vez mais em pânico. É uma barra de metal que atravessa a porta e só pode ser aberta ou fechada de dentro do apartamento. Devemos usá-la apenas em caso de emergência, como numa guerra nuclear, num apagão ou num ataque de zumbis. Mas aparentemente Peggy resolveu quebrar sua própria regra idiota e trancou a porta para me dar uma lição.

Droga. Ou serei obrigada a despertá-la de seu sono, ou terei que dormir no corredor.

Arranho a porta.

— L'il? — sussurro, esperando que ela esteja acordada e me escute. — L'il?

Nada.

Desço até o chão, apoiando as costas na parede. Peggy realmente me odeia tanto? Mas por quê? O que fiz a ela?

Mais meia hora se passa, e acabo desistindo. Fico em posição fetal com a bolsa aninhada entre os braços e tento dormir um pouco.

E acho que realmente durmo, porque a próxima coisa que escuto é L'il sussurrando:

— Carrie? Está tudo bem?

Abro os olhos, me perguntando onde diabos estou e que diabos estou fazendo no corredor.

E então me lembro: Peggy e sua maldita tranca.

L'il coloca o dedo na frente dos lábios e gesticula para que eu entre.

— Obrigada — cochicho. Ela assente enquanto fechamos a porta com cuidado. Eu paro, tentando ouvir algum barulho de Peggy, mas só escuto silêncio.

Empurro a barra e nos tranco do lado de dentro.

CAPÍTULO SEIS

Na manhã seguinte, talvez triunfante por sua aparente vitória, Peggy dorme até as 9 horas. Isso permite às Prisioneiras da 2<u>nd</u> Avenue uma hora extra de sono bastante necessária.

Mas quando Peggy se levanta, é para valer. E por mais que ser silenciosa logo cedo nunca tenha sido seu forte, nesta manhã ela parece estar num humor especialmente bom.

Está cantando trilhas sonoras.

Reviro-me na cama e arranho levemente a madeira. L'il arranha de volta, indicando que está acordada e que também escutou a cantoria.

Escorrego para baixo das cobertas e puxo os lençóis até o nariz. Se eu ficasse bem imóvel na cama e colocasse o travesseiro em cima da cabeça, talvez Peggy não me visse. Era um truque que eu e minhas irmãs dominávamos quando crianças. Mas sou bem maior agora, e Peggy, com seus olhos pequenos como os de um corvo, com certeza notaria o volume. Talvez consiga me esconder debaixo da cama?

Isso, concluo, é ridículo demais.

Não vou aceitar. Vou confrontar Peggy. E, cheia de coragem, pulo da cama e coloco o ouvido contra a porta.

O chuveiro está aberto, e, acima desse som, posso ouvir a dolorosa versão de Peggy para "I Feel Pretty", de *Amor, sublime amor*.

Aguardo com a mão em cima da maçaneta.

Finalmente a água para. Imagino Peggy se secando com a toalha e passando hidratantes no corpo. Ela carrega os produtos para dentro e para fora do banheiro numa cesta de plástico que guarda no quarto. É mais um lembrete deliberado de que ninguém pode usar suas coisas.

Quando escuto a porta do banheiro se abrir, dou um passo e apareço na sala de estar.

— Bom dia, Peggy.

Ela tem uma toalha cor-de-rosa enrolada na cabeça e usa um roupão de chenile e pantufas felpudas no formato de ursos. Ao ouvir minha voz, levanta os braços, quase largando a cesta de produtos de beleza.

— Quase me matou de susto.

— Desculpe — falo. — Se já terminou de usar o banheiro...

Talvez Peggy não seja tão má atriz afinal, pois se recompõe imediatamente.

— Vou precisar entrar de novo em um minuto. Preciso secar o cabelo.

— Tudo bem.

Ficamos paradas ali, imaginando quem tocaria no assunto da tranca primeiro. Não digo nada, nem Peggy. Então ela dirige um sorriso perspicaz e vicioso para mim e volta para o quarto.

Ela não vai falar nada.

Por outro lado, nem precisa. Deixou claro seu ponto de vista.

Cambaleio para dentro do banheiro. Se ela não vai falar nada comigo, eu é que não vou falar nada com ela.

Quando saio, Peggy está à porta com o secador nas mãos.

— Com licença — digo, ao me desviar dela.

Ela entra de volta no banheiro e fecha a porta.

Enquanto o apartamento está tomado pelo barulho do secador, aproveito para falar com L'il. Ela é tão pequena que parece uma boneca que alguém deixou embaixo da coberta, o rosto redondo e branco como porcelana.

— Ela está secando o cabelo — informo.

— Devia entrar lá e jogar o secador dentro da pia.

Inclino a cabeça. O zumbido parou de repente, então corro de volta à minha cela. Rapidamente, sento na cadeira em frente à velha máquina de escrever Royale que fora de minha mãe.

Alguns segundos depois, Peggy está atrás de mim. Adoro como ela insiste em que respeitemos sua privacidade, mas não acredita que talvez mereçamos o mesmo, entrando nos quartos a hora em que bem entende.

Está sugando sua onipresente lata de refrigerante. Deve ser como leite materno para ela — adequado a qualquer ocasião, incluindo café da manhã.

— Tenho um teste de elenco esta tarde, então vou precisar de silêncio em casa enquanto estou ensaiando. — Ela fita a máquina de escrever, desconfiada. — Espero que não esteja pensando em usar essa coisa barulhenta. Precisa arranjar uma máquina de escrever elétrica. Como todo mundo.

— Adoraria, mas acho que não posso pagar por uma agora — respondo, tentando manter o sarcasmo longe do meu tom de voz.

— Isso não é problema meu, é? — rebate Peggy, o tom de voz é mais enjoativo que uma garrafa inteira de refrigerante diet.

— É aquela coceira*zinha* — pausa. — Não. *Aquela* coceirazinha. Droga. É aquela *coceira*zinha.

Sim, é verdade. Peggy está ensaiando para um comercial de hemorroidas.

— O que esperava? — sussurra L'il. — Shampoos Breck? — Ela se olha num espelho de mão, passando blush nas bochechas com cuidado.

— Aonde vai? — sibilo ultrajada, como se não pudesse acreditar que ela vai me abandonar com Peggy e sua coceirazinha.

— Sair — responde misteriosamente.

— Mas para onde? — E então, sentindo-me como Oliver Twist pedindo mais comida, continuo: — Posso ir junto?

L'il fica subitamente agitada.

— Não pode. Tenho que...

— O quê?

— Ver uma pessoa — responde com firmeza.

— Quem?

— Uma amiga da minha mãe. Está muito velha. No hospital. Não pode receber visitas.

— E como pode receber você?

L'il fica corada, erguendo o espelho como se para bloquear minhas perguntas.

— Sou praticamente da família — diz, maquiando nos cílios. — O que vai fazer hoje?

— Não decidi — resmungo, olhando-a com desconfiança. — Quer ouvir sobre minha noite com Bernard?

— Claro. Como foi?

— Incrivelmente interessante. Sua ex-mulher levou embora todos os móveis. Depois fomos ao La Grenouille.

— Legal.

L'il está irritantemente distraída esta manhã. Imagino se é por Peggy ter me deixado trancada do lado de fora ou algo bem diferente. No entanto, sei que está mentindo sobre a amiga doente da mãe. Quem passa blush e rímel para ir a um hospital?

Mas então paro de me importar porque tenho uma ideia.

Corro até meu cubículo e volto com minha bolsa. Remexo dentro dela e tiro um pedaço de papel.

— Vou visitar Samantha Jones.

— Quem é essa? — murmura L'il.

— A mulher que me deixou ficar em seu apartamento, lembra? — tento reacender sua memória. — Prima de Donna LaDonna? Ela me emprestou vinte dólares. Vou devolver o dinheiro. — Não passa de desculpa. Tanto para sair de casa quanto para sondar Samantha sobre Bernard.

— Boa ideia. — L'il abaixa o espelho e sorri, como se não tivesse escutado uma única palavra do que eu tinha acabado de dizer.

Abro a bolsa para guardar o papel e acho o convite dobrado da festa no Puck Building, que abano na frente de L'il.

— Aquela festa é hoje à noite. Devíamos ir. — E, talvez Bernard também, se ele ligar.

L'il parece cética.

— Tenho certeza de que tem uma festa toda noite aqui em Nova York.

— Aposto que sim — devolvo. — E planejo ir a cada uma delas.

O prédio de aço e vidro onde fica o escritório de Samantha é um baluarte proibitivo de executivos sérios. O lobby tem ar-condicionado forte, com todo tipo de gente atravessando apressada, aborrecida e irritada. Encontro o nome da empresa de Samantha — Slovey e Dinall Publicidade — e entro num elevador rumo ao vigésimo sexto andar.

A viagem de elevador na verdade me deixa um pouco aflita. Nunca subi tão alto. E se alguma coisa acontecer e despencarmos?

Ninguém mais parece se preocupar. Todos têm os olhos fixados no visor no qual aparecem os andares, os rostos sem expressão, deliberadamente ignorando o fato de que pelo menos meia dúzia de pessoas estão juntas num espaço do tamanho de um bom closet. Deve ser protocolo de elevador, então tento copiar o procedimento deles.

Mas não devo ter acertado, já que consigo até atrair a atenção de uma mulher de meia-idade que segurava uma pilha de pastas na frente do peito. Sorrio, e ela rapidamente desvia o olhar.

Então me dou conta de que aparecer de surpresa para Samantha em seu local de trabalho pode não ter sido a melhor das ideias. Mesmo assim, quando a porta do elevador abre em seu andar, saio hesitante pelo corredor de carpete macio até encontrar duas enormes portas com Slovey e Dinall Publicidade gravado no vidro. Do outro lado, uma grande mesa atrás da qual está sentada uma mulher baixa de cabelos pretos espetados como espigões. Ela analisa meu visual e, depois de um momento, pergunta "Posso ajudá-la?" num tom de voz incerto e dissonante, parecendo que ela fala pelo nariz ao invés de usar a boca.

Fiquei meio desconcertada e, embora hesitante, tentei transmitir que não queria incomodá-la, respondendo:

— Samantha Jones? Eu só queria...

Estou quase dizendo que só queria deixar vinte dólares num envelope para Samantha, mas a mulher gesticula para que eu me sente e pega o telefone.

— Alguém veio ver Samantha — fala ao telefone. Depois pergunta meu nome e balança a cabeça. — A assistente dela vem te buscar — informa, entediada. Então pega um livro e começa a ler.

A recepção é decorada com pôsteres de propagandas, alguns parecendo datar dos anos 1950. Estou um pouco surpresa por Samantha Jones ter uma assistente própria. Não parece ter idade o suficiente para ser chefe de ninguém, mas acho que Donna

LaDonna estava certa quando dissera que a prima era "importante no mundo da publicidade".

Em poucos minutos, uma jovem aparece, usando terno azul-marinho, camisa azul-clara com duas pontas amarradas em volta do pescoço num laço folgado e tênis de corrida azuis.

— Siga-me — ordenou.

Levanto-me num pulo e marcho atrás dela por um labirinto de cubículos, por telefones tocando e pelos gritos de um homem.

— Parece que todos aqui estão bem aborrecidos — comento.

— É porque estamos mesmo — rebate ela, parando na porta de uma pequena sala. — Menos Samantha — acrescenta. — Ela está *sempre* de bom humor.

Samantha levanta o olhar e gesticula para a cadeira em sua frente. Está sentada atrás de uma mesa de fórmica, usando uma roupa quase idêntica à de sua assistente, com exceção das ombreiras, que são bem maiores. Talvez quanto maiores as ombreiras, mais importante você é. A cabeça dela está inclinada, segurando um enorme telefone.

— Sim, é claro, Glenn — diz, fazendo um gesto de tagarela na minha direção. — No Century Club está perfeito. Mas não entendo por que precisamos ter arranjos de flores em formato de bolas de beisebol... Sim, sei que é isso que Charlie quer, mas sempre achei que o casamento devia ser um dia para a noiva... Sim, naturalmente... Sinto muito, Glenn, mas tenho uma reunião. Preciso mesmo desligar — continua, cada vez mais frustrada. — Te ligo mais tarde. Prometo. — E, revirando os olhos, põe o telefone no gancho com firmeza e joga a cabeça para trás. — Era a mãe do Charlie — explica. — Estamos noivos há dois minutos e ela já está me deixando louca. Se algum dia me casar de novo, vou pular o noivado inteiro e ir direto para o cartório. No minuto em que você fica noiva, vira propriedade pública.

— Mas também fica sem o anel — observo timidamente, intimidada de repente por Samantha, seu escritório e sua vida glamourosa.

— Suponho que seja verdade — admite. — Agora, se ao menos arranjasse alguém para sublocar meu apartamento...

— Não vai morar com Charlie?

— Meu Deus. Você realmente é um passarinho. Quando se tem um apartamento como o meu, alugado e custando apenas 225 dólares por mês, nunca se desiste dele.

— Por que não?

— Porque imóveis são impossíveis nesta cidade. E posso precisar voltar a morar nele um dia, se as coisas não derem certo com Charlie. Não estou dizendo que *não vão*, mas nunca se sabe. Os homens em Nova York são mimados. São como crianças numa loja de doces. Se encontrar um bom partido, bem, é claro que vai querer ficar com ele.

— Como Charlie? — pergunto, imaginando se ele também é um bom partido.

Ela sorri.

— Está aprendendo a voar rápido, passarinho. Na verdade, Charlie é mesmo um bom partido. Mesmo sendo obcecado por beisebol. Queria até ter sido jogador, mas é claro que seu pai não permitiu.

Concordo com a cabeça de modo encorajador. Samantha parece estar com vontade de falar e eu pareço uma esponja, pronta para absorver qualquer coisa que diga.

— Seu pai?

— Alan Tier.

Quando a olho sem expressão, ela explica:

— Os Tier, não sabe? A grande família do setor imobiliário. — Ela balança a cabeça como se eu fosse um caso perdido. —

Charlie é o filho mais velho. Seu pai espera que ele tome conta dos negócios.

— Entendo.

— E já está na hora. Você *sabe* como é — diz, como se eu também fosse uma especialista em namoro. — Se um cara não te pede em casamento, ou ao menos para morar com ele, depois de dois anos, nunca vai pedir. Significa que está querendo apenas se divertir. — Ela cruza os braços e coloca os pés sobre a mesa. — Estou interessada em me divertir como qualquer homem, mas a diferença entre Charlie e eu é que meu tempo urge. E o dele não.

Tempo? Ruge? Não faço ideia do que Samantha está falando, mas fico quieta, assentindo como se estivesse entendendo tudo.

— Ele pode não ter um calendário, mas eu sim. — Ela levanta uma das mãos e conta os momentos com os dedos. — Casada aos 25. Melhor escritório da empresa aos 30. E em algum lugar nisso tudo... *filhos*. Então quando aquela matéria sobre solteiros foi publicada, resolvi que era hora de tomar uma decisão com relação a Charlie. Apressar as coisas.

Ela empurra para o lado alguns papéis em sua mesa para pegar uma edição gasta da *New York Magazine*.

— Aqui. — Samantha a estende para mim. A manchete diz SOLTEIROS MAIS COBIÇADOS DE NOVA YORK acima de uma foto de vários homens numa arquibancada como um time esportivo num anuário de escola. — Este é Charlie — diz e aponta um homem com o rosto meio coberto por um boné de beisebol. — Avisei a ele para não usar esse boné idiota, mas não me escutou.

— As pessoas ainda ligam pra essas coisas? — pergunto. — Isto é, debutantes e solteiros cobiçados não ficaram meio que pra trás?

Samantha ri.

— Realmente é uma caipira, garota. Quem dera *não* importasse. Mas importa.

— Tudo bem...

— Então terminei com ele.

Sorrio, finalmente começando a entender.

— Mas se queria ficar com ele...

— A questão é fazer o homem perceber que *ele* quer ficar com você.

Ela tira os pés da mesa e vem para o meu lado. Endireito as costas, ciente de que estou prestes a receber uma preciosa lição sobre como se lidar com homens.

— Quando se trata de homens — começa —, tudo tem a ver com seus egos. Então, quando terminei com Charlie, ele ficou furioso. Não acreditava que o deixaria. Não dei a ele escolha alguma senão vir de joelhos atrás de mim. É óbvio que eu resisti. "Charlie", eu disse, "sabe como sou louca por você, mas se eu não respeitar a mim mesma, quem vai? Se gosta mesmo de mim... e estou falando de mim como pessoa, e não apenas amante... então vai ter que provar. Vai ter que *assumir um compromisso.*"

— E ele assumiu? — pergunto, já quase caindo da cadeira de ansiedade.

— Bem, obviamente — responde, girando a aliança no dedo.

— E o fato de os Yankees estarem em greve não atrapalhou.

— Os Yankees?

— Como disse, é obcecado. Não sabe a quantos jogos de beisebol tive que assistir nos últimos dois anos. Gosto mais de futebol, mas ficava repetindo para mim mesma que algum dia valeria a pena. E valeu. Sem beisebol, Charlie não tinha nada para distraí-lo. E *voilà* — conclui, mostrando a mão.

Aproveito a oportunidade para falar de Bernard.

— Sabia que Bernard Singer foi casado?
— É claro. Foi casado com Margie Shephard. A atriz. Por quê? Saiu com ele?
— Ontem à noite — confesso, corando.
— E...?
— Nos beijamos.
— Só isso? — Samantha parecia decepcionada.
Remexo-me na cadeira.
— Acabei de conhecê-lo.
— Bernard está um pouco arrasado agora. O que não é surpreendente. Margie acabou com ele. Traiu-o com um dos atores de sua peça.
— Está brincando — comento, chocada.
Samantha dá de ombros:
— Saiu na capa de todos os jornais, então não é segredo. Não foi muito bom para Bernard, mas sempre digo que não existe publicidade negativa. Além disso, Nova York é uma cidade pequena. Menor do que pequena, se pensar bem.
Assinto cautelosamente. Nossa entrevista parece ter terminado.
— Queria devolver os vinte dólares que me emprestou — digo rapidamente, procurando em meu bolso. Tiro a nota e entrego a ela.
Ela pega a cédula e sorri. E então dá uma gargalhada. De repente desejo poder rir daquele jeito, é sonora e lhe confere um ar de inteligência.
— Estou surpresa — confessa. — Não esperava ver você nem meus vinte dólares nunca mais.
— E gostaria de agradecer. Por me emprestar o dinheiro. E por me levar à festa. E por me apresentar a Bernard. Se houver algo que eu possa fazer...
— Nada mesmo — interrompe, levantando-se.

Samantha me acompanha até a porta e estende a mão.

— Boa sorte. E se precisar de mais vinte emprestados qualquer dia desses... Bem, sabe onde me encontrar.

— Tem certeza de que ninguém ligou? — pergunto a L'il pela vigésima vez.

— Estou aqui desde as duas horas da tarde. O telefone não tocou nenhuma vez.

— Ele pode ter ligado. Enquanto estava visitando a amiga de sua mãe. No hospital.

— Peggy estava em casa a essa hora — lembra L'il.

— Mas talvez ele tenha ligado e Peggy não tenha me contado. De propósito.

L'il dá uma escovada com força nos cabelos.

— Por que Peggy faria isso?

— Porque ela me odeia?! — respondo, passando gloss nos lábios.

— Você o viu ontem à noite — diz L'il. — Homens nunca ligam no dia seguinte. Gostam de te deixar em dúvida.

— Não gosto de ficar em dúvida. E ele disse que ligaria... — interrompo quando o telefone toca. — É ele! — grito. — Pode atender?

— Por quê? — resmunga L'il.

— Porque não quero parecer ansiosa demais. Não quero que ele ache que fiquei sentada ao lado do telefone o dia todo.

— Mesmo que tenha ficado? — No entanto, L'il atende mesmo assim. Espero ansiosamente enquanto ela assente e estende o fone para mim. — É seu pai.

Claro. A hora não podia ser pior. Liguei para meu pai ontem e deixei recado com Missy, mas ele não havia retornado. E se Bernard tentar ligar enquanto estiver falando com meu pai e der ocupado?

— Oi, papai — digo com um suspiro.

— Oi, papai? É assim que cumprimenta seu pai? Para quem não ligou nenhuma vez desde que chegou a Nova York?

— Liguei, sim, pai.

Percebo que meu pai está um pouco estranho. Não apenas está com um ótimo humor como também não parece se lembrar de eu ter tentado falar com ele. O que por mim não é um problema. Tantas coisas aconteceram desde que cheguei a Nova York... e nem todas meu pai consideraria boas... que tenho temido essa conversa. Sem necessidade, aparentemente.

— Tenho estado muito ocupada — explico.

— Aposto que sim.

— Mas está tudo ótimo.

— Que bom saber disso — comenta. — Agora que sei que continua viva, posso descansar em paz. — E com um rápido adeus, ele desliga.

Isso é de fato estranho. Meu pai sempre foi distraído, mas nunca esteve tão receptivo e distante. Digo a mim mesma que é só porque meu pai, como a maioria dos homens, odeia falar ao telefone.

— Está pronta? — quer saber L'il. — Você é quem queria ir a essa festa. E não podemos voltar para casa muito tarde. Não quero que Peggy nos tranque do lado de fora dessa vez.

— Estou pronta — suspiro. Pego a bolsa e, olhando uma última e melancólica vez para o telefone, sigo-a porta afora.

Alguns minutos depois, estamos descendo a 2$^{\text{nd}}$ Avenue num acesso de risadinhas enquanto fazemos nossas melhores imitações de Peggy.

— Ainda bem que você é minha colega de quarto — diz L'il, segurando meu braço.

*  *  *

Tem uma fila na frente da entrada do Puck Building, mas a essa altura já tínhamos percebido que Nova York tem fila para tudo. Já passamos por três na mesma rua: duas na frente do cinema e uma na loja de queijos. Nem eu nem L'il entendíamos por que tantas pessoas queriam comer queijo às nove da noite, mas vimos aquilo como mais um fascinante mistério de Manhattan.

Nossa fila anda rápido, no entanto, e logo estamos num enorme salão cheio de jovens de todo tipo. Roqueiros usando couro e punks de piercings e cabelos em cores berrantes. Roupas esportivas, pesadas correntes douradas e brilhantes relógios de ouro. Um cintilante globo espelhado gira do teto, mas eu nunca ouvi a música que toca — dissonante, assustadora e insistente —, o tipo de música que exige que você dance.

— Vamos pegar um drinque — grito para L'il.

Abrimos caminho até a lateral, onde vi um bar improvisado sobre uma comprida mesa de madeira.

— Ei! — exclama uma voz.

É o loiro arrogante de nossa turma. Capote Duncan. Está abraçado com uma garota alta e dolorosamente magra, cujas maçãs do rosto eram pontudas como icebergs. Deve ser modelo, penso, irritada, percebendo que talvez L'il estivesse certa quanto à habilidade de Capote em arranjar garotas.

— Estava dizendo agora mesmo para Sandy — continua, com um leve sotaque sulista, referindo-se à garota assustada a seu lado — que esta festa é como algo saído de *No caminho de Swann*.

— Na verdade, para mim parece mais Henry James — grita L'il de volta.

— Quem é Henry James? — pergunta a garota chamada Sandy. — Ele está aqui?

Capote sorri como se a garota tivesse dito algo encantador e aperta seus ombros com mais força.

— Não, mas poderia estar se você quisesse.

Agora sei que tinha razão. Capote é um babaca. E considerando que ninguém está prestando atenção em mim mesmo, resolvo pegar um drinque sozinha e encontrar L'il mais tarde.

É quando me viro que a vejo. A ruiva da Saks. A garota que tinha achado minha bolsa.

— Oi! — exclamo, agitando meus braços freneticamente como se tivesse reencontrado uma velha amiga.

— Oi o quê? — pergunta, irritada, bebendo um gole de cerveja.

— Sou eu, lembra? Carrie Bradshaw. Você achou minha bolsa? — Seguro-a na frente dela para que se lembrasse.

— Ah, é — comenta, nada empolgada.

Ela não parece muito inclinada a continuar a conversa, mas, por algum motivo, eu sim. De repente tenho vontade de trazê-la mais para perto.

— Por que faz aquilo, afinal? — pergunto. — Aquela coisa de protestar?

Ela me olha com arrogância, como se mal conseguisse se incomodar em responder.

— Porque é importante?

— Ah.

— E trabalho no centro de mulheres agredidas. Devia se candidatar como voluntária qualquer dia desses. Vai te sacudir para fora de seu mundinho seguro — diz alto em meio à música.

— Mas... isso não te faz pensar que todos os homens são maus?

— Não. Porque *já sei* que todos os homens são maus.

Não faço ideia de por que estou conversando com ela. Mas não consigo abandonar tudo — ou abandoná-la.

— E quanto a se apaixonar? Isto é, como pode ter um namorado ou marido sabendo isso?

— Boa pergunta. — Ela bebe mais um gole da cerveja e olha ao redor, com a expressão séria.

— Estava falando sério — grito, tentando recuperar sua atenção. — Sobre agradecer. Posso te pagar um café ou coisa parecida? Queria saber mais sobre... o que você faz.

— Mesmo? — pergunta, em dúvida.

Confirmo com a cabeça, entusiasmada.

— Tudo bem — continua, cedendo. — Acho que pode me ligar.

— Qual é o seu nome?

A garota hesita.

— Miranda Hobbes. H-o-b-b-e-s. Pode pegar meu número com a telefonista.

E enquanto ela se afasta, aceno com a cabeça, fazendo um gesto com os dedos que diz "vou te ligar".

CAPÍTULO SETE

— É seda chinesa. Dos anos trinta.
Passo os dedos suavemente pelo material e o viro. Tem um dragão dourado bordado nas costas. O roupão provavelmente custa muito mais do que posso pagar, mas experimento assim mesmo. As mangas parecem asas dobradas em mim. Poderia realmente voar dentro disso.
— Ficou ótimo em você — acrescenta o vendedor.
Apesar de "vendedor" não ser exatamente a palavra adequada para um garoto de chapéu de feltro, calças xadrez e uma camisa preta dos Ramones. "Fornecedor" seria mais apropriado. Ou "revendedor".
Estou num brechó chamado My Old Lady. O nome do lugar parece bem apropriado.
— Onde consegue essas coisas? — pergunto, relutante em tirar o roupão, mas ao mesmo tempo com medo de perguntar o preço.
O dono dá de ombros.
— As pessoas trazem. A maioria é de parentes que morreram. O lixo de alguém pode ser o tesouro de outros.
— Ou de outras — corrijo. Resolvo ter coragem: — Quanto custa isso, afinal?

— Para você? Cinco dólares.
— Ah. — Deslizo os braços para fora das mangas.
Ele abana a cabeça para a frente e para trás, pensando melhor.
— Quanto pode pagar?
— Três dólares?
— Três e cinquenta — diz. — Essa coisa velha está parada aqui há meses. Preciso me livrar dela.
— Fechado! — exclamo.
Saio da loja ainda usando o roupão e vou para a casa de Peggy.

Esta manhã, quando tentei encarar a máquina de escrever, mais uma vez tive um branco. *Família*. Achei que poderia escrever sobre a minha, mas de repente ela me parecia tão estrangeira quanto os franceses. E franceses me faziam pensar no La Grenouille, e aquilo me fazia pensar em Bernard. E em como ele ainda não tinha ligado. Pensei em ligar para ele, mas me convenci que precisava ser forte. Mais uma hora se passou, durante a qual cortei as unhas dos pés, trancei e destrancei os cabelos e inspecionei o rosto em busca de cravos.

— O que está fazendo? — quis saber L'il.
— Estou com bloqueio.
— Não existe bloqueio — proclama. — Se não consegue escrever é porque não tem nada a dizer. Ou está evitando alguma coisa.
— Humpf — resmungo, apertando a pele e me perguntando se simplesmente eu não era uma escritora.
— Não faça isso — berrou L'il. — Só vai piorar mais. Por que não vai dar uma volta ou coisa assim?

E foi o que fiz. E sabia exatamente para onde ir. Para o bairro de Samantha, onde achara o brechó, na 7th Avenue.

Vi meu reflexo numa vitrine e parei para admirar o roupão. Espero que me traga sorte e que consiga escrever. Estou ficando nervosa. Não quero acabar entre os 99,9 por cento de alunos fracassados de Viktor.

— Meu Deus! — exclama L'il. — Você parece uma caixa de areia que o gato acabou de revirar.
— E eu me sinto assim. Mas veja o que encontrei. — Dou uma voltinha para mostrar minha nova aquisição.

L'il parece em dúvida, e percebo como devo parecer fútil, comprando em vez de escrever. Por que evitaria o meu trabalho? Porque tenho medo de ser confrontada por minha falta de talento?

Desmorono no sofá e tiro as sandálias com calma.

— Andei por uns cinquenta quarteirões e meus pés estão destruídos. Mas valeu a pena — acrescento, tentando convencer a mim mesma.

— Terminei meu poema — conta L'il casualmente.

Sorrio, engolindo a inveja. Sou a única com dificuldades? L'il não parece ter tido trabalho algum. Mas isso talvez seja por ela ser muito mais talentosa.

— E comprei comida chinesa também — diz. — Porco *mu shu*. Sobrou bastante, se quiser um pouco.

— Ah, L'il. Não quero acabar com sua comida.

— Não precisa fazer cerimônia. — Ela dá de ombros. — Além disso, precisa comer. Como vai conseguir trabalhar com fome?

Ela tem razão. E comer vai me garantir mais alguns minutos adiando o trabalho.

L'il senta na minha cama enquanto como o *mu shu* direto da caixa de papel.

— Fica com medo às vezes? — pergunto.
— Do quê?
— De não ser boa o bastante.

— Quer dizer como escritora? — pergunta L'il.

Confirmo com a cabeça.

— E se eu for a única que ache que posso fazer isso e ninguém mais concorde? E se estiver me enganando completamente...

— Ah, Carrie. — Ela sorri. — Você não sabia que todos os escritores se sentem assim? Medo é parte do trabalho.

Ela pega sua toalha para tomar um banho demorado e, enquanto está lá, consigo com muita dificuldade escrever uma página, depois duas. Digito um título: "Casa". Risco e escrevo "Minha nova casa". Isso de algum jeito me lembra Samantha Jones. Imagino-a em sua cama de dossel, usando lingeries sofisticadas e comendo chocolate, que, por algum estranho motivo, é como acho que ela passa seus finais de semana.

Afasto esses pensamentos e tento me concentrar, mas agora a dor latejante em meu pé é intensa demais para pensar em outra coisa.

— L'il? — E bato na porta do banheiro. — Tem aspirina?

— Acho que não — responde.

— Droga. — Peggy deve ter aspirina em algum lugar. — Posso entrar? — pergunto.

L'il está na banheira rasa, debaixo de uma suave camada de bolhas. Procuro no armário do banheiro. Nada. Olho em volta, parando na porta fechada do quarto de Peggy.

*Não faça isso*, penso, lembrando-me da regra final de Peggy. Não podemos entrar em seu quarto. Nunca. Sob nenhuma circunstância. Seu quarto é estritamente proibido.

Abro a porta cuidadosamente.

— O que está fazendo? — grita L'il, pulando da banheira e pegando a toalha. Restos de espuma ficam grudados em seus ombros.

Coloco o dedo sobre meus lábios para silenciá-la.

— Só estou procurando uma aspirina. Peggy é tão sovina que deve esconder os remédios no quarto.

— E se ela perceber que está faltando algum comprimido?

— Nem mesmo Peggy pode ser tão louca assim. — Empurro a porta mais um pouco. — Teria que ser muito doida para contar aspirinas. Além disso — sussurro —, não está curiosa para ver como é o quarto dela?

As persianas estão fechadas, então demora um pouco para meus olhos se acostumarem. Quando consigo, grito de horror.

A cama de Peggy está coberta por ursos. Não de verdade, é claro, mas com o que parecem ser todo tipo de ursos de pelúcia. Ursos grandes e ursos pequenos, ursos segurando raquetes de tênis e ursos de aventais. Ursos de pelo cor-de-rosa e ursos com protetores de ouvido. Tem até um urso que parece ser todo feito de pregadores de roupa.

— É esse o grande segredo dela? — pergunta L'il, desapontada. — Ursos?

— É uma mulher de meia-idade. Que tipo de mulher de meia-idade tem ursos de pelúcia espalhados pelo quarto?

— Talvez apenas os colecione — sugere L'il. — Algumas pessoas fazem isso, sabe.

— Não pessoas normais. — Pego o urso cor-de-rosa e o seguro na frente do rosto de L'il. — Olá — falo numa voz engraçada. — Meu nome é Peggy, e gostaria de explicar algumas de minhas regras. Mas primeiro preciso vestir minha roupa de borracha...

— Carrie, pare com isso — implora L'il, mas é tarde demais. Já estamos às gargalhadas.

— Aspirina — lembro. — Se fosse Peggy, onde a guardaria?

Meus olhos se dirigem à gaveta superior do criado-mudo de Peggy. Como tudo mais no apartamento, é um móvel barato e, quando seguro o puxador, a gaveta inteira voa para longe, espalhando seu conteúdo no chão.

— Agora ela com certeza vai nos matar — geme L'il.

— Não vamos contar a ela — digo, ajoelhando-me para catar os objetos. — Além disso, são apenas algumas fotos. — Começo a juntar as fotografias quando me surpreendo pelo que parece ser a imagem de um seio nu.

Olho mais perto.

Então eu grito e largo a foto como se ela estivesse pegando fogo.

— O que foi? — grita L'il.

Fico sentada no chão, balançando a cabeça sem acreditar. Pego a fotografia de volta e a examino com mais atenção, ainda não convencida. Mas é exatamente o que eu tinha pensado. Embaralhei as outras fotos, tentando segurar o riso. São de Peggy, com certeza, mas em todas ela está completamente nua.

E não apenas nua. Está em poses de modelos de revistas pornográficas.

Infelizmente, não se parece exatamente com uma.

— L'il? — pergunto, querendo me aprofundar no mistério de por que Peggy teria posado para essas fotos e quem poderia tê-las tirado, mas L'il sumiu.

Escuto uma batida como se a porta do quarto dela tivesse fechado, seguido por um estrondo na porta da frente. E antes de ter chance de me mexer, Peggy está parada diante de mim.

Ambas ficamos congeladas. Os olhos de Peggy ficam cada vez maiores enquanto seu rosto vai de vermelho a roxo, e imagino se sua cabeça poderia explodir. Ela abre a boca e ergue um braço.

A foto cai das minhas mãos enquanto me encolho de medo.

— Saia! Saia! — grita ela, estapeando minha cabeça.

Fico de quatro e, antes que ela entenda o que está acontecendo, engatinho por entre suas pernas até o corredor. Levanto, corro até meu quarto e fecho a porta.

Ela imediatamente a abre com violência.

— Escute, Peggy — começo, mas, realmente, o que eu poderia dizer? Além disso, ela está gritando demais para eu poder dizer alguma coisa.

— No momento em que pus os olhos em você, soube que era encrenca. Quem acha que é, entrando na minha casa e mexendo nas minhas coisas? Onde foi que cresceu? Num estábulo? Que tipo de animal é você?

Um urso, é o que tenho vontade de dizer. Mas ela está certa. Invadi sua privacidade. Sabia que era errado e fiz assim mesmo. Valeu a pena ver aquelas fotos pornográficas, no entanto.

— Quero você, e todas as suas coisas, fora daqui agora!

— Mas...

— Devia ter pensado no "mas" antes de entrar no meu quarto — explode ela, o que não ajuda muito porque, depois de ver aquelas fotos, só consigo pensar nela pelada.

Na verdade, estou tão consumida pela imagem que mal a ouço falando sobre como vai ser bom para mim passar as próximas noites nas ruas.

Quando me dou conta, ela já está tirando minha mala de baixo da cama e largando-a em cima do colchão.

— Comece a arrumar — ordena. — Vou sair durante vinte minutos e, quando voltar, é melhor já ter ido embora. Se não, vou chamar a polícia.

Ela pega sua bolsa e sai.

Fico parada em estado de choque. A porta de madeira se abre e L'il entra, pálida como um lençol.

— Meu Deus, Carrie — sussurra. — O que vai fazer?

— Ir embora — respondo, pegando uma pilha de roupas e jogando-as dentro da mala.

— Mas pra onde vai? Estamos em Nova York. Está tarde e é perigoso. Não pode ficar por aí sozinha. E se for atacada e acabar morta? Talvez pudesse ir até a Associação Cristã de Moças...

De repente fico com raiva. De Peggy e de sua irracionalidade.

— Tenho muitos lugares para onde ir.

— Como quais?

Boa pergunta.

Visto o roupão chinês para dar sorte e fecho minha mala com um estalo. L'il parece tonta, como se não pudesse acreditar que eu iria seguir com meu plano. Dou um sorriso débil e a abraço rapidamente. Meu estômago está se revirando de medo, mas estou determinada a não desistir.

L'il me segue até a rua, implorando para eu ficar.

— Não pode simplesmente ir embora sem ter um lugar para ficar.

— Sério, L'il, vou ficar bem — insisto, com muito mais confiança do que realmente sentia.

Estendo meu braço e chamo um táxi.

— Carrie! Não faça isso — implora L'il enquanto atiro a mala e minha máquina de escrever no banco de trás.

O motorista se vira e pergunta:

— Para onde vamos?

Fecho os olhos e faço uma careta.

Trinta minutos depois, presa do lado de fora debaixo de uma tempestade torrencial, me pergunto no que é que eu estava pensando.

Samantha não está em casa. No fundo, acho que pensei que, se Samantha não estivesse lá, poderia ir até a casa de Bernard e ficar à sua mercê. Mas agora, tendo esbanjado em um táxi, não tenho dinheiro para outro.

Uma cascata de água desce pela minha nuca. Meu roupão está ensopado e estou com medo e arrasada, mas tento me convencer de que tudo vai ficar bem. Imagino a chuva lavando a cidade e levando Peggy embora junto com ela.

Outro estrondo de trovoadas me faz mudar de ideia e, de repente, sou atacada por bloquinhos de gelo. A chuva virou granizo, e eu preciso encontrar abrigo.

Arrasto minha mala pela esquina, onde vejo uma pequena loja com fachada de vidro ao final de um curto lance de escadas. A princípio, não sei nem se é uma loja, mas então vejo uma grande placa dizendo NÃO TROCO DINHEIRO — NEM PERGUNTE. Espio pelo vidro e vejo uma prateleira cheia de barras de chocolate. Abro a porta e entro.

Um homem estranho e careca que parece uma beterraba cozida está sentado num banco alto atrás de uma barreira de acrílico. Tem um pequeno buraco no plástico onde pode deslizar seu dinheiro pelo balcão. Estou respingando no chão todo, mas o homem parece não se importar.

— O que posso arranjar pra você, menina? — pergunta ele.

Olho em volta, confusa. A loja é menor do lado de dentro do que parecera do lado de fora. As paredes são finas, e há uma porta nos fundos fechada com cadeado.

Estremeço.

— Quanto custa uma barra de Hershey's?

— Vinte e cinco centavos.

Enfio a mão no bolso e tiro uma moeda, deslizando-a em seguida pela abertura. Pego o chocolate e começo a desembrulhá-lo. A embalagem está bastante empoeirada, e fico com pena daquele homem. Parece que seu negócio não vai muito bem. Pergunto-me como ele consegue sobreviver.

Então me pergunto como *eu* vou conseguir sobreviver. E se Samantha não for para casa? E se ficar no apartamento de Charlie?

Não. Ela precisa ir para casa. Simplesmente *precisa*. Fecho os olhos e imagino-a apoiada em sua mesa. É mesmo um passarinho, diz ela.

E, então, como se eu tivesse feito aquilo acontecer, um táxi para na esquina e Samantha sai de dentro dele. Está segurando sua pasta contra o peito, a cabeça abaixada para se proteger da chuva, quando de repente para, parecendo derrotada. Pelo clima ou talvez por outra coisa.

— Ei! — Abro a porta com força e corro até ela, sacudindo os braços. — Sou eu!

— Hein? — Ela fica surpresa, mas logo se recompõe. — Você... — diz, tirando a água da chuva do rosto. — O que está fazendo aqui?

Reúno meus últimos vestígios de confiança. Dou de ombros, como se estivesse acostumada a ficar parada em esquinas durante a chuva.

— Estava pensando...

— Foi expulsa de seu apartamento — interrompe.

— Como sabe?

Ela ri.

— A mala e o fato de estar ensopada até a alma. Além disso, é o que sempre acontece com passarinhos. Meu Deus, Carrie. O que vou fazer com você?

CAPÍTULO OITO

— Está viva! — L'il joga os braços em volta do meu pescoço.

— É claro que estou — digo, como se ser expulsa de um apartamento fosse algo que acontecesse comigo o tempo todo.

Estamos paradas em frente à New School, esperando para entrar.

— Fiquei preocupada. — Ela dá um passo para trás para me examinar de cima a baixo. — Não parece tão bem.

— Ressaca — explico. — Não pude evitar.

— Terminou sua história?

Dou uma risada. Minha voz parece ter sido arranhada ao ser arrastada numa calçada.

— Claro que não.

— Vai ter que contar a Viktor o que aconteceu.

— *Viktor?* Desde quando começou a chamá-lo pelo primeiro nome?

— É o nome dele, não é? — Ela corre para entrar no prédio antes de mim.

Fiquei mais do que aliviada quando Samantha chegou e me salvou, explicando como decidira deixar Charlie sozinho naquela noite para ficar um pouco inseguro. E fiquei emocionada ao descobrir que, para Samantha, uma noite sem Charlie significava uma noite fora e que ela esperava que eu a acompanhasse. Até eu descobrir que uma noite fora para ela significava literalmente uma noite *inteira* fora; então comecei a me preocupar.

Primeiro fomos a um lugar chamado One Fifth. O interior era uma réplica de navio de cruzeiro e, apesar de tecnicamente se tratar de um restaurante, ninguém estava comendo. Talvez por ninguém comer de verdade em restaurantes modernos: o objetivo é ser *visto* neles. O barman nos trouxe drinques, então dois caras começaram a pagar drinques para nós, e depois alguém resolveu que devíamos ir a uma boate chamada Xenon, onde todos ficavam roxos debaixo da luz negra. Foi bem engraçado porque ninguém agia como se estivesse roxo e então, quando já estava me acostumando, Samantha encontrou outras pessoas que iam para outra boate chamada The Saint, e todos nos amontoamos dentro de táxis e fomos para lá. O teto era pintado como o céu, iluminado por pequenas luzes em volta da pista de dança, que girava como um disco numa vitrola, e as pessoas não paravam de cair. Em seguida, comecei a dançar com alguns caras de peruca e perdi Samantha de vista, achando-a só depois no banheiro, onde dava para ouvir pessoas transando. Dancei em cima de uma caixa de som de onde um de meus sapatos caiu, mas não consegui achá-lo. Samantha me fez ir embora sem sapato mesmo porque estava com fome, e então estávamos outra vez num táxi com mais gente, e ela fez o motorista parar numa farmácia 24 horas em Chinatown para ver se vendiam sapatos. Misteriosamente eles vendiam, mas eram chinelos de bambu. Experimentei-os junto com um chapéu pontudo, o que deve ter sido tão hilário que todo mundo também quis chinelos de bambu e chapéus pontudos. Finalmente, voltamos ao táxi, que nos levou a uma lanchonete onde comemos ovos mexidos.

Acho que cheguei em casa umas cinco da manhã. Fiquei com medo de olhar no relógio, mas os pássaros já estavam cantando. Quem poderia imaginar que existiam tantos pássaros em Nova York? Achei que nunca conseguiria dormir com a cantoria, então me levantei e comecei a escrever. Cerca de 15 minutos depois, Samantha saiu de seu quarto, levantando uma máscara de dormir de veludo por cima da testa.

— Carrie — começou —, o que está *fazendo*?

— Escrevendo?

— Pode, por favor, deixar para mais tarde? — Ela gemeu de dor. — Além disso, estou com cólicas terríveis. Esses não são chamados de "aqueles dias" à toa.

— Claro — respondi, agitada. A última coisa de que precisava era incomodá-la quando estava com cólica.

Agora, seguindo a bela cabeça de L'il escada acima até a sala de aula, fui tomada de culpa. Preciso começar a escrever. Preciso levar a sério.

Tenho apenas mais 56 dias.

Corro atrás de L'il e toco em seu ombro.

— Bernard ligou?

Ela balança a cabeça negativamente e me lança um olhar de pena.

Hoje fomos presenteados com o prazer de ouvir o trabalho de Capote Duncan. A última coisa de que eu precisava, considerando meu estado. Descanso a cabeça nas mãos, pensando em como vou sobreviver a essa aula.

— Ela segurou a lâmina entre os dedos. Um pedaço de vidro. Um pedaço de gelo. Um salvador. O sol era uma lua. O gelo virou neve enquanto ela escorregava, um peregrino perdido numa nevasca. — Capote ajeita os óculos e sorri, satisfeito consigo mesmo.

— Obrigado, Capote — diz Viktor Greene. Ele está jogado numa cadeira no fundo da sala.

— De nada — devolve Capote, como se tivesse acabado de fazer a todos nós um imenso favor.

Estudo-o com atenção para tentar descobrir o que L'il e talvez centenas de outras mulheres em Nova York, incluindo modelos, viam nele. Ele tinha mesmo mãos bem masculinas, o tipo de mão que parecia capaz de erguer as velas de um navio, de martelar um prego ou de puxar alguém pendurado na beira de um íngreme abismo de pedras. Pena que sua personalidade não combinava.

— Algum comentário sobre a história de Capote? — pergunta Viktor.

Viro-me para lançar um olhar de desaprovação para Capote. Sim, tenho vontade de dizer. Tenho algo a dizer. Foi uma porcaria. Inclusive achei que poderia vomitar. Não há nada que odeie mais que uma história romântica brega sobre uma garota perfeita que todos os garotos amam, e então ela se mata. Porque é trágica demais, quando na realidade é apenas louca. Mas, é claro, o cara não enxerga isso. Tudo que vê é sua beleza. E sua tristeza.

Garotos podem ser muito estúpidos.

— Quem é mesmo essa garota? — pergunta Ryan, com um toque de ceticismo que me faz ver que não sou a única com aquela opinião.

Capote se enrijece.

— Minha irmã. Achei que tinha ficado bem claro desde o começo.

— Acho que não percebi — explica Ryan. — Isto é, a maneira como escreve sobre ela... não parece ser sua irmã. Parece alguém por quem está apaixonado.

Ryan é bastante duro com Capote, especialmente se lembrarmos que são amigos. Mas nessa aula é assim. A partir do momento em que se entra na sala, é-se um escritor antes de qualquer outra coisa.

— Parece mesmo um pouco... incestuoso — opino.

Capote olha para mim. É a primeira vez que ele nota minha presença, mas só porque foi obrigado.

— Esse é o ponto da história. Se não entendeu isso, não posso ajudá-la.

Pressiono um pouco mais.

— Mas é você *mesmo*?

— É ficção — explode ele. — É claro que não sou eu mesmo.

— Então se não é você nem sua irmã, acho que podemos criticá-la, afinal — diz Ryan, enquanto o resto da turma ri silenciosamente. — Não gostaria de dizer nada negativo sobre alguém da sua família.

— Um escritor precisa conseguir observar todos os aspectos de sua vida com olhar crítico — diz L'il. — Incluindo a própria família. Costumam dizer que o artista mata o pai para ser bem-sucedido.

— Mas Capote não matou ninguém. Ainda — observo.

A turma dá risadinhas abafadas.

— Essa discussão é completamente idiota — interrompe Rainbow. É a segunda vez que ela se dignou a falar em sala, e seu tom de voz é de cansaço da vida, um tom desafiador e superior, planejado para colocar-nos em nosso lugar. Que parece ser bem abaixo do dela. — De qualquer maneira, a irmã está morta. Então que diferença faz o que dizemos dela? Achei a história ótima. Me identifiquei com a dor da mulher. Pareceu bem real na minha opinião.

— Obrigado — agradece Capote, como se ele e Rainbow fossem dois aristocratas perdidos numa multidão de camponeses.

Agora tenho certeza de que Rainbow está dormindo com ele. Imagino se ela saberia sobre a modelo.

Capote volta para o seu lugar e, mais uma vez, o encaro, cheia de curiosidade. Analisei seu perfil; o nariz tem personalidade: um caroço distintivo passado de uma geração a outra, "o nariz dos Duncan" — provavelmente a perdição de todas as integrantes femininas da família. Combinado aos olhos próximos demais, aquele nariz daria ao rosto uma aparência de rato, mas os de Capote são afastados. E agora que o estou de fato analisando, de um azul-escuro como tinta.

— L'il, poderia, por favor, ler seu poema? — murmura Viktor.

O poema de L'il é sobre uma flor e sua influência em três gerações de mulheres. Quando ela termina, há apenas silêncio.

— Foi maravilhoso. — Viktor se apressa para a frente da sala.

— Qualquer um pode fazer — responde L'il com alegre modéstia.

Talvez ela seja a única pessoa autêntica na turma, provavelmente por ser mesmo talentosa.

Viktor Greene se abaixa e pega sua mochila. Não consigo imaginar o que mais poderia haver dentro dela a não ser papéis, mas o peso o faz se inclinar perigosamente para um dos lados, como um barco em meio a ondas agitadas.

— Faremos mais uma reunião na quarta-feira. Enquanto isso, quem ainda não leu a sua história vai ter que fazê-lo até segunda-feira. — Ele olha ao redor da sala. — E preciso falar com Carrie Bradshaw em minha sala.

O quê? Olho para L'il, pensando se talvez ela pudesse saber o motivo da intimação inesperada, mas ela apenas dá de ombros.

Talvez Viktor Greene vá me dizer que não pertenço a este lugar.

Ou *talvez* vá me dizer que sou a aluna mais talentosa e brilhante que já teve.

Ou talvez... desisto. Quem vai saber o que ele quer? Fumo um cigarro e vou até sua sala.

A porta está fechada. Dou uma batida.

Ela se entreabre, e a primeira coisa que vejo é o enorme bigode de Viktor, seguido por seu rosto caído e flácido, como se a pele e os músculos tivessem desistido de qualquer tentativa de se agarrar ao crânio. Ele abre a porta em silêncio e entro numa sala pequena cheia de papéis, livros e revistas. Greene tira uma pilha de cima de uma cadeira na frente de sua mesa e olha em volta, desorientado.

— Ali — sugiro, apontando uma pilha de livros meio baixa em cima do parapeito.

— Certo — diz, largando os papéis em cima dela, onde se equilibram precariamente.

Sento na cadeira enquanto ele afunda na poltrona desajeitadamente.

— Bem. — Ele toca o bigode.

*Ainda está no lugar*, tenho vontade de gritar, mas não o faço.

— Como está se sentindo em relação a essa aula? — pergunta.

— Bem. Muito bem. — Aposto que sou péssima, mas não há motivo para dar mais munição a ele.

— Há quanto tempo quer ser escritora?

— Desde criança, acho.

— Acha?

— *Sei*. — Por que conversas com professores sempre andam em círculos?

— Por quê?

Sento sobre as mãos e o encaro. Não existe uma boa resposta para essa pergunta. "Sou um gênio e o mundo não pode viver sem mim" soa pretensioso demais e provavelmente não é verdade; "Amo livros e quero escrever o melhor romance norte-americano" é verdade, mas também é o que todos os alunos querem, pois por qual outro motivo estariam nessa aula?; "É meu dom" parece dramático em excesso. Por outro lado, por que ele está me perguntando isso? Não pode ver que eu *deveria* ser escritora?

Em consequência, acabo não dizendo nada. Em vez disso abro os olhos o máximo possível.

Isso tem um efeito interessante. Viktor Greene subitamente parece desconfortável, remexendo-se na cadeira e abrindo e fechando uma gaveta.

— Por que usa esse bigode? — pergunto.

— Hein? — Ele cobre os lábios com os dedos enrugados como os de um boneco de cera.

— Acha que o bigode faz parte de você?

Nunca falei assim com um professor, mas não estou mais exatamente na escola. Estou num seminário. E quem disse que Viktor Greene deve ser a autoridade?

— Não gosta do bigode? — pergunta ele.

Espera aí. Viktor Greene é *vaidoso*?

— Claro — respondo, pensando em como vaidade é uma fraqueza. É uma fenda na armadura. Se você é vaidoso, deve fazer o possível para esconder isso.

Inclino-me ligeiramente para a frente para enfatizar minha admiração.

— Seu bigode é realmente, hum, legal.

— Acha mesmo? — repete.

Nossa. Que caixa de Pandora. Se ele soubesse como Ryan e eu zombamos daquele bigode. Até dei um apelido a ele: Waldo. Waldo não é um bigode qualquer, no entanto. É capaz de partir em aventuras sem Viktor. Vai ao zoológico e ao Studio 54 e, no outro dia, foi até ao Benihana, onde o chef confundiu-o com um pedaço de carne e o fatiou por acidente.

Waldo se recuperou apesar disso. É imortal, não pode ser destruído.

— Seu bigode — continuo — é mais ou menos como minha vontade de ser escritora. É parte de mim. Não sei quem eu seria se não quisesse escrever — termino a frase com grande convicção, e Viktor assente.

— Tudo bem, então — comenta.

Abro um sorriso.

— Fiquei preocupado que pudesse ter vindo a Nova York para ser famosa.

*O quê?*

Agora me sinto confusa. E um pouco ofendida.

— O que tem a ver querer ser escritora com querer ser famosa?

Ele molha os lábios.

— Algumas pessoas acham que escrever é glamouroso. Cometem o erro de achar que é um bom veículo para a fama. Mas não é. É apenas trabalho duro. Anos e anos e anos de trabalho e, ainda assim, a maioria não consegue ficar satisfeita.

Como você, imagino.

— Não estou preocupada, Sr. Greene.

Ele acaricia o bigode melancolicamente.

— É só isso? — Levanto da cadeira.

— Sim — responde. — Só isso.

— Obrigada, Sr. Greene. — Olho para ele furiosa, imaginando o que Waldo acharia disso.

Mas quando chego ao lado de fora estou tremendo.

*Por que não?* No meu íntimo, quero saber. Por que não poderia me tornar uma escritora famosa? Como Norman Mailer. Ou Philip Roth. E F. Scott Fitzgerald, Hemingway e todos esses outros homens. Por que não posso ser como eles?

Isto é, qual o sentido em ser escritora se ninguém vai ler o que você escreveu?

Mas e se — me encolho — Viktor Greene tiver razão? Se eu *não* for uma escritora no final das contas.

Acendo um cigarro e começo a caminhar.

Por que vim a Nova York? Por que achei que poderia vencer aqui?

Ando o mais rápido possível, parando apenas para acender mais um cigarro. Ao chegar à 16$^{th}$ street acho que já fumei meio maço.

Sinto-me enjoada.

Uma coisa é escrever para o jornal da escola. Mas Nova York está num nível completamente diferente. É uma montanha, com algumas pessoas bem-sucedidas no topo, como Bernard, e uma multidão de sonhadores e sofredores embaixo, como eu.

E então há pessoas como Viktor, que não têm medo de dizer a você que nunca vai chegar àquele topo.

Atiro minha guimba de cigarro na calçada e esmago-a com raiva. Um carro de bombeiros corre pela avenida, as sirenes ecoando.

— Que droga! — grito, a frustração misturada ao barulho da sirene.

Algumas pessoas olham na minha direção, mas não param. Sou apenas mais uma louca nas ruas de Nova York.

Sigo pisando duro até o prédio de Samantha, subo as escadas de dois em dois degraus, destranco as três fechaduras e me atiro na cama dela. O que me faz sentir, mais uma vez, uma intrusa. É uma cama de dossel de tecido preto e o que Samantha chama de lençóis de cetim, que, segundo ela, previne rugas. Exceto que são feitos de algum tipo de poliéster superescorregadio, e preciso apoiar meu pé num dos postes para não escorregar até o chão.

Pego um travesseiro e coloco sobre minha cabeça. Penso em Viktor Greene e em Bernard. Penso em como estou sozinha. Em como tenho constantemente que resgatar a mim mesma das profundezas do desespero, para tentar me convencer a tentar mais uma vez. Enfio mais ainda o rosto no travesseiro.

Talvez devesse desistir. Voltar para casa. E, em dois meses, ir estudar na Brown.

Minha garganta se fecha só de pensar em deixar Nova York. Vou mesmo permitir que as palavras de Viktor Greene sejam o bastante para eu desistir? Preciso conversar com alguém. Mas quem?

Aquela garota. A de cabelos vermelhos. A que achou minha bolsa de mão. Parece o tipo de pessoa que teria algo a dizer sobre minha situação. Ela odeia a vida, e nesse momento eu também.

Qual era mesmo o nome dela? Miranda. Miranda Hobbes. "H-o-b-b-e-s." Escuto a voz dela soletrando em minha cabeça.

Pego o telefone e disco para a telefonista.

CAPÍTULO NOVE

— Todos os homens são uma decepção. Não importa o que os outros digam. — Miranda Hobbes fuzila com o olhar a capa da *Cosmopolitan*. — "Como conquistar Ele para sempre" — lê em voz alta, enojada, a manchete.

Ela recoloca a revista na prateleira.

— Mesmo conquistando Ele... por que sempre escrevem "Ele" com maiúscula como se fosse Deus? Enfim, garanto que Ele não valeria a pena.

— E quanto a Paul Newman? — Conto quatro dólares e entrego o dinheiro ao caixa. — Aposto que vale a pena. Joanne Woodward acha que sim.

— Em primeiro lugar, ninguém sabe o que acontece entre duas pessoas num casamento. Em segundo, ele é ator. O que significa por definição que é narcisista. — Ela olha para as coxas de frango, em dúvida. — Tem certeza de que sabe o que está fazendo?

Guardo as coxas de frango, o arroz e o tomate numa sacola, fingindo ignorar suas preocupações. A verdade é que eu mesma estou um pouco preocupada com o frango. Além de ser minúsculo, o supermercado não é nem um pouco limpo. Talvez seja por isso que ninguém cozinhe em Nova York.

— Você não acha que todas as pessoas são narcisistas? — pergunto. — Tenho uma teoria de que todas elas na verdade só pensam em si mesmas. É da natureza humana.

— E isso é natureza humana? — quer saber Miranda, ainda absorvida pela prateleira de revistas. — "Como alisar suas coxas em trinta dias", "Lábios beijáveis", "Como saber em que Ele está pensando". Posso dizer no que ele está realmente pensando: em *nada*.

Dou uma risada, em parte por ela estar provavelmente certa, em parte por estar naquele estágio animado de uma nova amizade.

É meu segundo sábado em Nova York, e o que ninguém me contou antes é que a cidade fica vazia nos finais de semana. Samantha vai para os Hamptons com Charlie, e até mesmo L'il disse que iria às montanhas Adirondack. Tentei me convencer de que não importava. Tivera agitação suficiente pela semana e, além disso, precisava escrever.

E fiz isso, por algumas horas, pelo menos. Então comecei a me sentir solitária. Resolvi que deve existir um tipo bem particular de solidão em Nova York, porque, quando se começa a pensar nos milhões de pessoas lá fora comendo, comprando ou indo a cinemas e museus com amigos, é muito deprimente não ser uma delas.

Tentei ligar para Maggie, que está passando o verão na Carolina do Sul, mas sua irmã disse que tinha ido à praia. Então tentei Walt. Estava em Provincetown. Liguei até para meu pai. Mas ele só falou sobre como eu devia estar ansiosa para estudar na Brown no outono e que conversaria mais se não tivesse compromisso.

Desejei poder contar a ele sobre as minhas dificuldades em aula, mas não teria efeito algum. Ele nunca se interessou muito pelo que eu escrevia, de qualquer maneira, convencido de que era uma fase e que passaria assim que entrasse na Brown.

Então remexi o armário de Samantha. Achei um par de botas azul neon que cobicei especialmente, e até as experimentei, mas eram grandes demais. Também descobri uma velha jaqueta de motociclista que parecia de sua antiga vida — fosse lá como tivesse sido isso.

Tentei Miranda Hobbes de novo. Já tinha ligado três vezes para ela desde quinta-feira, mas ninguém atendia.

Aparentemente ela não protestava aos sábados, pois atendeu na primeira chamada.

— Alô? — perguntou com desconfiança.
— Miranda? É Carrie Bradshaw.
— Ah.
— Estava pensando... O que está fazendo? Quer tomar um café ou algo parecido?
— Não sei.
— Ah — respondi, decepcionada.

Acho que ela ficou com pena de mim, porque perguntou:
— Onde mora?
— Chelsea?
— Estou na Bank. Tem um café na esquina. Desde que eu não tenha que pegar o metrô, acho que poderia te encontrar, sim.

Passamos duas horas no café, descobrindo todo tipo de coisas que tínhamos em comum. Como ter estudado nas escolas públicas locais. E como amávamos o mesmo livro, *The Consensus*, quando crianças. Quando disse a ela que conhecera a autora, Mary Gordon Howard, ela riu. "De alguma maneira achei que era o tipo que conheceria", comentou. E durante outra xícara de café começamos a ter aquela percepção mágica e não dita de que seríamos amigas.

Então chegamos à conclusão de que estávamos com fome, mas também admitimos não ter dinheiro. Por isso meus planos de cozinhar o jantar.

— Por que as revistas fazem isso com as mulheres? — reclama Miranda agora, olhando a *Vogue*. — É só para criar mais insegurança. Tentar fazer uma mulher achar que não é boa o bastante. E quando as mulheres não se acham boas o suficiente, adivinha o que acontece?

— O quê? — pergunto, pegando a sacola de compras.

— Os homens ganham. É assim que eles nos mantêm por baixo — conclui.

— Exceto pelo fato de que as revistas femininas são escritas por mulheres — observo.

— Só pra você ver como é complexo. Os homens fizeram das mulheres coconspiradoras em sua própria opressão. Isto é, se passa todo o seu tempo se preocupando com pelos nas pernas, como poderia ter tempo para dominar o mundo?

Quero comentar que raspar as pernas demora cerca de cinco minutos, deixando bastante tempo para a dominação mundial, mas sei que foi uma pergunta retórica.

— Tem certeza de que sua amiga não vai se importar comigo na casa dela? — pergunta.

— Ela não é exatamente uma amiga. Está noiva. Mora com o namorado. E, mesmo assim, está nos Hamptons agora.

— Sorte sua — comenta Miranda enquanto subimos os cinco lances de escada até lá. No terceiro, já está ofegante. — Como consegue fazer isso todos os dias?

— É melhor do que morar com Peggy.

— Essa Peggy parece um pesadelo. Pessoas assim deviam fazer terapia.

— Ela provavelmente faz, mas não está funcionando.

— Então precisa achar outro psiquiatra — diz Miranda, bufando. — Poderia indicar a minha.

— Você vai a um psiquiatra? — pergunto, surpresa, colocando a chave na fechadura.

— É claro que sim. Você não?

— Não. Por que iria?

— Porque todo mundo precisa fazer terapia. Caso contrário, ficamos repetindo os mesmos padrões prejudiciais.

— Mas e se você não tiver nenhum padrão prejudicial? — Escancaro a porta da frente. Miranda cambaleia para dentro e se senta no futon.

— Achar que não se tem um padrão prejudicial já é um padrão prejudicial. E todo mundo tem questões complicadas da infância. Se não lidar com elas, podem arruinar sua vida.

Abro a porta vaivém, revelando a pequena cozinha, e coloco a sacola de compras em cima dos poucos centímetros disponíveis de bancada ao lado da pia.

— Qual é o seu? — pergunto.

— Minha mãe.

Acho uma frigideira torta no forno, coloco um pouco de óleo e acendo um dos dois bocais com fósforo.

— Como sabe disso tudo?

— Meu pai é psiquiatra. E minha mãe é perfeccionista. Costumava passar uma hora todas as manhãs penteando meus cabelos antes de me levar para a aula. E por isso cortei e pintei assim que consegui me livrar dela. Meu pai diz que ela sofre de culpa. Mas pra mim é uma clássica narcisista. Tudo gira em torno dela. Inclusive eu.

— Mas é sua mãe — digo, colocando as coxas de frango no óleo quente.

— E a odeio. O que não tem problema, porque ela também me odeia. Não me encaixo em sua ideia limitada de como uma filha deve ser. E sua mãe?

Eu paro, mas ela não parece muito interessada na resposta. Está examinando a coleção de fotos que Samantha tem sobre as mesas de canto, com o cuidado de uma antropóloga que de repente descobriu um antigo pedaço de cerâmica.

— É essa mulher que mora aqui? Cristo, é uma egomaníaca ou o quê? Está em todas as fotos.

— O apartamento *é* dela.

— Não acha estranho que alguém espalhe fotografias de si mesmo pela casa toda? É como se quisesse provar que existe.

— Não a conheço muito bem.

— O que ela faz? — Miranda zomba. — É atriz? Modelo? Quem tem cinco fotos de si mesma de biquíni?

— Trabalha com publicidade.

— Outro negócio designado a fazer as mulheres se sentirem inseguras.

Ela se levanta e entra na cozinha.

— Onde aprendeu a cozinhar?

— Na verdade precisei aprender.

— Minha mãe tentou me ensinar, mas me recusei. Rejeitei qualquer coisa que pudesse me transformar numa dona de casa. — Ela se inclina sobre a frigideira. — Está com um cheiro muito bom, no entanto.

— Vai ficar bom — noto, acrescentando cinco centímetros de água à panela. Quando ferve, coloco o arroz, acrescento o tomate, então baixo o fogo e cubro a frigideira. — E é barato. Temos uma refeição inteira por quatro dólares.

— O que me lembra... — Ela procura em seu bolso e tira duas notas de um dólar. — Minha parte. Odeio dever qualquer coisa a alguém. Você não?

Voltamos para a sala de estar e nos aninhamos cada uma numa ponta do sofá. Acendemos cigarros, e trago pensativamente.

— E se eu não conseguir escrever e tiver que me casar em vez disso? E se tiver que pedir dinheiro a meu marido? Não poderia fazer isso. Odiaria a mim mesma.

— O casamento torna as mulheres prostitutas — declara Miranda. — A coisa toda é uma grande farsa.

— Também acho! — Mal posso acreditar que conheci alguém que compartilhe de minhas suposições secretas. — Mas, se conta isso às pessoas, elas têm vontade de te matar. Odeiam a verdade.

— É isso que acontece a mulheres que vão contra o sistema. — Miranda se atrapalha com o cigarro. Percebo que não fuma de verdade, mas talvez, por todos em Nova York fumarem, esteja experimentando. — E eu pretendo fazer algo a respeito — continua, tossindo.

— O quê?

— Ainda não resolvi. Mas vou fazer. — Ela estreita os olhos. — Tem sorte de se tornar escritora. Pode mudar as perspectivas das pessoas. Deveria escrever sobre o casamento e a mentira que representa. Ou até mesmo sobre sexo.

— Sexo? — Apago o cigarro no cinzeiro.

— Sexo. É a maior farsa de todas. Isto é, durante toda a sua vida, tudo que ouve é como deve se guardar para o casamento. E como é tão especial. E então finalmente transa. E fica meio que "*É só isso?* É disso que todos falam tanto?"...

— Está de brincadeira.

— Qual é! — diz. — Você sabe como é.

Faço uma careta.

— Na verdade, não.

— Mesmo? — Ela fica surpresa. E, depois, pragmática. — Bem, não faz diferença nenhuma. Não está perdendo nada. Na verdade, se nunca transou, recomendaria não transar nunca. Nunca. — Ela para. — E a pior coisa de todas? Quando faz uma vez, tem que *continuar* fazendo. Porque o cara espera que seja assim.

— Por que transou, então? — pergunto, acendendo mais um cigarro.

— Pressão. Namorei o mesmo garoto durante todo o colegial. Apesar de que, preciso admitir, estava curiosa.

— E...?

— Tudo tirando "aquilo" é legal — opina ela objetivamente. — "Aquilo" em si é chato pra caramba. Isso é o que ninguém te conta. Como é chato. E como dói.

— Tenho uma amiga que transou pela primeira vez e adorou. Disse que teve um orgasmo de verdade.

— Com penetração? — espanta-se Miranda. — Está mentindo. Todo mundo sabe que as mulheres não têm orgasmo apenas com penetração.

— Então por que todas transam?

— Porque são obrigadas — quase grita ela. — E então ficam simplesmente deitadas lá, esperando que acabe. A única coisa boa é que só dura um minuto ou dois.

— Talvez precise fazer muitas vezes para gostar.

— Não. Já transei pelo menos vinte vezes, e cada vez foi tão ruim quanto a primeira. — Ela cruza os braços. — Vai ver. E não importa com quem seja. Transei com outro cara seis meses atrás para ter certeza de que o problema não era meu, e foi tão ruim quanto antes.

— E com um homem mais velho? — pergunto, pensando em Bernard. — Um homem com experiência...

— Quantos anos?

— Trinta?

— Pior ainda — declara. — A coisa dele pode ser toda enrugada. Não há nada mais nojento que uma coisa enrugada.

— Já viu alguma? — quero saber.

— Não. E espero nunca precisar.

— Bem — digo, rindo. — E se eu transar e gostar? E então?

Miranda zomba, como se a possibilidade não existisse. Ela aponta o dedo para a foto de Samantha.

— Aposto que até ela acha chato. Parece gostar, mas, posso lhe garantir, está fingindo. Como todas as malditas mulheres deste planeta.

# PARTE DOIS

## Mordendo a Grande Maçã

CAPÍTULO DEZ

Bernard!
— Ele me ligou — cantarolo como um passarinho, sozinha, saltitando pela 47 em direção ao Theater District.
Bernard tinha ligado para meu antigo apartamento e Peggy dissera que eu não morava mais lá e que não sabia onde estava agora. Ela ainda teve a audácia de perguntar a Bernard se podia fazer um teste para sua nova peça. Bernard sugeriu friamente que ela ligasse para o diretor de elenco e então, subitamente, a memória de Peggy em relação a meu paradeiro voltou. "Está hospedada com uma amiga. Cindy? Samantha?"
Quando eu já tinha perdido as esperanças de ele tomar a iniciativa de me ligar, Bernard, abençoado seja, conseguiu somar dois e dois e me ligou primeiro.
— Pode me encontrar no teatro amanhã, na hora do almoço? — quis saber.
Bernard claramente tinha um conceito estranho sobre o que poderia ser definido como um encontro. Mas como ele é um prodígio, talvez apenas viva fora dos padrões.
O Theater District é muito excitante, mesmo de dia. Lá piscam as luzes da Broadway, encontram-se pequenos e charmosos restaurantes e os velhos teatros prometem "GAROTAS DE

VERDADE", o que me fez coçar a cabeça. E quem ia querer uma de mentira?

Então segui para o Shubert Alley. É apenas uma rua estreita, mas não consigo evitar imaginar como seria ter minha própria peça apresentada nesse teatro. Se um dia acontecesse, significaria que tudo em minha vida era perfeito.

Seguindo as instruções de Bernard, entro pela porta dos fundos. Não tem nada de especial — apenas um lobby desbotado com paredes de cimento, piso de linóleo descascado e um homem sentado atrás de uma daquelas janelinhas que deslizam para abrir e fechar.

— Bernard Singer? — pergunto.

O guarda ergue o olhar do *Post*, o rosto parecendo um mapa de veias.

— Veio para fazer teste? — pergunta, pegando uma prancheta.

— Não, sou uma amiga.

— Ah. Você é a tal jovem. Carrie Bradshaw.

— Isso mesmo.

— Ele avisou que estava esperando por você. Bernard saiu, mas volta logo. Pediu que eu a guiasse num tour pelos bastidores.

— Sim, por favor! — exclamo.

O Shubert Theatre. *A Chorus Line*. Bastidores!

— Já esteve aqui antes?

— Não! — Mal consigo evitar o tom agudo de excitação em minha voz.

— O Sr. Shubert fundou o teatro em 1913. — O guarda abre uma pesada cortina preta, revelando o palco. — Katharine Hepburn atuou aqui em 1939. *Núpcias de escândalo*.

— Neste mesmo palco?

— Costumava ficar bem aí onde está, todas as noites antes de sua primeira cena. "Jimmy", costumava dizer, "como está a casa hoje?" E eu respondia: "Ainda melhor com você aqui, Srta. Hepburn."

— Jimmy — imploro. — Poderia...

Ele sorri, compreendendo meu entusiasmo.

— Apenas por um segundo. Ninguém que não pertença ao sindicato pode pisar no palco...

Antes de Jimmy mudar de ideia, estou atravessando o palco, olhando o espaço da plateia. Ando até a ribalta e observo fileiras e fileiras de poltronas de veludo, os balcões, os camarotes luxuosos nas laterais. Por um momento imagino o teatro cheio, todos ali para me ver.

Abro os braços e digo:

— Olá, Nova York!

— Oh, céus.

Escuto uma risada profunda e rouca, seguida pelo som de uma pessoa batendo palmas. Olho para trás apavorada, quando vejo, nas coxias, Bernard, de óculos escuros, uma camisa branca aberta e sapatos Gucci. Ao lado dele está a pessoa que bate palmas, que logo reconheço como a atriz Margie Shephard. Sua ex-mulher. Que diabos ela está fazendo aqui? E o que deve estar pensando sobre mim após testemunhar minha breve performance?

Não demoro muito para descobrir, porque a próxima coisa que escuto dela é:

— Estou vendo que uma estrela nasceu — observa, numa voz impiedosa.

— Pegue leve, Margie — diz Bernard, com o bom-senso de ao menos parecer um pouco irritado com ela.

— Olá. Sou Carrie. — Estendo minha mão.

Ela me dá a honra de cumprimentá-la, mas não se apresenta, como se eu já devesse saber quem ela é. Acho que sempre vou me lembrar de como era sua mão: dedos compridos e macios, a palma quente e firme. Um dia até mesmo poderei dizer: "Conheci Margie Shephard. Apertei sua mão, e ela era incrível."

Margie abre a boca com graciosidade e dá uma risada maldosa.

— Ora, ora — comenta.

Ninguém pode dizer "ora, ora" e parecer charmosa, exceto Margie Shephard. Não consigo parar de encará-la. Não é exatamente bonita, mas tem um tipo de luz interior que faz você considerá-la uma das mulheres mais atraentes que já viu.

Entendo totalmente por que Bernard casou-se com ela. O que não entendo é por que não está *mais* casado com ela.

Não tenho nem chance.

— É um prazer conhecê-la — diz Margie, com uma discreta piscadela para Bernard.

— O prazer é meu. — Atrapalho-me com as palavras. Margie provavelmente me acha uma idiota.

Ela pestaneja para Bernard.

— Continuamos nossa discussão depois.

— Sugiro que não continuemos nunca — murmura Bernard.

Aparentemente não está fascinado por ela como eu.

— Eu te ligo. — Mais uma vez noto aquele belo sorriso, e os olhos que parecem ter visto tudo. — Adeus, Carrie.

— Adeus. — De repente sinto-me desapontada por vê-la partir.

Bernard e eu a observamos deslizar pelo corredor, uma de suas mãos acariciando a nuca — um lembrete mordaz para Bernard sobre o que está perdendo.

Engulo em seco, preparada para me desculpar pelo pequeno show, mas em vez de sentir vergonha, Bernard me segura por baixo dos braços e me aperta contra ele, girando-me como uma criança. Ele beija todo o meu rosto.

— Que bom ver você, garota. Chega sempre na hora certa. Alguém já te falou isso antes?

— Não...

— Mas é verdade. Se não estivesse aqui, não teria conseguido me livrar dela. Vamos lá. — Ele pega minha mão e me leva para o outro lado da ruela apressadamente. — É você, baby — diz. — Quando a vi, fez sentido.

— Sentido? — pergunto sem fôlego, tentando acompanhá-lo, confusa com sua súbita adoração. Era o que eu queria, mas agora que ele realmente parece encantado, estou um pouco desconfiada.

— Margie acabou. Está liquidada. Estou seguindo em frente. — Saímos na 44$^{th}$ street e seguimos em direção à Quinta Avenida. — Você é uma mulher. Onde posso comprar móveis por aqui?

— Móveis? — pergunto, rindo. — Não faço ideia.

— Alguém deve saber. — Ele aborda uma senhora bem-vestida que usa pérolas. — Com licença. Onde fica o melhor lugar para se comprar móveis por aqui?

— Que tipo de móveis? — pergunta a mulher, como se esse fosse um assunto perfeitamente normal para se conversar com um estranho.

— Uma mesa. E alguns lençóis. E talvez um sofá.

— Bloomingdale's — responde ela, e então vai embora.

Bernard olha para mim.

— Está ocupada esta tarde? Tem tempo para comprar uns móveis?

— Claro. — Não era exatamente o almoço romântico que tinha em mente, mas e daí?

Pulamos dentro de um táxi.

— Bloomingdale's — informa Bernard ao motorista. — E rápido. Precisamos comprar lençóis.

O taxista sorri.

— Os dois pombinhos vão se casar?

— O oposto. Estou me descasando oficialmente — diz Bernard, enquanto aperta minha perna.

Quando chegamos à loja, Bernard e eu corremos até o quinto andar como duas criancinhas, experimentando as camas, pulando no sofá, fingindo beber chá do mostruário de louças. Um dos vendedores reconhece Bernard ("Oh, Sr. Singer. É uma honra. Poderia autografar este cartão para minha mãe?") e nos segue como um cachorrinho.

Bernard compra um conjunto de mesa e cadeiras de jantar, um sofá e um divã de couro marrom, uma cristaleira e uma pilha de travesseiros, lençóis e toalhas.

— Podem entregar imediatamente?

— Normalmente, não — explica o vendedor. — Mas para o senhor, posso tentar.

— E agora? — pergunto a Bernard.

— Vamos até meu apartamento e esperamos.

— Ainda não consigo entender por que Margie levou os móveis — comento ao subirmos a 59th street.

— Para me punir, suponho.

— Mas achei que fora ela quem rompera — arrisco, cuidadosamente evitando a palavra "traíra".

— Queridinha, não sabe nada sobre as mulheres? Jogo limpo não existe no vocabulário delas.

— Nem todas. Eu nunca seria assim. Seria justa.

— É isso que é tão incrível em você. Não é mimada. — Ainda de mãos dadas, entramos no prédio, passando direto pelo porteiro chato. Engole essa, amigo, penso. Já dentro de casa, Bernard coloca um disco. Frank Sinatra. — Vamos dançar — diz. — Quero comemorar.

— Não sei dançar essas músicas.

— Claro que sabe. — Ele abre os braços. Descanso uma das mãos em seu ombro como aprendi a fazer nas aulas de dança de salão um milhão de anos atrás, quando ainda tinha 13 anos. Bernard se aproxima um pouco mais, sua respiração aquecendo meu pescoço. — Gosto de você, Carrie Bradshaw. Gosto mesmo. Acha que pode gostar de mim também?

— É claro que sim. — Dou uma risadinha. — Se não gostasse, não estaria dançando com você.

— Não acho que seja verdade. Acho que dançaria com um e, quando se cansasse, dançaria com outro.

— Nunca.

Inclino a cabeça para olhar seu rosto. Os olhos estão fechados, a expressão feliz. Ainda não consigo entender sua nova atitude. Se não fosse tão esperta, acharia que estava se apaixonando por mim.

Ou talvez esteja se apaixonando pela ideia de se apaixonar por mim. Talvez queira estar apaixonado por alguém e acabei estando no lugar e na hora certos.

De repente fico nervosa. Se Bernard se apaixonasse por mim, nunca seria capaz de corresponder às suas expectativas. Acabaria sendo uma decepção. E o que vou fazer se ele tentar transar comigo?

— Quero saber o que aconteceu — digo, tentando mudar de assunto. — Entre você e Margie.

— Já lhe contei o que aconteceu — murmura.

— Quis dizer esta tarde. Sobre o que estavam discutindo?

— Importa mesmo?

— Talvez não.

— Sobre o apartamento — explica. — Estávamos discutindo sobre o apartamento. Ela o quer de volta, e eu disse não.

— Ela quer o apartamento também? — pergunto, estupefata.

— Poderia ter me convencido se não fosse você. — Ele pega minha mão e me gira várias vezes. — Quando a vi naquele palco, pensei: "Isso é um sinal."

— Que tipo de sinal?

— Um sinal de que devo reconstruir minha vida. Comprar móveis. Tornar este lugar meu lar de novo.

Ele larga minha mão, mas continuo girando e girando até cair no chão. Fico deitada imóvel enquanto a sala vazia rodopia ao meu redor e por um momento me imagino num hospício, num espaço todo branco e sem móveis. Fecho os olhos e, quando os abro outra vez, o rosto de Bernard está bem próximo do meu. Tem cílios bonitos e uma linha de expressão nos cantos da boca. Um pequeno sinal se esconde no meio de sua sobrancelha direita.

— Maluquinha — sussurra ele, antes de se aproximar e me beijar.

Deixo-me levar por aquele beijo. A boca de Bernard toma conta da minha, absorvendo toda a realidade até a vida parecer ser formada apenas por aqueles lábios e línguas ocupados com sua própria dança.

Congelo.

E subitamente estou sufocando. Coloco as mãos nos ombros de Bernard.

— Não posso.

— Foi alguma coisa que eu disse?

Seus lábios voltam a tocar nos meus. Meu coração acelera. Uma artéria no pescoço lateja. Consigo me soltar.

Ele se senta.

— Intenso demais?

Abano o rosto e rio um pouco antes de dizer:

— Talvez.
— Não está acostumada a homens como eu.
— Acho que não! — Me levanto e ajeito a roupa.
Um trovão faz barulho lá fora. Bernard vem atrás de mim, afastando meu cabelo para o lado para beijar meu pescoço.
— Já fez amor durante uma tempestade?
— Ainda não — respondo, rindo e tentando desencorajá-lo.
— Talvez esteja na hora de fazer.
Ah, não. Agora? Neste momento? Meu corpo treme. Não acho que possa fazer isso. Não estou pronta.
Bernard massageia meus ombros.
— Relaxe. — Ele se aproxima e me beija na orelha.
Se transar com ele agora, vai me comparar a Margie. Imagino-os transando o tempo todo neste apartamento. Imagino Margie beijando Bernard com uma intensidade igual à dele, como nos filmes. Então me imagino deitada nua no colchão vazio, meus braços e pernas estendidos para os lados e imóveis.
Por que não transei com Sebastian quando tive oportunidade? Pelo menos saberia o que fazer. Nunca achei que alguém como Bernard poderia aparecer. Um adulto que obviamente acha que sua namorada faz sexo regularmente e quer transar o tempo todo.
— Vamos lá — insiste de forma gentil, puxando minha mão.
Eu continuo parada, e ele aperta os olhos para mim e pergunta:
— Não está a fim?
— Estou — respondo rapidamente, sem querer magoá-lo. — É só que...
— Sim?
— Esqueci meu anticoncepcional.
— Ah. — Ele larga minha mão e ri. — O que usa? Diafragma?

Fico corada de vergonha.

— É, sim — confirmo.

— Diafragma é um saco. E faz lambança. Com o creme. Usa um com ele, certo?

— Sim.

Mentalmente volto às aulas da escola. Imagino o diafragma, um objeto engraçadinho que parece um chapéu de borracha. Mas não me lembro de nada sobre um creme.

— Por que não toma pílula? É tão mais fácil.

— Vou tomar. Sim, com certeza — concordo vigorosamente. — Vivo querendo pegar uma receita, mas...

— Eu sei. Não quer tomar até saber que o relacionamento é sério.

Minha garganta fica seca. Esse relacionamento é sério? Estou pronta para ele? Mas no segundo seguinte, Bernard está deitado na cama, com a TV ligada. É minha imaginação ou ele parece um pouco aliviado?

— Vem cá, gatinha — chama, indicando o espaço a seu lado. Ele estende as mãos. — Acha que minhas unhas estão muito compridas?

— Como assim? — Faço uma careta.

— Sério — responde Bernard.

Pego a mão dele, passando meus dedos pela palma. Suas mãos são lindas e magras, e não consigo evitar pensar naquelas mãos sobre meu corpo. A parte mais sexy de um homem são as mãos. Se um homem tem mãos femininas, não importa como é o resto.

— Estão sim, um pouco.

— Poderia cortá-las e lixá-las para mim? — pede.

O quê?

— Margie fazia isso para mim — explica.

Meu coração amolece. Ele é tão doce. Não sabia que um homem podia ser tão acolhedor. Mas isso não é surpresa, considerando minha experiência limitada em relacionamentos.

Bernard entra no banheiro para pegar alicate e lixa. Olho em volta pelo quarto vazio. *Pobre Bernard*, penso, pela centésima vez.

— Vamos cuidar do primata — diz ao voltar.

Ele se senta na minha frente, e começo a cortar suas unhas com cuidado. Posso ouvir a chuva caindo sobre o toldo lá embaixo enquanto lixo ritmicamente, o movimento e a chuva deixando-me num transe relaxante. Bernard acaricia meu braço e depois meu rosto enquanto me inclino e deito sobre sua mão.

— Isso é bom, não é? — pergunta.

— Sim — respondo.

— É assim que deve ser. Sem brigas. Ou discutindo sobre de quem é a vez de levar o cachorro para passear.

— Tinham um cachorro?

— Um bassê. Era só de Margie, mas nunca se dava o trabalho de prestar atenção nele.

— Foi o que aconteceu com você?

— Foi. Ela parou de me dar atenção também. Só ligava para a carreira.

— Isso é terrível — comento, lixando satisfeita.

Não consigo imaginar uma mulher perdendo interesse em Bernard.

## CAPÍTULO ONZE

Na manhã seguinte acordo com uma ideia.

Talvez seja por causa de todo o tempo passado com Bernard, mas finalmente me sinto inspirada. Sei o que preciso fazer: escrever uma peça.

Esta brilhante ideia dura cerca de três segundos antes de ser esmagada pelas mil e uma razões de ela também ser impossível. Como Bernard poder pensar que o estou imitando. Ou Viktor Greene não permitir.

Sento-me de pernas cruzadas na cama de Samantha enquanto faço caretas. A verdade é que preciso provar que posso vencer em Nova York. Talvez tenha sorte e seja descoberta. Ou talvez descubra que tinha talentos ocultos dos quais nem suspeitava. Agarro as cobertas de seda como uma sobrevivente se agarrando a um bote salva-vidas. Apesar dos medos, parece que minha vida está começando a decolar aqui — e faltam menos de sete semanas para começar na Brown.

Começo a puxar um fio. Não que haja algo de errado com a Brown, mas já entrei lá. Por outro lado, se Nova York fosse uma faculdade, ainda estaria me candidatando. Se todas essas outras pessoas podem vencer em Nova York, por que eu não poderia?

Pulo da cama e corro sem motivo pelo apartamento, vestindo as roupas com pressa enquanto escrevo as seguintes frases: "Vou ter sucesso. Preciso ter sucesso. Dane-se todo mundo." Então, pego minha bolsa de mão e praticamente pulo os cinco lances de escada até o saguão de entrada.

Corro pela 14th street, me desviando da multidão, quase sem ver meus pés tocarem o chão. Chegando à Broadway, viro à direita e entro na Strand.

A Strand é uma lendária loja de livros usados onde se pode encontrar qualquer obra por um preço baixo. É cheia de mofo e todos os vendedores são metidos, como se fossem os guardiões da chama da alta literatura. O que não importaria, se você pudesse evitá-los. Se procura por um livro específico, não vai conseguir achá-lo sem a ajuda dos vendedores.

Abordo um sujeito magricelo usando um suéter com remendos amarelos nos cotovelos.

— Vocês têm *A morte do caixeiro-viajante*?

— Espero que sim — responde, cruzando os braços.

— E *A importância de ser honesto*? Ou talvez *As pequenas raposas*? *As mulheres*? *Nossa cidade*?

— Calma. Tenho cara de vendedor de sapatos?

— Não — balbucio, enquanto o sigo até as estantes.

Depois de quinze minutos de procura, o vendedor finalmente acha *As mulheres*. Na ponta de uma estante vejo Ryan. Está com o nariz enfiado em *No caminho de Swann*, coçando a cabeça e balançando o pé como se estivesse tomado pelo texto.

— Oi — cumprimento.

— Oi. — Ele fecha o livro. — O que está fazendo aqui?

— Vou escrever uma peça. — Mostro minha pequena pilha de livros. — Achei que deveria ler algumas.

Ele ri.

— Boa ideia. A melhor maneira de evitar escrever é lendo. Assim pode pelo menos *fingir* que está trabalhando.

Gosto de Ryan. Parece uma pessoa legal, ao contrário de seu melhor amigo, Capote Duncan.

Pago pelos livros e, quando me viro para olhar, Ryan ainda está ali. Sua expressão revela que não sabe muito bem o que quer fazer.

— Quer tomar um café? — pergunta.

— Claro.

— Tenho umas duas horas de folga antes de encontrar minha noiva — explica.

— Está noivo? — Ryan não pode ter mais do que 21 ou 22 anos. Parece jovem demais para se casar.

— Minha noiva é modelo. — Ele coça a bochecha, como se tivesse ao mesmo tempo orgulho e vergonha daquela profissão. — Sempre acho que se uma mulher quer muito, mas muito mesmo, que você faça alguma coisa, você deve fazer. É mais fácil a longo prazo.

— Então não *quer* se casar com ela?

Ele sorri, encabulado.

— Se eu durmo com uma mulher dez vezes, acho que devo me casar com ela. Não consigo evitar. Se não vivesse tão ocupada, a essa altura já estaríamos casados.

Descemos a Broadway e entramos numa lanchonete.

— Queria achar um cara assim — digo, brincando. — Um cara que faça tudo o que quero.

— E não pode? — Ele me olha, confuso.

— Não acho que faço o tipo mandona.

— Fico surpreso. — Distraído, Ryan pega seu garfo e testa os dentes em seu polegar. — É bem bonita.

Sorrio. Vindo de outro cara, veria isso como uma cantada. Mas Ryan não parece ter segundas intenções. Suspeito que seja um daqueles homens que dizem exatamente o que estão pensando e depois ficam surpresos pelas consequências.

Pedimos café.

— Como a conheceu? Sua noiva modelo?

Ele balança levemente a perna.

— Capote nos apresentou.

— Qual é a dele? — pergunto.

— Não me diga que também está interessada.

Faço uma careta.

— Está brincando? Não o suporto. Supostamente várias mulheres vivem correndo atrás dele...

— Eu sei. — Ryan concorda, parecendo agradecido. — Isto é, o cara nem é tão bonito.

— É como o garoto que todas as meninas gostam no sexto ano. E ninguém consegue entender por quê.

Ryan ri.

— Sempre achei que *eu* fosse esse garoto.

— E era?

— Mais ou menos. Era, sim.

Posso imaginar. Ryan aos 12 anos — abundante cabelo escuro, olhos azuis brilhantes —, um verdadeiro galã adolescente.

— Não admira estar noivo de uma modelo.

— Ela não era modelo quando nos conhecemos. Estudava para ser assistente de veterinário.

Tomo um gole do café.

— É como a profissão de praxe para garotas que não sabem o que querem fazer. Mas elas "amam" animais.

— Duro, mas é verdade.

— E como se tornou modelo?

— Foi descoberta — conta Ryan. — Veio me visitar em Nova York e um homem se aproximou na Bergdorf's e lhe entregou seu cartão.

— E ela não conseguiu resistir.
— E todas as mulheres não querem ser modelos? — Ryan pergunta.
— Não. Mas todos os homens querem namorá-las.
Ele ri.
— Devia vir a esta festa de hoje à noite. Haverá um desfile de um estilista local. Becky vai trabalhar nele. Capote estará lá também.
— Capote? — zombo. — Como poderia resistir? — Mas mesmo assim anoto o endereço num guardanapo.

Depois de me despedir de Ryan, passo pelo escritório de Viktor Greene para lhe contar sobre meu excitante novo plano de escrever uma peça. Se eu parecer realmente animada com isso, ele vai ter que concordar.

A porta de Viktor está escancarada como se já estivesse esperando alguém, então entro direto. Ele grunhe, assustado, e alisa seu bigode.

Viktor não me oferece uma cadeira, então fico em pé na frente de sua mesa.

— Descobri qual deve ser o meu projeto.
— Sim? — pergunta o professor, hesitante, seu olhar foca o corredor atrás de mim.
— Vou escrever uma peça!
— Tudo bem.
— Não se importa? Não é um conto ou um poema...
— Desde que seja sobre sua família — responde rapidamente.
— E vai ser — concordo. — Acho que devia ser sobre um casal. Estão casados há alguns anos e se odeiam...

Viktor me encara sem expressão. Parece não ter mais nada a dizer. Fico desconcertada por um momento, e então acrescento:

— Melhor começar agora mesmo.

— Boa ideia. — Agora está bem claro que ele me quer fora dali. Aceno rapidamente enquanto saio.

E então dou de cara com L'il.

— Carrie! — Ela fica ruborizada.

— Vou escrever uma peça — informo-a com animação. — Viktor disse que tudo bem.

— Isso é perfeito para você. Mal posso esperar para ler.

— Preciso escrevê-la primeiro.

Ela se afasta, tentando passar por mim.

— O que vai fazer hoje à noite? — pergunto apressadamente. — Quer jantar comigo e minha amiga Miranda?

— Adoraria, mas...

Viktor Green sai de sua sala. L'il olha para ele.

— Tem certeza? — pergunto, pressionando-a. — Miranda é muito legal. E vamos a um daqueles restaurantes indianos baratos na 6$^{th}$ street. Miranda disse que sabe onde ficam os melhores...

L'il pisca como se estivesse tentando focar sua atenção de volta em mim.

— Tudo bem. Acho que poderia...

— Me encontre na esquina da 14$^{th}$ street com a Broadway às oito e meia. E depois podemos ir a uma festa — digo, olhando para trás.

Deixo L'il e Viktor parados ali, me olhando como se eu fosse uma assaltante que subitamente tivesse resolvido poupá-los.

CAPÍTULO DOZE

Escrevo três páginas da peça. Tudo sobre Peggy e seu amante — o homem que tirou todas aquelas fotos ousadas —, a quem chamei de Moorehouse. Peggy e Moorehouse estão tendo uma discussão sobre papel higiênico. Acho que está bem engraçada e real — afinal, que casal não discute por causa de papel higiênico? —, e fico bastante satisfeita com meu trabalho.

Às oito da noite, pego Miranda em casa. Ela é sortuda: tem uma tia velha que mora numa pequena casa antiga de quatro andares e um porão, onde Miranda vive. O porão tem sua própria entrada e duas janelas que dão para a calçada. Seria perfeito, não fossem a umidade e a escuridão constante.

Toco a campainha, pensando em como adoro poder ir andando até o apartamento das minhas amigas e como a vida está frenética e desestruturada, nunca me deixando saber exatamente o que vai acontecer. Miranda abre a porta com o cabelo ainda molhado do banho.

— Não estou pronta.
— Tudo bem.

Passo por ela e afundo num velho sofá coberto por arabescos gastos. A tia de Miranda era rica há cerca de trinta anos.

Então o marido dela fugiu com outra mulher e deixou-a sem nada, além da casa. Ela trabalhou como garçonete e conseguiu pagar os estudos para agora ser professora de estudos feministas na Universidade de Nova York. O apartamento é cheio de livros como *A mulher, a cultura e a sociedade* e *Mulheres: a perspectiva feminista*. Sempre achei que a melhor coisa do apartamento de Miranda eram os livros. Os únicos que Samantha possui são de astrologia, autoajuda e o *Kama Sutra*. Com exceção desses, na maior parte do tempo ela lê revistas.

Miranda entra no quarto para se vestir. Acendo um cigarro e distraidamente examino os livros na estante, pegando um volume de Andrea Dworkin. Ele cai aberto e leio isto: "Apenas uma coisa molhada e suja, sêmen endurecido em você, o mijo dele escorrendo entre suas pernas..."

— Que barulho foi esse? — pergunta Miranda, olhando por cima do meu ombro. — Ah. Adoro esse livro.

— Sério? Acabei de ler uma parte que fala sobre sêmen seco...

— É a parte em que sai e escorre por suas pernas?

— Aqui diz que é xixi.

— Sêmen, xixi, qual a diferença? — Miranda dá de ombros. — É tudo nojento. — Ela joga uma bolsa marrom por cima do ombro. — Foi ver aquele cara, afinal?

— Aquele cara tem nome. Bernard. E, sim, fui vê-lo. Estou louca por ele. Fomos comprar móveis.

— Então já fez de você uma escrava.

— Estamos nos divertindo — defendi-me num tom mordaz.

— Já tentou te levar pra cama?

— Não — respondo, um pouco na defensiva. — Preciso tomar pílula antes. E resolvi não dormir com ele até meu aniversário de 18 anos.

— Vou me lembrar de marcar no calendário: "Aniversário da Carrie e dia em que ela vai perder a virgindade".

— Talvez você fosse gostar de estar lá. Para dar apoio moral.

— E Bernie faz alguma ideia de que planeja usá-lo como garanhão?

— A palavra "garanhão" só é adequada quando se planeja reproduzir. O que não é o caso.

— Nesse caso, "bobalhão" seria mais apropriado...

— Bernard não é nenhum bobalhão — discordo ameaçadoramente. — É um famoso dramaturgo...

— Blá-blá-blá.

— E aposto que sua "espada" é mais poderosa que suas palavras.

— É bom que seja — diz Miranda.

Ela levanta o dedo indicador e lentamente o curva como um gancho até cairmos na gargalhada.

— Simplesmente adoro estes preços — observa L'il, estudando o menu.

— Eu sei — concorda Miranda, satisfeita. — Pode comer uma refeição inteira por três dólares.

— E beber uma cerveja inteira por cinquenta centavos — acrescento.

Estamos em uma mesa no restaurante indiano sobre o qual Miranda vivia nos falando, apesar de não ser tão fácil encontrá-lo. Subimos e descemos o quarteirão três vezes passando por três restaurantes quase idênticos até Miranda insistir que aqui era o lugar certo, reconhecível pelas três penas de pavão num vaso na frente da janela. As toalhas de mesa são de plástico xadrez vermelho e branco; garfos e facas de metal. O ar é mofado e doce.

— Isso me faz lembrar de casa — diz L'il.

— Mora na Índia? — pergunta Miranda, impressionada.

— Não, boba. Carolina do Norte. — Ela gesticula para o restaurante. — É exatamente igual a um daqueles lugares de churrasco perto da autoestrada.

Espero que o jantar todo não seja assim. Miranda e L'il são intensas à própria maneira, então achei que gostariam uma da outra. É preciso que se deem bem. Sinto falta de ter um grupo de amigas. Às vezes sinto como se todos os setores da minha vida estivessem tão diferentes um do outro que parece que estou sempre visitando outro planeta.

— É poeta? — Miranda pergunta a L'il.

— Sim — responde L'il. — E você?

Interrompo:

— Miranda está na aula de estudos feministas.

L'il sorri.

— Sem querer ofender, mas o que vai fazer com isso?

— Qualquer coisa — ofende-se Miranda. Ela talvez esteja se perguntando o que se faz com um diploma de poesia também.

— Miranda faz coisas muito importantes: protesta contra a pornografia e é voluntária num abrigo de mulheres — explico.

— É uma feminista — concorda L'il.

— Não pensaria em ser qualquer outra coisa.

— Eu sou feminista — ofereço. — Acho que todas as mulheres deveriam ser...

— Mas significa que odeia homens. — L'il toma um gole de cerveja e encara Miranda do outro lado da mesa.

— E se odiar? — pergunta Miranda.

A conversa não está indo nada bem.

— Não odeio todos os homens. Apenas alguns — digo, tentando deixar o clima mais leve. — Ainda mais homens dos quais eu gosto e que não retribuem o sentimento.

L'il me olha em desafio, determinada a confrontar Miranda.

— Se odiar os homens, como vai se casar um dia? Ter filhos?

— Acho que se você acredita mesmo que o único propósito na vida de uma mulher é casar e ter filhos... — Miranda não termina a frase e abre um sorriso de superioridade para L'il.

— Eu não disse isso — responde L'il calmamente. — Só porque é casada e tem filhos não significa que seja o único propósito de sua vida. Pode fazer todas as coisas e ainda ter filhos.

— Boa resposta — opino.

— Para mim, é errado trazer uma criança a essa sociedade patriarcal — rebate Miranda. E quando a conversa está prestes a ficar ainda pior, nossas chamuças chegam.

Logo pego um dos pastéis, mergulho-o num molho vermelho e coloco um pedaço na boca.

— Fantástico — exclamo, enquanto meus olhos enchem de água e minha língua queima. Abano a mão freneticamente na frente do rosto, à procura de um copo d'água, enquanto Miranda e L'il riem. — Por que não me disse que o molho era tão picante?

— Por que não perguntou? — Miranda riu. — Você se empolgou, achei que soubesse o que estava fazendo.

— Eu sei!

— Isso inclui sexo? — pergunta Miranda com maldade.

— O que há com todo mundo? Vocês só falam de sexo?

— É muito excitante — diz L'il.

— Rá — começo. — Ela odeia. — Aponto para Miranda.

— Apenas a parte da "relação". — Miranda faz um gesto de entre aspas. — Por que chamam de relação, afinal? Parece envolver algum tipo de conversa. O que não acontece. É penetração, pura e simplesmente. Não há uma troca envolvida.

Os pratos chegam. Um é curry, branco e cremoso. Os outros dois são marrom-avermelhados e parecem perigosos. Pego uma colherada do curry branco. L'il pega um pouco do outro e empurra na direção de Miranda.

— Se sabe fazer direito, suponho que seja como uma conversa — insiste.

— Como? — pergunta Miranda, ainda não convencida.

— O pênis e a vagina se comunicam.

— Não brinca! — digo.

— Minha mãe me contou — diz L'il. — É um ato de amor.

— É um ato de guerra — discorda Miranda, inflamando-se. — O pênis está dizendo "Deixe-me entrar", e a vagina responde "Sai de perto de mim, nojento".

— Ou talvez a vagina diga "Anda logo" — sugiro.

L'il limpa a boca e sorri.

— Esse é o problema. Se achar que vai ser horrível, vai ser.

— Por quê? — Mergulho o garfo no curry vermelho para saber se é picante.

— Tensão. Se ficar tensa, torna tudo mais difícil. E doloroso. Por isso a mulher sempre deve ter um orgasmo antes — declara L'il com indiferença.

Miranda termina sua cerveja e imediatamente pede outra.

— Isso foi a coisa mais estúpida que já ouvi. Como pode saber se teve ou não o suposto orgasmo?

L'il ri.

— É — engulo. — Como?

L'il escorrega um pouco em sua cadeira e adquire uma expressão de professora.

— Estão brincando, certo?

— Eu não — confesso, olhando para Miranda. Sua expressão está fechada, como se não quisesse escutar.

— Precisa conhecer seu próprio corpo — começa L'il enigmaticamente.

— Como assim?

— Masturbação.
— Eeeeeecaaaaaaa. — Miranda tapa os ouvidos.
— Masturbação não é uma palavra suja — repreende L'il.
— É parte de uma sexualidade saudável.
— E suponho que sua mãe tenha dito isso a você também? — quer saber Miranda.

L'il dá de ombros.

— Minha mãe é enfermeira. Não acredita em florear palavras quando se trata de saúde. Ela diz que sexo saudável é parte de uma vida saudável.
— Ora. — Estou impressionada.
— E ela fez toda essa coisa de conscientização — continua L'il. — No começo dos anos 1970. Quando as mulheres se sentavam em círculo segurando espelhos...
— Viu? — Isso explica tudo, penso.
— Agora ela é lésbica — conclui L'il com sarcasmo.

Miranda abre a boca para falar alguma coisa, mas pensa melhor. Pela primeira vez, não tem nada a dizer.

Depois do jantar, L'il escapa de ir à festa, alegando dor de cabeça. Miranda também não quer ir, mas a lembro que, se ela for para casa, vai parecer que ficou de mau humor.

A festa é na Broadway com a 17th street, num prédio que um dia fora um banco. Um segurança diz para pegarmos o elevador até o quarto andar. Imagino que seja uma festa grande, já que o guarda deixou que as pessoas entrassem com tanta facilidade.

O elevador se abre para um espaço branco cheio de arte maluca nas paredes. Enquanto ainda estamos assimilando o ambiente, um homem pequeno e rotundo de cabelos cor de manteiga se aproxima, radiante.

— Sou Bobby — diz, estendendo uma das mãos para mim.

— Carrie Bradshaw. E Miranda Hobbes. — Miranda abre um sorriso amarelo para Bobby e ele aperta os olhos, nos analisando.

— Carrie Bradshaw — repete ele, como se estivesse encantado em me conhecer. — E o que você faz?

— Por que essa é sempre a primeira pergunta que todo mundo faz? — balbucia Miranda.

Olho na direção dela para saber que concordo e, audaciosa, respondo:

— Sou dramaturga.

— Dramaturga! — exclama Bobby. — Isso é ótimo. Amo escritores. Todo mundo ama escritores. Eu era escritor antes de me tornar artista.

— É um artista? — pergunta Miranda, como se isso não pudesse ser verdade.

Bobby a ignora.

— Precisa me dizer o nome de suas peças. Talvez tenha assistido a alguma...

— Duvido — interrompo.

Nunca ia imaginar que ele acreditaria que eu já tivesse escrito mesmo uma peça. Mas agora que já falei, não posso voltar atrás.

— Porque ela não escreveu nenhuma — solta Miranda.

— Na verdade — digo, olhando para ela, furiosa —, estou escrevendo uma agora mesmo.

— Maravilhoso — diz Bobby. — Quando estiver pronta, podemos encená-la aqui.

— Sério? — Esse Bobby deve ser meio louco.

— É claro — afirma com bravata, conduzindo-nos. — Faço todo tipo de produção experimental. Isto é um nexo... um nexo — repete, saboreando a palavra — de arte, moda e fotografia. Não apresentei uma peça ainda, mas parece exatamente a coisa certa. E podemos convidar todo tipo de gente para assistir.

Antes de eu conseguir começar a processar a ideia, Bobby está abrindo caminho entre a multidão, enquanto eu e Miranda o seguimos.

— Conhece Jinx? A estilista? Estamos apresentando sua nova coleção esta noite. Vai adorá-la — insiste, colocando-nos frente a frente a uma mulher de aparência assustadora, com longos cabelos negros azulados, cerca de cem camadas de delineador e batom preto. Ela está abaixada, acendendo um baseado, quando Bobby interrompe: — Jinx, querida — começa, o que é extremamente irônico, considerando que Jinx não deve ser querida de ninguém. — Essa é... — Ele tenta lembrar meu nome. — Carrie. E sua amiga — acrescenta, indicando Miranda.

— É um prazer conhecê-la — digo. — Mal posso esperar para ver seu desfile.

— Eu também — responde ela, inalando a fumaça e prendendo-a nos pulmões. — Se aquelas malditas modelos não chegarem logo... Odeio modelos, você não? — Jinx levanta a mão esquerda, mostrando uma engenhoca de metal pela qual cada um de seus dedos passava. — Soco-inglês — explica. — Nem pense em mexer comigo.

— Não vou. — Olho em volta, desesperada para escapar, e vejo Capote Duncan no canto. — Temos que ir — digo, cutucando Miranda. — Acabei de achar um amigo...

— Que amigo? — pergunta Miranda. Deus, ela realmente é péssima para festas. Não admira não ter querido vir.

— Alguém que gostei muito de ver agora. — O que, claro, é mentira. Mas como Capote Duncan é a única pessoa que conheço na festa, vai ter que servir.

Ao passarmos pela multidão, me pergunto se morar em Nova York deixa as pessoas loucas ou se já eram loucas e a cidade as atrai como moscas.

Capote está encostado num ar-condicionado, falando com uma garota alta com um daqueles narizes empinados como um focinho. Ela tem cabelos loiros cheios e olhos castanhos que lhe conferem uma aparência interessante, e, como está com Capote, presumo que seja uma das modelos atrasadas de quem Jinx falara.

— Vou dar a você uma lista de leitura — está dizendo Capote. — Hemingway. Fitzgerald. E Balzac. — Imediatamente tenho vontade de vomitar. Capote está sempre falando de Balzac, o que me faz lembrar de por que não o suporto. É muito pretensioso.

— Olá — digo cantarolando.

Capote se vira bruscamente, como se esperasse ver alguém específico. Quando me vê, seu rosto desaba. Parece passar por um breve conflito interno, como se quisesse me ignorar mas sua educação sulista não deixasse que o fizesse. Depois de um tempo finalmente consegue forçar um sorriso.

— Carrie Bradshaw — reconhece Capote, arrastada e lentamente. — Não sabia que vinha hoje.

— Por que saberia? Ryan me convidou.

Quando falo "Ryan", a modelo aguça o ouvido. Capote suspira.

— Esta é Becky. Noiva de Ryan.

— Ryan me falou muito sobre você — comento, estendendo a mão. Ela me cumprimenta sem vontade. Em seguida, o rosto parece franzido, como se estivesse prestes a chorar, e então sai correndo.

Capote me olha acusadoramente.

— Bom trabalho.

— O que foi que eu *fiz*?

— Ela acaba de me contar que está planejando terminar com Ryan.

— É mesmo? — observo. — E eu aqui pensando que você tentava desenvolver o cérebro dela. A lista de leitura? — enfatizo.

Capote fica tenso.

— Isso não foi esperto, Carrie — diz, passando por nós para ir atrás de Becky.

— Com você, tudo tem a ver com esperteza, não é? — grito atrás dele.

— O prazer foi meu — grita Miranda com ironia.

Infelizmente, a conversa com Capote foi o limite para Miranda, e ela insiste em ir para casa. Considerando a grosseria dele, também não tenho vontade de ficar sozinha na festa.

Fico chateada por não vermos o desfile. Por outro lado, estou feliz por ter conhecido o tal Bobby. Durante a caminhada para casa debaixo das luzes amarelas, fico falando sobre minha peça e sobre como seria legal se fosse encenada na casa de Bobby, até Miranda finalmente se virar para mim e dizer:

— Quer tratar de escrever essa porcaria logo?

— Você estará na minha apresentação?

— Por que não estaria? Tirando o fato de Bobby e todos os seus amigos serem idiotas completos. E aquele Capote Duncan? Quem diabos ele pensa que é?

— É um grande idiota — digo, lembrando-me da expressão furiosa em seu rosto. E subitamente me dou conta de como gosto de deixar Capote Duncan com raiva.

Miranda e eu nos separamos, e prometo ligar para ela no dia seguinte. Quando entro no prédio, posso jurar que estou ouvindo o telefone de Samantha tocar e o som vem descendo a escada. Um telefone tocando é como um grito de guerra para mim, e subo correndo dois degraus de cada vez. Depois do décimo toque, o telefone para, mas logo recomeça.

Entro apressada pela porta e o encontro onde foi largado, embaixo do sofá.

— Alô? — pergunto sem fôlego.
— O que vai fazer na quinta-feira à noite? — É a própria Samantha.
— Quinta à noite? — pergunto, desorientada. Quando vai ser quinta à noite? Ah, sim, depois de amanhã. — Não faço ideia.
— Preciso que me ajude com uma coisa. Charlie e eu vamos dar um jantarzinho íntimo no apartamento dele...
— Adoraria ir — interrompo, crente que estou convidada. — Posso levar Bernard comigo?
— Não acho que seja uma boa ideia.
— Por que não?
— Não leve a mal — ronrona. — Mas na verdade preciso que você cozinhe. Disse que sabia cozinhar, não disse?
Franzo a testa.
— Posso ter dito. Mas...
— Não sei cozinhar nada. E não quero que Charlie descubra.
— Então vou ficar na cozinha a noite toda.
— Estaria fazendo um enorme favor a mim — murmura. — E disse que me faria um favor um dia também, se eu pedisse.
— É verdade — admito com relutância, mas ainda não convencida.
— Olha — diz Samantha, aumentando a pressão. — Se for muito sacrifício, a gente faz uma troca: uma noite cozinhando por qualquer um dos meus pares de sapato.
— Mas seus pés são maiores que os meus.
— Pode enchê-los de lenços de papel.
— Que tal a bota da Fiorucci? — pergunto com astúcia.
Ela para, pensando no assunto.
— Ah, por que não? — concorda. — Posso sempre pedir um novo para Charlie. Especialmente depois que descobrir que cozinheira maravilhosa posso ser.
— Certo — balbucio enquanto ela se despede.

Como foi que entrei nessa enrascada? Sei cozinhar apenas tecnicamente. Mas só o fiz até hoje para amigos. Quantas pessoas ela estaria esperando nesse jantarzinho íntimo? Seis? Ou dezesseis?

O telefone toca de novo. Provavelmente Samantha ligando de novo para discutirmos o menu.

— Samantha? — pergunto com cautela.

— Quem é Samantha? — quer saber a voz familiar do outro lado da linha.

— Maggie! — grito.

— O que está acontecendo? Tentei ligar para seu número e uma mulher desagradável disse que não mora mais lá. Então sua irmã explicou que se mudou...

— É uma longa história — interrompo, me acomodando no sofá para conversar.

— Pode me contar amanhã — exclama ela. — Estou indo para Nova York!

— Está?

— Minha irmã e eu vamos visitar nossos primos na Pensilvânia. Vou pegar o ônibus para a cidade amanhã de manhã. Achei que poderia ficar com você por algumas noites.

— Oh, Mags, isso é fantástico. Mal posso esperar para vê-la. Tenho tanta coisa para contar. Estou saindo com esse cara...

— Maggie? — pergunta alguém perto dela.

— Tenho que desligar. Te vejo amanhã. Meu ônibus chega às nove. Pode me encontrar em Port Authority?

— É claro.

Desligo o telefone, animada. Então lembro que ia sair com Bernard amanhã à noite. Mas talvez Maggie possa vir com a gente. Mal posso esperar para que o conheça. Vai enlouquecer quando vir como ele é sexy.

Entusiasmada, me sento na frente da máquina para escrever mais algumas páginas de minha peça. Estou determinada a aproveitar o convite de Bobby para apresentar uma leitura da peça em sua casa. E talvez, apenas talvez, se a leitura for um sucesso, possa ficar em Nova York. Terei virado uma escritora oficialmente e não precisarei ir para a Brown.

Trabalho direto até as três da madrugada, quando me obrigo a ir para a cama. Fico rolando de um lado para o outro de ansiedade, pensando na peça, em Bernard e em todas as pessoas interessantes que conheci. O que Maggie vai pensar da minha nova vida?

Certamente vai ficar impressionada.

CAPÍTULO TREZE

— Está mesmo morando aqui? — pergunta Maggie, espantada.
— Não é o máximo?
Ela deixa a mochila no chão e examina o apartamento.
— Onde é o banheiro?
— Ali — indico, apontando para a porta atrás dela. — O quarto é lá. E esta é a sala.
Ela suspira.
— É tão pequeno.
— É grande para Nova York. Devia ter visto onde estava antes.
— Mas... — Ela vai até a janela e olha para fora. — É tão suja. E este prédio. Quero dizer, está prestes a desabar. E aquelas pessoas no corredor...
— O casal de velhos? Morou aqui a vida toda. Samantha fica torcendo para que morram para conseguir o apartamento deles — tagarelo sem pensar. — Tem dois quartos, e o aluguel é mais barato que o daqui.
Maggie arregala os olhos.
— Isso é horrível. Querer que alguém morra só para ficar com seu apartamento. Essa Samantha parece ser uma pessoa terrível. Mas não fico surpresa, sendo prima de Donna LaDonna.

— É só de brincadeira.

— Bem — continua, apalpando o futon para ter certeza de que aguenta se ela sentar —, espero que sim.

Olho para ela, surpresa. Quando foi que Maggie se tornou tão fresca? Não parou de reclamar de Nova York desde que a encontrei em Port Authority. Falou do cheiro. Do barulho. Das pessoas. O metrô a apavorou. Quando saímos na 14th street com 8th Avenue, tive que ensiná-la a atravessar a rua.

E agora está insultando o apartamento? E Samantha? Mas talvez não seja de propósito. É claro que ela acha que Samantha deva ser como Donna LaDonna. Eu também acharia se não a conhecesse.

Sento do outro lado dela, inclinada para a frente.

— Não acredito que está mesmo aqui.

— Nem eu — responde Maggie, cheia de entusiasmo. Estamos tentando resgatar a velha sintonia.

— Está linda!

— Obrigada — agradece. — Acho que perdi três quilos. Comecei a praticar windsurfe. Já tentou alguma vez? É incrível. E as praias são tão lindas. E têm todas essas pequenas aldeias de pescadores.

— Nossa. — A ideia de aldeias de pescadores e de longos pedaços de areia vazia subitamente me parece tão singular quanto ter vivido há duzentos anos.

— E os garotos? — pergunto.

Ela balança os pés tirando os tênis, esfregando um dos calcanhares como se já tivessem criado uma bolha.

— São lindos. Hank, um deles, tem 1,89m e está no time de tênis universitário da Duke. Eu juro, Carrie, nós duas devíamos pedir transferência para a Duke. Lá tem os caras mais lindos.

Dou um sorriso.

— Temos muitos garotos lindos em Nova York também...

— Não como aqueles. — Ela suspira teatralmente. — Hank seria perfeito, exceto por um detalhe.

— Tem namorada?

— Não. — Ela me olha ofendida. — Eu nunca namoraria alguém que tivesse namorada. Não depois de Lali.

— Lali. — Balanço os ombros. Cada menção do passado faz meu estômago se revirar. Daqui a pouco vamos falar de Sebastian. E realmente não quero isso. Desde que cheguei a Nova York, mal pensei em Lali ou em Sebastian, ou no que aconteceu na primavera passada. Parece que tudo aquilo aconteceu com outra pessoa, não comigo. — Mas sobre Hank... — mudo de assunto, tentando me manter no presente.

— Ele... — Maggie balança a cabeça, pega o tênis e o coloca de novo no chão. — Ele não é... bom de cama. Já passou por isso?

— Certamente já ouvi sobre o assunto.

— Ainda não...

Tento mudar desse assunto também.

— O que significa exatamente "ruim na cama"?

— Ele não faz quase nada. Só enfia aquilo. E então acaba em, sei lá, três segundos.

— E não é sempre assim? — pergunto, lembrando o que Miranda contara.

— Não. Peter era muito bom de cama.

— Era? — Ainda não consigo acreditar que o velho nerd Peter era um garanhão.

— Não sabia? Foi um dos motivos por eu ter ficado tão chateada quando terminamos.

— O que vai fazer, então? — pergunto, torcendo o cabelo e prendendo num coque. — Quanto a Hank?

Ela abre um sorriso misterioso.

— Não sou casada. Não sou nem noiva. Então...

— Está dormindo com outro garoto?

Ela confirma com a cabeça.

— Está dormindo com dois caras... ao mesmo tempo? — Agora eu é que estou espantada.

Ela me olha de forma estranha.

— Bem, tenho certeza de que não dorme com os dois ao mesmo tempo, mas... — hesito.

— Estamos nos anos 1980. As coisas mudaram. Além disso, estou tomando anticoncepcional.

— Você pode pegar uma doença.

— Bem, não peguei.

Ela me olha feio, e eu desisto. Maggie sempre foi teimosa. Ela faz o que quer quando quer, e ninguém consegue fazê-la desistir. Esfrego meu braço, distraída.

— Quem é o outro cara?

— Tom. Trabalha num posto de gasolina.

Olho consternada para ela.

— O quê? — quer saber. — Qual é o problema de um garoto trabalhar num posto de gasolina?

— É tão clichê.

— Em primeiro lugar, ele é incrível no windsurfe. Em segundo, está tentando ser alguém na vida. Seu pai tem um barco de pesca. E ele poderia ser pescador, mas não quer terminar como o pai. Estuda na faculdade pública.

— Isso é ótimo — comento, sentindo-me culpada.

— Eu sei — concorda Maggie. — Estou com um pouco de saudades. — Ela olha seu relógio. — Se importa se eu ligar para ele? Provavelmente já voltou da praia a essa hora.

— Vá em frente. — Dou o telefone a ela. — Vou tomar um banho.

Vou até o banheiro enquanto a informo sobre os planos para hoje:

— Esta noite vamos encontrar Bernard para um drinque no Peartree's, um bar chique perto do edifício das Nações Unidas. Talvez à tarde possamos almoçar na White House Tavern. É aonde todos os escritores famosos costumam ir. Depois disso, podemos ir à Saks. Adoraria que conhecesse minha amiga Miranda.

— Claro — responde Maggie, como se não tivesse escutado uma palavra. Sua atenção está toda focada no telefone enquanto disca o número de seu namorado; ou devo dizer "amante"?

Ryan e Capote Duncan estão na White House Tavern, sentados numa mesa na calçada. Tem um bule de café na frente deles, e parecem cansados, como se tivessem ido dormir tarde e acabado de levantar. Os olhos de Ryan estão inchados e Capote não fez a barba, além de seu cabelo ainda estar molhado do banho.

— Oi — cumprimento. Estão ao lado da entrada, tornando impossível evitá-los.

— Ah. Olá — diz Capote com desconfiança.

— Esta é minha amiga Maggie.

Ryan imediatamente se endireita ao ver a beleza natural e tipicamente americana de Maggie.

— O que estão fazendo? — pergunta visivelmente interessado, o que parece ser seu comportamento normal entre mulheres. — Querem sentar com a gente?

Capote lança um olhar frustrado para ele, mas Maggie se senta antes de qualquer um de nós poder recusar. Talvez tenha achado Ryan bonitinho.

— De onde é, Maggie? — pergunta Ryan.

— Castlebury. Carrie e eu somos melhores amigas.

— Mesmo? — quer saber Ryan, como se isso fosse muito interessante.

— Ryan e Capote estão na minha turma — explico.

— Ainda não acredito que Carrie entrou nessa aula. E realmente veio para Nova York e tudo mais.

Capote ergue uma sobrancelha.

— O que quer dizer? — pergunto, ligeiramente irritada.

— Bem, ninguém nunca pensou de verdade que você se tornaria uma escritora — diz Maggie, rindo.

— Isso é loucura. Sempre disse que queria fazer isso.

— Mas não escrevia de verdade. Não até o último ano. Carrie trabalhava no jornal da escola — conta ela a Ryan. Maggie se vira novamente para mim. — Mas mesmo na época não era exatamente você que *escrevia* para o jornal, não é?

Reviro os olhos. Maggie nunca descobrira que era eu quem escrevia todas aquelas histórias para o jornal da escola usando pseudônimo. Não vou contar isso agora. Por outro lado, está me fazendo parecer uma diletante na frente de Capote. Que já parece achar que não pertenço àquela aula.

Fantástico. Maggie acaba de colocar mais lenha na fogueira dele.

— Sempre escrevi muito. Só não lhe mostrava.

— Claro — diz Maggie, sorrindo como se fosse uma piada.

Solto um suspiro. Será que ela não vê o quanto mudei? Talvez seja porque ela não tenha mudado nada. É a mesma velha Maggie, então provavelmente acha que também continuo a mesma.

— Como foi o desfile? — pergunto, mudando o assunto de minha suposta falta de escrita.

— Ótimo — declara Capote com indiferença.

— Como pode ver, Capote é um homem que não entende nada de moda. Entende, por outro lado, bastante sobre modelos — informa Ryan.

— As modelos são realmente burras? — quer saber Maggie.

Ryan ri.

— Não é exatamente essa a questão.

— Ryan está noivo de uma modelo — informo, me perguntando se Becky terminara mesmo com ele. Certamente não está agindo como um cara que acaba de levar um fora. Olho para Capote interrogativamente. Ele dá de ombros.

— Quando vão se casar? — pergunta Maggie educadamente. Ela e Ryan parecem ter desenvolvido uma conexão, e me pergunto se está decepcionada por ele não estar disponível.

— Ano que vem — diz Ryan com tranquilidade. — Ela foi para Paris hoje de manhã.

Ahá. Então não precisou terminar oficialmente. E, pobre Ryan, sentado aqui sem suspeitar de nada. Por outro lado, Capote talvez seja capaz de mentir sobre a situação. Pode ser que tenha me falado que Becky ia deixar Ryan porque quer Becky para si mesmo.

— Interessante — digo para ninguém em particular.

Capote coloca cinco dólares sobre a mesa.

— Estou caindo fora.

— Mas... — opõe-se Ryan. Capote balança levemente a cabeça. — Acho que também vou — concorda com relutância.

— Foi um prazer conhecê-la. — Ele sorri para Maggie. — O que vão fazer hoje à noite?

— Carrie vai me levar para uns drinques com um cara.

— Bernard Singer não é "um cara" — enfatizo.

Capote para.

— Bernard Singer? O dramaturgo?

— É namorado de Carrie — diz Maggie despreocupadamente.

Os olhos de Capote se arregalam por trás dos óculos.

— Está namorando Bernard Singer? — pergunta, como se fosse impossível alguém tão prestigiado quanto Bernard estar interessado em mim.

— Aham — respondo, como se não fosse grande coisa.

Capote apoia a mão nas costas de sua cadeira, incerto a respeito de realmente querer ir embora.

— Bernard Singer é um gênio.

— Sei disso.

— Adoraria conhecê-lo — diz Ryan. — Por que não encontramos vocês para um drinque mais tarde?

— Seria ótimo — aceita Maggie.

Assim que eles vão embora, dou um gemido.

— O que foi? — pergunta Maggie, um pouco na defensiva, sabendo que fez algo de errado.

— Não posso levar os dois para tomar um drinque com Bernard.

— Por que não? Ryan é *ótimo* — diz, como se ele fosse a única pessoa normal que conhecera até agora. — Acho que gostou de mim.

— Ele está noivo.

— E...? — Maggie pega o cardápio. — Ouviu o que ele disse? Ela não está por perto.

— Ele adora flertar. Não significa nada.

— Adoro flertar também. Então é perfeito.

Estava errada. Maggie mudara. Virou uma viciada em sexo. E como poderia explicar sobre Bernard?

— Bernard não vai querer encontrá-los...

— Por que não?

— Porque é mais velho. Tem trinta anos.

Ela me olha horrorizada.

— Meu Deus, Carrie. *Trinta?* Isso é nojento!

CAPÍTULO CATORZE

Pela atitude de Maggie, decidi não apresentá-la a Miranda. Provavelmente entrariam numa grande briga sobre sexo e eu ficaria dividida entre as duas. Em vez disso, damos uma volta pelo Village, onde uma vidente lê as cartas do tarô para Maggie — "Estou vendo um homem de cabelos escuros e olhos azuis."
— Ryan! — exclama Maggie. — Então a levo até o Washington Square Park. Lá encontramos a seleção habitual de esquisitos, músicos, traficantes, Hare Krishnas e até mesmo dois homens andando em pernas de pau, mas ela ainda assim só fala de como ali não tem grama.
— Como podem chamar de parque se é todo de terra?
— Provavelmente existia grama em alguma época. E pelo menos *tem* árvores — aponto.
— Mas olhe as folhas. Estão pretas. Até os esquilos estão sujos.
— Ninguém presta atenção nos esquilos.
— Deviam prestar — diz Maggie. — Contei a você que vou ser bióloga marinha?
— Não...
— Hank está estudando biologia. Disse que se for bióloga marinha, poderei morar na Califórnia ou na Flórida.

— Mas você não gosta de ciências.
— Do que está falando? — pergunta Maggie. — Não gostava de química, mas amava biologia.

Isso era novidade para mim. Quando estudamos biologia no primeiro ano do ensino médio, Maggie se recusou a decorar os nomes das espécies e dos filos, dizendo que era o tipo de coisa estúpida que ninguém nunca ia usar na vida real, então para que ter esse trabalho?

Andamos um pouco mais, e Maggie ficava cada vez mais incomodada com o calor e as pessoas estranhas e como achava que estava sentindo outra bolha no pé. Quando a levo de volta ao apartamento, ela reclama da falta de um ar-condicionado que funcione. Quando chega a hora de sair para encontrar Bernard, minha paciência está quase se esgotando. Mais uma vez, Maggie reclama de pegar o metrô.

— Não vou descer aí de novo — declara. — Fede. Não sei como aguenta.

— É a melhor maneira de se locomover — digo, tentando convencê-la a descer as escadas.

— Por que não podemos pegar um táxi? Minha irmã e meu cunhado disseram que táxis são seguros.

— Também são caros. Não tenho dinheiro.

— Tenho cinquenta dólares.

O quê? Queria que tivesse me dito que tinha dinheiro mais cedo. Poderia ter pagado por nossos hambúrgueres.

Quando estamos dentro de um táxi, em segurança, Maggie revela sua conclusão de por que nova-iorquinos usam preto.

— É porque aqui é muito sujo. E no preto não aparece. Poderia imaginar como estariam suas roupas se usassem branco? Isto é, quem usa preto no verão?

— Eu uso — digo, nada perplexa, especialmente porque estou de preto agora mesmo. Estou usando uma camiseta preta, calças de couro preto dois números maior compradas com noventa por cento de desconto numa daquelas lojas baratas da 8ª street, e sapatos pretos de bico fino dos anos 1950 que achei num brechó.

— Preto é para funerais — decreta Maggie. — Mas talvez nova-iorquinos gostem da cor porque sentem que já morreram.

— Ou talvez pela primeira vez em suas vidas estejam sentindo-se *vivos*.

Ficamos presas no trânsito na altura da Macy's, e Maggie abre sua janela, abanando-se com uma das mãos.

— Olhe para todas essas pessoas. Isso não é viver. É sobreviver.

Tenho que admitir que ela tem razão quanto a isso. Em Nova York é preciso sobreviver.

— Quem estamos indo encontrar mesmo? — pergunta.

Solto um suspiro.

— Bernard. O cara com quem estou saindo. O dramaturgo.

— Peças são chatas.

— Bernard não concorda. Então, por favor, não diga que "peças são chatas" quando o conhecer.

— Ele fuma cachimbo?

Olho-a, furiosa.

— Disse que ele tem mais de 30 anos. Imagino-o fumando cachimbo e usando chinelos.

— Trinta anos não é *velho*. E não diga a ele quantos anos eu tenho, também. Ele acha que tenho 19 ou vinte. Então você precisa ter 19 ou vinte também. Somos veteranas na faculdade, combinado?

— Não é bom ter que mentir para um cara — opina Maggie.

Respiro fundo. Tenho vontade de perguntar se Hank sabe sobre Tom, mas não o faço.

Quando finalmente passamos pelas portas giratórias do Peartree's, fico aliviada ao ver a cabeleira escura de Bernard abaixada por cima de um jornal, com um copo de uísque na sua frente. Ainda sinto frio na barriga quando sei que irei vê-lo. Conto as horas, lembrando-me da sensação de seus lábios sobre os meus. Quanto mais se aproxima a hora de nosso encontro, mais nervosa fico, com medo de ele ligar cancelando ou nem aparecer. Queria não me importar tanto, mas fico feliz por ter alguém que me faça sentir assim.

Não tenho certeza se Bernard sente a mesma coisa, no entanto. Esta manhã, quando comentei que uma amiga viera me visitar inesperadamente, ele respondera:

— Vá ver sua amiga, então. A gente se encontra outro dia.

Soltei um soluço de decepção.

— Mas achei que a gente ia se ver. *Hoje.*

— Não vou a lugar algum. Podemos nos ver depois que ela for embora.

— Contei a ela tudo sobre você. Queria que se conhecessem.

— Por quê?

— Porque é minha melhor amiga. E... — Não completei a frase. Não sabia como dizer que queria exibi-lo, queria que Maggie ficasse impressionada com ele e minha impressionante vida nova. Queria que visse como cheguei longe em tão pouco tempo.

Achei que ele perceberia só pelo tom de minha voz.

— Não quero ficar de babá, Carrie — respondeu.

— Não vai! Maggie tem 19 anos, talvez vinte... — Devo ter soado muito insistente porque ele cedeu e concordou em nos encontrar para um drinque.

— Mas apenas um drinque — avisou. — Devia passar um tempo com sua amiga. Ela veio ver você, não a mim.

Odeio quando Bernard fala sério.

Então concluí que seu comentário fora vagamente ofensivo. É claro que eu queria passar tempo com Maggie. Mas queria vê-lo também. Pensei em ligar de volta para ele cancelando, só para mostrar que não ligava, mas pensar que não o verei era deprimente demais. E achei que pudesse ficar secretamente ressentida com Maggie se não visse Bernard por causa dela.

As coisas já estavam tensas demais com Maggie sem isso. Enquanto nos arrumávamos para sair, ela ficou dizendo que não entendia por que eu estava "me arrumando toda" para ir a um bar. Tentei explicar que não era esse tipo de bar, mas ela só me encarou sem compreender e disse: "Às vezes eu realmente não te entendo".

Foi quando tive um momento de clareza: Maggie nunca vai gostar de Nova York. Sua constituição não é adequada à cidade. E quando percebi isso, minha crescente irritação desapareceu.

Tudo bem, não é culpa de Maggie nem minha. É simplesmente como as coisas são.

— Lá está Bernard — digo, cutucando Maggie e passando pelo maître até o bar.

O interior do Peartree's é chique: paredes negras com luminárias cromadas, mesas de mármore preto e um espelho que cobria toda a parede dos fundos. Samantha diz que é o melhor lugar para se paquerar da cidade: conheceu Charlie aqui e fica irritada quando ele vem sem ela, achando que possa conhecer outra garota.

— Por que está tão escuro aqui? — pergunta Maggie.

— É para manter o mistério.

— Qual é o mistério em não enxergar com quem está conversando?

— Ah, Mags — digo, dando uma risada.

Chego de fininho por trás de Bernard e cutuco-o no ombro. Ele leva um susto, sorri e pega seu drinque.

— Estava começando a pensar que você não vinha. Achei que tivesse surgido algo melhor.

— Surgiu, mas Maggie insistiu para que encontrássemos você primeiro.

Toquei levemente sua nuca. É como um talismã para mim. Na primeira vez em que a toquei, fiquei chocada pela delicada maciez, como a de uma garota, e fiquei surpresa de como me fazia sentir carinho por ele, como se seu cabelo fosse um prenúncio de seu coração delicado e gentil.

— Você deve ser a amiga — começa ele, apertando os olhos para Maggie. — Olá, amiga.

— Olá — cumprimenta Maggie cautelosamente.

Com seus cabelos clareados pelo sol e bochechas rosadas, ela parece um bolo de casamento em contraste com os ângulos fortes e o nariz torto de Bernard; e as olheiras debaixo de seus olhos o fazem parecer uma pessoa que passa todo o tempo dentro de lugares fechados, ou em cavernas escuras como o Peartree's. Espero que Maggie veja a beleza dele, mas no momento a expressão dela é de pura hesitação.

— Bebidas? — pergunta Bernard, aparentemente alheio ao choque cultural.

— Vodca-tônica — digo.

— Vou querer uma cerveja.

— Tome um drinque — sugiro.

— Não quero um drinque. Quero uma cerveja — insiste Maggie.

— Deixe-a tomar cerveja se é o que quer — fala Bernard jocosamente, como se eu estivesse sendo chata com Maggie à toa.

— Desculpe. — Minha voz parece oca. Já consigo perceber que isso foi um erro. Não faço ideia de como reconciliar meu passado, Maggie, com meu presente, Bernard.

Dois homens se espremem ao lado de Maggie tentando assegurar um lugar no bar.

— Devemos pedir uma mesa? — pergunta Bernard. — Podemos comer. Ficaria feliz em alimentar vocês duas.

Maggie me olha com uma expressão interrogatória.

— Achei que íamos encontrar Ryan.

— Podíamos jantar. A comida daqui é muito boa.

— É horrorosa. Mas o ambiente é divertido. — Bernard acena para o maître e indica uma mesa vazia perto da janela.

— Vamos lá.

Cutuco Maggie e olho na sua direção de maneira significativa. O jeito com que encara de volta é ligeiramente hostil, como se ainda não tivesse entendido o motivo de estarmos aqui.

Mesmo assim, ela segue Bernard até a mesa. Ele até puxa a cadeira para Maggie sentar.

Sento-me a seu lado, determinada a fazer isso dar certo.

— Como foi o ensaio? — pergunto alegremente.

— Péssimo — conta Bernard. Ele sorri para Maggie tentando incluí-la na conversa. — Existe sempre um momento no meio do ensaio em que todos os atores parecem esquecer suas falas.

Exatamente como me sinto agora.

— Por que isso acontece? — pergunta Maggie, brincando com seu copo d'água.

— Não tenho a menor ideia.

— Mas estão ensaiando suas falas há pelo menos duas semanas, certo? — Faço uma careta, como se Bernard tivesse me dado uma pista sobre o mundo do teatro.

— Atores são como crianças — diz Bernard. — Ficam amuados e têm seus sentimentos magoados.

Maggie lança um olhar vazio a ele.

Bernard sorri pacientemente e abre o menu.

— O que vai querer, Maggie?

— Não sei. Peito de pato?

— Boa escolha — assente Bernard. — Vou querer o de sempre. *Kronfleisch*.

Por que ele está parecendo tão formal? Seria Bernard sempre assim e eu nunca tinha reparado?

— Bernard é uma criatura de hábitos — explico a Maggie.

— Isso é bom — responde Maggie.

— O que é que sempre diz sobre escrever? — pergunto a ele. — Você sabe... sobre como é preciso viver uma vida de hábitos.

Bernard assente com indulgência.

— Outros já expressaram melhor que eu. Mas o básico é que, se você for um escritor, precisa viver sua vida à risca.

— Em outras palavras, sua vida real deve ser o menos complicada possível — esclareço a Maggie. — Quando Bernard está trabalhando ele almoça praticamente a mesma coisa todos os dias. Sanduíche de pastrami.

Maggie tenta parecer interessada.

— Parece um pouco chato. Mas não sou escritora. Não gosto de escrever nem carta.

Bernard gargalha, apontando um dedo para mim.

— Acho que precisa seguir mais seus próprios conselhos, minha jovem. — Ele balança a cabeça para Maggie, como se os dois fossem cúmplices. — Carrie é especialista em experimentar de tudo. Vivo dizendo a ela para se concentrar mais numa página só.

— Você nunca disse isso — rebato, indignada.

Olho para baixo, como se precisasse ajeitar meu guardanapo. O comentário de Bernard traz à tona todas as minhas inseguranças quanto a ser uma escritora.

— Estou querendo dizer há um tempo. — Ele aperta minha mão. — Então aí está. Eu disse. Vamos querer vinho?

— Claro — respondo, magoada.

— Beaujolais está bom para você, Maggie? — pergunta com educação.

— Gosto de tinto — diz Maggie.

— Beaujolais é tinto — comento, e imediatamente me sinto uma chata.

— Maggie sabe disso — diz Bernard, gentil.

Olho de um para o outro. Como foi que isso aconteceu? É como se Bernard e Maggie estivessem contra mim.

Levanto-me para ir ao banheiro.

— Vou com você — anuncia Maggie. Ela desce as escadas atrás de mim enquanto tento me recompor.

— Quero muito que goste dele — digo, parando na frente do espelho enquanto Maggie entra num dos reservados.

— Acabei de conhecê-lo. Como posso saber se gosto dele ou não?

— Não o acha sexy? — pergunto.

— Sexy? — repete Maggie. — Não o classificaria dessa forma.

— Mas ele é. Sexy, quero dizer — insisto.

— Se você o acha sexy, isso é o que importa.

— Bem, eu acho. E gosto muito, muito dele.

Há um barulho de descarga e depois Maggie sai.

— Ele não se parece muito com um namorado — arrisca.

— O que quer dizer? — Pego um batom na bolsa, tentando não entrar em pânico.

— Não age como se fosse seu namorado. Parece mais um tio ou coisa assim.

Congelo e digo:

— Isso com certeza ele não é.

— Parece apenas que está tentando te ajudar. Como se gostasse de você e, sei lá... — Ela dá de ombros.

— É só porque ele está se divorciando — revelo.

— Isso é ruim — observa, lavando as mãos.

Passo o batom.

— Por quê?

— Eu não gostaria de me casar com um homem divorciado. Estraga um pouco toda a coisa, não acha? A ideia de um homem ter sido casado com outra pessoa? Eu não conseguiria aceitar. Teria ciúmes. Quero um homem que só tenha amado a mim.

— Mas e se... — paro, lembrando que também era o que eu achava que queria para mim. Até agora. Aperto os olhos. Talvez seja apenas um sentimento que restou de Castlebury.

Sobrevivemos ao resto do jantar, mas foi esquisito: eu dizendo coisas que me faziam parecer uma idiota e Maggie permanecendo em silêncio na maior parte do tempo, enquanto Bernard fingia gostar da comida e do vinho. Quando os pratos ficaram vazios, Maggie corre até o banheiro mais uma vez e chego minha cadeira mais para perto da de Bernard e me desculpo pela péssima noite.

— Tudo bem — apazigua. — Foi como eu esperava. — Ele afaga minha mão. — Vamos lá, Carrie. Você e Maggie estão na faculdade. Somos de gerações diferentes. Não pode esperar que Maggie compreenda.

— Mas espero mesmo assim.

— Então vai se decepcionar.

Maggie volta radiante para a mesa, com um comportamento subitamente leve e efervescente.

— Liguei para Ryan — anuncia. — Disse que vai para a casa de Capote e que deveríamos encontrá-los lá e depois talvez sair.

Olho para Bernard, implorando.

— Mas já saímos.

— Vá — diz ele, afastando sua cadeira. — Divirta-se com Maggie. Mostre a cidade a ela.

Ele pega a carteira e me entrega vinte dólares.

— Prometa que vai pegar um táxi. Não quero que ande de metrô à noite.

— Não. — Tento devolver a nota, mas ele não aceita. Maggie já está na porta do restaurante como se não visse a hora de dar o fora.

Bernard me dá um rápido beijo no rosto.

— Podemos nos ver quando quisermos. Sua amiga só estará aqui durante duas noites.

— Quando? — pergunto.

— Quando o quê?

— Quando o verei de novo? — Me odeio por isso, parecendo uma colegial desesperada.

— Em breve. Eu te ligo.

Saio furiosa do restaurante. Estou tão zangada que mal consigo olhar para Maggie.

Um táxi para no meio-fio e um casal desembarca. Maggie entra no banco de trás.

— Você vem?

— Que escolha eu tenho? — murmuro baixinho.

Maggie escreveu o endereço de Capote num guardanapo.

— Green-wich street? — pergunta, pronunciando cada sílaba.

— É Grenich.

Ela me olha.

— Tudo bem. *Grenich* — repete para o motorista.

O táxi faz uma curva rápida, lançando-me para cima de Maggie.

— Desculpe — resmungo friamente.

— O que foi? — pergunta.

— Nada.

— É porque não gostei de Bernard?

— Como pode não gostar dele... — Não é uma pergunta.

Ela cruza os braços.

— Quer que eu minta para você? — E antes de eu poder protestar, continua: — É velho demais. Sei que não tão velho quanto nossos pais, mas é quase a mesma coisa. E é esquisito. Não é como ninguém com quem tenhamos crescido. Simplesmente não consigo vê-la com ele. — Para amenizar, Maggie gentilmente acrescenta: — Só estou dizendo isso para seu próprio bem.

Odeio quando amigas dizem que alguma coisa é "para seu próprio bem". Como podem saber o que é para seu próprio bem? Sabem o futuro? Talvez no futuro eu olhe para trás e veja que Bernard na verdade foi "bom para mim".

— Tá, Mags. — Suspiro.

O táxi corre pela Quinta Avenida, e estudo cada ponto conhecido: Lord & Taylor, o Toy Building, o Flatiron Building, guardando cada um deles na memória. Se morasse aqui para sempre, será que um dia me cansaria desses lugares?

— Enfim — começa Maggie alegremente —, esqueci de te contar a parte mais importante. Lali foi para a França!

— Mesmo? — pergunto, desinteressada.

— Lembra que os Kandesie tinham toda aquela terra? Bem, apareceu um grande empreiteiro que comprou, tipo, cinquenta acres dela, e agora os Kandesie são milionários.

— Aposto que Lali foi para a França encontrar Sebastian — digo, tentando soar como se me importasse.

— Também acho — concorda Maggie. — E provavelmente vai tê-lo de volta. Sempre achei que Sebastian era um daqueles caras que usam as mulheres. Provavelmente vai ficar com Lali por causa do dinheiro.

— Ele tem seu próprio dinheiro — lembro.

— Não importa. É um *aproveitador* — diz Maggie.

E enquanto Maggie continua a resmungar, passo o resto do caminho pensando em relacionamentos. Deve existir alguma coisa como amor "puro". Mas também parece existir bastante amor "impuro". Olhe só Capote e Ryan com suas modelos. E

Samantha com seu rico empresário. E Maggie com dois namorados: um para exibir e o outro para transar? E, por fim, eu. Talvez o que Maggie estivesse insinuando fosse verdade. Se Bernard não fosse um dramaturgo famoso, eu estaria interessada da mesma maneira?

O táxi para na frente de uma bela casa com crisântemos debaixo das janelas. Trinco os dentes. Gosto de pensar em mim como uma boa pessoa. Uma garota que não mente ou finge ser algo que não é só para conquistar um cara. Mas talvez não seja melhor que ninguém. Talvez seja pior.

— Vamos lá — diz Maggie afetadamente, pulando do táxi e subindo apressadamente os degraus. — Agora finalmente poderemos nos divertir!

CAPÍTULO QUINZE

O apartamento de Capote não é como eu esperava. Os móveis consistem em sofás e poltronas macias, cobertos de chita. Há uma pequena sala de jantar com pratos decorando as paredes. Um armário antigo ocupa o quarto; a colcha é de chenile amarelo.

— Parece que é uma velha senhora quem mora aqui — observo.

— E mora. Ou morava. A mulher que morava aqui é uma velha amiga da família. Ela se mudou para o Maine — explica Capote.

— Certo — digo, sentando no sofá.

As molas estão quebradas e afundo vários centímetros abaixo das almofadas. Capote e seus "velhos amigos da família", penso, ranzinza. Ele parece ter contatos para tudo, incluindo apartamentos. É uma daquelas pessoas que esperam conseguir as coisas com pouquíssimo esforço, e consegue mesmo.

— Bebida? — pergunta.

— O que você tem? — pergunta Maggie, fazendo charme.

Hein? Achei que seu interesse era em Ryan. Mas talvez esteja atrás é de Capote. Por outro lado, talvez Maggie flerte com todo cara que conheça. Todos os caras exceto Bernard.

Balanço a cabeça. De qualquer maneira, isso não pode dar em coisa boa. Como foi que aceitei ser cúmplice nisso?

— O que quiser eu tenho — responde Capote.

Ele não parece tão paquerador quanto Maggie. Na verdade soa bem frio, como se não estivesse muito feliz por estarmos ali, mas resolvera nos tolerar mesmo assim.

— Cerveja? — pede Maggie.

— Claro. — Capote abre a geladeira, tira uma Heineken e entrega a ela. — Carrie?

Estou surpresa por estar sendo tão educado. Talvez seja sua criação do sul. Boas maneiras acima de qualquer antipatia.

— Vodca? — Levanto-me e o sigo até a cozinha. É uma cozinha tradicional, com uma bancada que a liga à sala de estar. De repente sinto um pouco de inveja. Não seria nada mau morar aqui neste charmoso apartamento antigo com uma lareira e cozinha equipada. Várias panelas estavam penduradas em uma haste do teto. — Você cozinha? — pergunto, com uma mistura de sarcasmo e surpresa.

— Adoro cozinhar — responde Capote, orgulhoso. — Principalmente peixe. Sou famoso pelo meu peixe.

— *Eu* cozinho — digo, de maneira um pouco desafiadora, como se soubesse tudo sobre o assunto e ainda muito mais do que ele pudesse compreender.

— Como o quê? — Ele pega dois copos do armário e os coloca na bancada, acrescentando gelo e vodca e um pouco de suco de cranberry.

— Tudo — respondo. — Mas principalmente sobremesas. Faço um ótimo *bûche de Noël*. Leva dois dias para ficar pronto.

— Nunca conseguiria me dedicar tanto tempo assim à culinária — observa com desprezo, erguendo seu copo. — Saúde.

— Saúde.

A campainha toca e Capote vai até a porta, sem dúvida aliviado pela interrupção.

Ryan entra com Rainbow e outra garota, tão magra que lembra um palito. Ela tem cabelo escuro curto, enormes olhos castanhos, acne e está usando uma saia que mal cobre sua bunda. Por algum motivo, imediatamente sinto ciúmes. Apesar das espinhas, deve ser outra amiga modelo de Ryan. Sinto-me terrivelmente deslocada.

Os olhos de Rainbow examinam a sala e param em mim. Ela também parece não conseguir entender o que eu estaria fazendo ali.

— Oi — cumprimento da cozinha.

— Ah. Oi. — Ela vem até mim enquanto Ryan cumprimenta Maggie e senta ao lado dela no sofá. — Está preparando os drinques? — pergunta.

— Acho que sim. O que vai querer? Capote diz que tem tudo aqui.

— Tequila.

Encontro a garrafa e coloco um pouco num copo. Por que estou servindo a *ela*?, pergunto-me irritada.

— Então, você e Capote estão juntos?

— Não. — Seu nariz se enruga. — O que a faz pensar isso?

— Parecem muito próximos, só isso.

— Somos amigos. — Ela para e olha em volta mais uma vez. Vendo que Ryan ainda está entretido com Maggie e Capote conversa com a estranha magricela, conclui que sou sua única opção. — Nunca sairia com ele. Acho que qualquer garota que saia com ele só pode ser louca.

— Por quê? — Tomo um grande gole de meu drinque.

— Porque vai se machucar.

Bem. Tomo mais um gole do drinque e acrescento um pouco mais de vodca e gelo. Não estou bêbada. Na verdade, sinto-me perturbadoramente sóbria. E ressentida. Da vida de todo mundo.

Me junto a Maggie e Ryan no sofá
— Do que estão falando?
— De você — confessa Ryan. Aqui está uma pessoa que não sabe mentir.
Maggie fica corada.
— Ryan! — repreende.
— O quê? — pergunta, olhando de Maggie para mim. — Achei que eram melhores amigas. E melhores amigas não contam tudo umas às outras?
— Não sabe nada sobre mulheres — ri Maggie.
— Pelo menos tento. Ao contrário da maioria dos homens.
— Falando o *quê* sobre mim? — pergunto.
— Maggie estava me contando sobre você e Bernard.
Há um tom de admiração na voz de Ryan. Bernard Singer obviamente é algum tipo de herói para ele e Capote. É o que os dois querem ser um dia. E aparentemente minha associação com ele eleva meu status. Mas eu já sabia disso, não sabia?
— Maggie não gosta dele. Disse que é velho demais.
— Não foi isso que falei. Disse que não era o homem certo para você.
— Nenhum homem pode ser velho demais — observa Ryan, brincando. — Se Carrie pode sair com um cara 15 anos mais velho, significa que há esperança para mim quando já tiver passado dos trinta.
O rosto de Maggie se contorce de desagrado.
— Quer mesmo namorar alguém de 17 anos quando tiver 30?
— Talvez não 17. — Ryan pisca. — Prefiro que seja maior de idade.
Maggie ri em silêncio. A aparência e o charme de Ryan parecem ter superado sua estupidez a respeito das mulheres.
— De qualquer maneira, quem tem 17 anos? — pergunta em seguida.

— Carrie — começa Maggie num tom acusatório.
— Vou fazer 18 mês que vem. — Olho para ela, furiosa. Por que está fazendo isso comigo?
— Bernard sabe que tem 17? — Ryan pergunta muito interessado de repente.
— Não — responde Maggie. — Ela me mandou mentir e dizer que tinha 19.
— Ahá. O velho truque de aumentar a idade — provoca Ryan.
A campainha do apartamento toca novamente.
— Reforço — anuncia Ryan quando Maggie ri. Mais cinco pessoas entram: três barbudos e duas jovens bem sérias.
— Vamos embora — digo a Maggie.
Ryan me olha, surpreso.
— Não podem ir — insiste. — A festa está apenas começando.
— É — concorda Maggie. — Estou me divertindo. — Ela estende sua garrafa vazia de cerveja. — Pode trazer outra para mim?
— Tá.
Levanto-me irritada e vou até a cozinha. Os recém-chegados vêm até mim e pedem drinques. Obedeço, porque não tenho nada melhor para fazer e de fato não há ninguém com quem queira conversar nessa festa.

Vejo o telefone na parede ao lado da geladeira. Maggie está bem ocupada com Ryan, que agora está sentado de pernas cruzadas no sofá, entretendo-a com o que parece ser uma história comprida e animada. Convenço a mim mesma de que Maggie não vai se importar se eu for embora sem ela. Pego o telefone e disco o número de Bernard.

Toca sem parar. Onde estaria? Uma dúzia de hipóteses passa pela minha cabeça. Foi para uma boate, mas, se foi, por que não nos convidou? Ou conheceu outra garota no Peartree's e está com ela, transando. Ou pior, resolveu que não quer mais me ver e não atende o telefone.

O suspense está me matando. Ligo mais uma vez.

Continua sem atender. Desligo, abalada. Agora estou convencida de que não vou mais vê-lo. Não consigo suportar. Não me importo com o que Maggie diga. E se estiver apaixonada por Bernard e Maggie tiver acabado de estragar tudo?

Procuro-a pela sala, mas ela e Ryan desapareceram. Antes de os procurar em outro cômodo, um dos convidados puxa conversa.

— De onde conhece Capote?

— Não conheço — rebato. Então me sinto mal e acrescento: — Ele está na minha turma de redação.

— Ah, sim. O famoso curso da New School. Viktor Greene ainda é o professor? — pergunta o garoto com sotaque de Boston.

— Me desculpe — digo, querendo sair de perto dele —, mas tenho que procurar minha amiga.

— Como ela é?

— Loira. Bonita. Tipicamente americana.

— Está com Ryan. No quarto.

Faço cara feia como se fosse culpa dele.

— Tenho que tirá-la de lá.

— Por quê? — pergunta. — São dois jovens e saudáveis animais. Por que se importa?

Sinto-me ainda mais perdida do que alguns minutos atrás. Estariam todos os meus valores e ideais simplesmente errados?

— Preciso usar o telefone.

— Tem algum lugar melhor para ir? — Ele ri. — Aqui é onde tudo está acontecendo.

— Espero que não — murmuro, discando o número de Bernard. Ninguém atende. Bato o telefone de volta e vou em direção ao quarto.

A música está alta e uma das garotas sérias está batendo na porta do banheiro. Ela finalmente se abre, e Capote sai com

Rainbow e a garota tipo modelo. Riem alto. Normalmente, adoraria estar numa festa como essa, mas tudo em que consigo pensar é Bernard. E, se não puder vê-lo, prefiro ir para casa.

Quero subir na cama de Samantha, puxar as cobertas por cima da cabeça e chorar.

— Maggie? — Bato levemente na porta. — Maggie, está aí? — Silêncio. — Sei que está aí, Maggie. — Tento girar a maçaneta, mas está trancada. — Maggie, quero ir para casa — reclamo.

Finalmente a porta do quarto se abre. Maggie está corada, torcendo o cabelo. Atrás dela, Ryan está em pé, sorrindo e ajeitando as calças.

— Meu Deus, Carrie — diz Maggie.

— Preciso ir para casa. Temos aula amanhã — lembro a Ryan, parecendo uma velha inspetora de escola.

— Vamos para sua casa, então — sugere Ryan.

— Não.

Maggie me olha.

— É uma ótima ideia.

Peso minhas opções e decido que é a melhor escolha. Pelo menos posso dar o fora daqui.

Andamos até o prédio de Samantha. Lá em cima, Ryan pega uma garrafa de vodca que roubara de Capote e nos serve drinques. Balanço a cabeça.

— Estou cansada.

Enquanto Ryan procura o som, vou até o quarto de Samantha e ligo para Bernard.

O telefone toca e toca. Ainda não está em casa. Acabou.

Volto para a sala, onde Maggie e Ryan estão dançando.

— Vamos lá, Carrie. — Maggie estende os braços.

Que se foda, penso, e me junto a eles. Em minutos, porém, Maggie e Ryan estão se beijando.

— Ei, pessoal. Parem com isso — reclamo.

— Parar com o quê? — Ryan ri.
Maggie pega sua mão, levando-o até o quarto.
— Se importa? Já vamos sair.
— E o que *eu* vou ficar fazendo?
— Tome um drinque — zomba Ryan.

Eles entram no quarto e fecham a porta. O disco de Blondie ainda está tocando. "Heart of Glass". Sou eu, penso. Pego minha vodca e sento-me na pequena mesa de canto. Acendo um cigarro. Tento ligar para Bernard de novo.

Sei que é errado. Mas alguma coisa extraterrestre se apossou de minhas emoções. Tendo afundado tanto assim, a única coisa a fazer é afundar mais ainda.

O disco para de tocar e, de dentro do quarto, escuto os dois ofegando e soltando comentários como "que gostoso".

Acendo outro cigarro. Maggie e Ryan fazem alguma ideia de como estão sendo mal-educados? Ou talvez simplesmente não liguem?

Ligo mais uma vez para Bernard. Fumo outro cigarro. Uma hora se passou e ainda estão a toda. Não estão cansados? Digo a mim mesma para relaxar. Não deveria julgar tanto. Sei que não sou perfeita. Mas nunca faria o que estão fazendo. Simplesmente não faria.

Posso ter aprendido algo sobre mim, afinal. Tenho o que Miranda chamaria de "limites".

Provavelmente seria melhor dormir no futon. Maggie e Ryan não parecem estar perto de terminar. Mas a raiva, a frustração e o medo me mantêm acordada. Fumo mais um cigarro e ligo para Bernard.

Desta vez ele atende no segundo toque.

— Alô? — pergunta, confuso, imaginando quem estaria ligando para ele às duas da madrugada.

— Sou eu — choramingo, subitamente percebendo como fora uma má ideia ligar.
— Carrie? — pergunta numa voz de sono. — O que está fazendo acordada?
— Maggie está transando — sibilo.
— E...?
— Está transando com um garoto da minha turma.
— Estão transando na sua frente?
Que pergunta!
— Estão no quarto.
— Ah — responde.
— Posso ir pra sua casa? — Não quero parecer estar implorando, mas estou.
— Pobrezinha. Está tendo uma noite terrível, não está?
— A pior.
— Vir para cá provavelmente não vai melhorá-la — avisa. — Estou cansado. Preciso dormir. E você também.
— Podíamos apenas dormir, então. Seria bom.
— Não posso hoje, Carrie. Sinto muito. Outro dia.
Engulo em seco.
— Tudo bem — digo baixinho, soando como uma ratinha assustada.
— Boa noite, garota — diz Bernard, desligando em seguida.
Gentilmente recoloco o fone no gancho. Vou até o futon e sento com os joelhos junto ao peito, balançando para a frente e para trás. Meu rosto se contorce, e lágrimas transbordam dos cantos de meus olhos.
Miranda tinha razão. Os homens não prestam.

CAPÍTULO DEZESSEIS

Ryan sai de fininho às cinco horas da manhã. Mantenho os olhos bem fechados, fingindo dormir, não querendo vê-lo ou falar com ele. Escuto seus passos atravessando a sala, seguidos pelo barulho da porta. Deixa pra lá, repreendo-me. Não é grande coisa. Eles transaram. E daí? Não é da minha conta. Mas, mesmo assim. Será que Ryan não liga para sua noiva? E quanto a Maggie e seus dois namorados? Será que sexo é realmente tão poderoso a ponto de apagar sua história e senso comum?

Mergulho num sono instável que depois se aprofunda. Estou no meio de um sonho em que Viktor Greene diz que me ama, só que Viktor é igual a Capote, quando Maggie me acorda com um susto.

— Oi — diz, alegre, como se nada de inconveniente tivesse acontecido. — Quer café?

— Claro — respondo, lembrando-me de toda aquela noite podre. Mais uma vez me sinto esgotada e ligeiramente zangada. Acendo um cigarro.

— Está fumando muito — observa Maggie.

— Rá — ironizo, pensando no quanto ela fuma também.

— Notou que parei?

Na verdade, não.

— Quando? — Desafiadoramente, sopro alguns anéis de fumaça.

— Depois de conhecer Hank. Ele disse que era nojento e percebi que tinha razão.

Imagino o que Hank acharia do comportamento de Maggie ontem à noite.

Ela entra na cozinha, encontra o café instantâneo e uma chaleira e espera a água ferver.

— Foi divertido, não foi?

— Aham. Me diverti de montão. — Não consigo esconder o sarcasmo em meu tom de voz.

— Qual é o problema agora? — pergunta Maggie. Como se fosse eu quem sempre reclamasse.

É cedo demais para uma discussão dessas.

— Nada. Mas Ryan está na minha turma e...

— O que me lembra: Ryan vai me levar ao cinema. Um filme de algum diretor chinês. *Os sete* alguma coisa?

— *Os sete samurais*. De Kurosawa. É japonês.

— Como sabe?

— Os garotos estão sempre falando sobre ele. Tem tipo seis horas de duração ou algo parecido.

— Não acho que vamos aguentar seis horas — comenta Maggie timidamente, me oferecendo uma xícara cheia de café.

Uma noite posso desculpar. Mas duas? De jeito nenhum.

— Olha, Mags. Não é uma boa ideia Ryan vir para cá hoje à noite. Samantha pode descobrir...

— Não se preocupe. — Ela senta ao meu lado no futon. — Ryan disse que podíamos ir para o apartamento dele.

Pego um grão de café que flutuava na superfície da xícara.

— E a noiva dele?

— Ryan acha que ela o está traindo.

— E isso torna tudo aceitável?

— Meu Deus, Carrie. Qual é o seu problema? É tão encanada.

Tomo um gole do café, fazendo força para não reagir. "Encanada" é uma coisa da qual tenho orgulho de não ser. Mas talvez não conheça a mim mesma tão bem, afinal.

A aula começa às 13 horas, mas saio de casa cedo, alegando ter coisas para fazer. Maggie e eu estávamos sendo bastante civilizadas uma com a outra, mas eu precisava tomar cuidado. Foi necessário um esforço calculado para não mencionar Ryan, e principalmente para não falar de Bernard. Prometi a mim mesma que não falaria sobre ele, porque, se o fizesse, tinha medo de acusar Maggie de arruinar meu relacionamento. E até mesmo para meu cérebro ilógico, isso parecia um pouco exagerado.

Quando Maggie ligou a TV e começou a exercitar as pernas, caí fora.

Ainda faltava uma hora para a aula, então fui até a White Horse Tavern, onde poderia me abastecer de café decente por meros cinquenta centavos. Para minha felicidade, L'il também estava lá, escrevendo em seu diário.

— Estou exausta — suspiro, sentando-me na frente dela.

— Parece bem — observa L'il.

— Acho que só dormi umas duas horas.

Ela fecha o diário e olha para mim.

— Bernard?

— Quem me dera. Bernard me largou...

— Sinto muito. — Ela abre um sorriso de comiseração.

— Não oficialmente — explico rapidamente. — Mas depois de ontem à noite, acho que vai. — Misturo três pacotes de açúcar em meu café. — E minha amiga Maggie transou com Ryan ontem à noite.

— Por isso está tão zangada.

173

— Não estou zangada. Estou decepcionada. — Ela não parece convencida, então acrescento: — Também não estou com ciúme. Por que estaria atraída por Ryan quando tenho Bernard?

— Então por que está zangada?

— Não sei. — Faço uma pausa. — Ryan está noivo. E ela tem dois namorados. É errado.

— O coração quer o que o coração quer — conclui L'il, enigmática.

Faço um bico de desaprovação.

— Achei que o coração fosse mais sábio.

Fico quieta durante a aula. Ryan tenta conversar comigo sobre Maggie e sobre como ela é incrível, mas apenas concordo friamente com a cabeça. Rainbow até me cumprimenta, mas Capote me ignora como sempre. Ao menos ele ainda se comporta normalmente.

E então Viktor pede que eu leia as primeiras dez páginas de minha peça. Fico chocada. Viktor nunca me pedira para ler nada antes, e demoro um minuto para entender. Como poderia ler a peça sozinha? Ela tem dois protagonistas — um masculino e um feminino. Não posso ler o personagem masculino também. Vou parecer uma idiota.

Viktor conseguiu prever isso.

— Você lê as falas de Harriet — diz. — E Capote pode ler as de Moorehouse.

Capote olha ao redor, irritado com o pedido.

— Harriet? *Moorehouse?* Que tipo de nome é Moorehouse?

— Suponho que estejamos prestes a descobrir — responde Viktor, torcendo a ponta do bigode.

Essa é a melhor coisa que me aconteceu nos últimos dois dias. Pode até mesmo ser que compense toda a parte ruim.

Segurando meu script, vou até a frente da sala, seguida por um Capote de rosto corado.

— O que vou interpretar? — pergunta.

— Um homem de quarenta anos passando por uma crise de meia-idade. E sou sua esposa megera.

— Faz sentido — murmura.

Sorrio. Será essa a razão para tanta animosidade? Ele me acha uma megera? Se realmente pensa assim, fico contente.

Começamos a ler. Na segunda página, já estou imersa no papel, focando em como deve ser viver na pele de Harriet, uma mulher infeliz que queria ser bem-sucedida, mas cujo sucesso foi ofuscado por seu marido imaturo.

Na terceira página a turma entende que é uma comédia e começa a dar risinhos. Quando chegamos à quinta página, escuto gargalhadas. Quando terminamos, a sala explode em aplausos.

Puxa.

Olho para Capote, esperando sua aprovação. Em vão. Sua expressão está rígida enquanto evita meu olhar.

— Bom trabalho — resmunga, só por obrigação.

Não ligo. Volto para minha cadeira flutuando.

— Comentários? — quer saber Viktor.

— É como uma versão mais moderna de *Quem tem medo de Virginia Woolf?* — arrisca Ryan.

Olho-o com gratidão. Ryan tem um senso de lealdade que admiro. Pena que ela acaba quando se trata de sexo. Se um cara é um canalha no quesito fidelidade, mas decente em todo o resto, tudo bem gostar dele como pessoa?

— O que achei intrigante foi a maneira como Carrie conseguiu fazer a cena doméstica mais banal parecer interessante — opina Viktor. — Gostei que a cena se passe enquanto o casal escova os dentes. É uma atividade diária que todos fazemos, não importa quem somos.

— Como defecar — comenta Capote.

Sorrio como se fosse superior demais para me ofender com seu comentário. Mas agora é oficial, concluo. Eu o odeio.

Viktor afaga seu bigode com uma das mãos e o alto da cabeça com a outra — um gesto que faz parecer que está tentando evitar que todos os seus pelos e cabelos fujam.

— E agora talvez L'il queira nos dar o prazer de ler seu poema?

— Claro. — L'il se levanta e vai até a frente da sala. — "O chinelo de vidro" — começa. — Meu amor me destruiu. Como se meu corpo fosse de vidro, quebrado contra as rochas, uma coisa usada e descartada... — O poema continua nessa linha e, quando L'il, constrangida, termina, dá um sorriso.

— Comentários? — pergunta Viktor. Sua voz tem um tom incomum de nervosismo.

— Eu gostei — ofereço. — Vidro quebrado é uma grande descrição para um coração partido. — O que me lembra de como vou me sentir se Bernard terminar nosso relacionamento.

— Foi pedante e óbvio — diz Viktor. — Colegial e preguiçoso. Isso é o que acontece quando se pensa no talento como certo.

— Obrigada — responde L'il equilibradamente, como se não se importasse.

Ela volta para seu lugar e, quando olho por cima do ombro, sua cabeça está abaixada, a expressão ferida. Sei que L'il é forte demais para chorar em aula, mas se chorasse, todo mundo entenderia. Viktor pode ser rude em seus comentários francos, mas nunca fora tão mau antes.

Deve estar se sentindo culpado, no entanto, pois coça o pobre Waldo como se tentasse arrancá-lo do rosto.

— Para resumir, estou ansioso para ouvir mais da peça de Carrie. Enquanto L'il... — ele não termina e se vira.

Isso devia me deixar em êxtase, mas não é o caso. L'il não merece críticas assim. O que poderia significar, reciprocamente, que eu também não mereço tanta aprovação. Ir bem não é tão fabuloso quando acontece à custa de outra pessoa.

Junto meus papéis, me perguntando o que acabara de acontecer. Talvez no fundo Viktor seja simplesmente mais um homem volúvel. Só que em vez de ser inconstante em relação às mulheres, seja em relação a seus alunos favoritos. L'il caíra nas graças dele no começo, mas agora Viktor está entediado, e sou eu quem capturou sua atenção.

L'il corre para fora da sala. Alcanço-a no elevador, apertando o botão de fechar a porta antes de alguém mais poder entrar.

— Sinto muito. Achei seu poema maravilhoso. De verdade — digo, tentando compensar a crítica de Viktor.

L'il segura sua mochila contra o peito.

— Ele tinha razão. O poema estava uma droga. Preciso mesmo me esforçar mais.

— Já se esforça mais que todos na classe, L'il. Trabalha muito mais do que eu. Sou eu a preguiçosa.

Ela balança a cabeça devagar.

— Não é preguiçosa, Carrie. É destemida.

Agora estou confusa, considerando nossa conversa sobre meus medos de escrever.

— Eu não diria que é bem *assim*.

— É verdade. Não tem medo da cidade. Não tem medo de tentar coisas novas.

— Nem você — devolvo gentilmente.

Saímos do elevador e do prédio. O sol está queimando, e o calor é como um tapa no rosto. L'il aperta os olhos e coloca um par de óculos escuros barato, do tipo que se vende em camelôs.

— E não se preocupe comigo. Vai contar a Bernard?

— Sobre o quê?

— Sua peça. Devia mostrar a ele. Aposto que vai adorar.

Observo-a com cuidado, me perguntando se não está sendo cínica, mas não vejo indícios de malícia. Além disso, L'il não é disso. Nunca teve ciúmes de ninguém.

— É — respondo. — Talvez mostre.

Bernard. Eu *deveria* mostrar-lhe minha peça. Mas depois da noite passada, ele ainda falaria comigo?

Não há nada que possa fazer a respeito, no entanto. Porque agora preciso encontrar Samantha e ajudá-la com seu jantar louco.

CAPÍTULO DEZESSETE

— Por onde começamos? — pergunta Samantha, batendo palmas numa tentativa de parecer entusiasmada.

Olho para ela como se só pudesse estar brincando.

— Bem, primeiro compramos a comida — digo, como se estivesse falando com um aluno do jardim de infância.

— Onde fazemos isso?

Meu queixo cai de descrença.

— Num supermercado?

Quando Samantha disse que não sabia nada sobre cozinhar, não imaginei que não soubesse absolutamente nada, incluindo o fato de que comida geralmente é feita de ingredientes comprados num supermercado.

— E onde fica o supermercado?

Tenho vontade de gritar. Em vez disso, encaro-a sem expressão.

Está sentada atrás da mesa de seu escritório, usando um suéter decotado com ombros grandes como os de um jogador de futebol americano, pérolas e uma saia curta. Parece sexy, *cool* e segura. Eu, por outro lado, pareço maltrapilha e deslocada, talvez por estar vestindo apenas uma camisola de senhora que apertei com um cinto de caubói. Outro grande achado do brechó.

— Pensou em de repente comprar pronto? — pergunto com astúcia.

Ela dá sua risada estridente.

— Charlie acha que sei cozinhar. Não quero desenganá-lo a respeito disso.

— E por que, me explique, ele acharia uma coisa dessas?

— Porque disse a ele que podia, passarinho — diz Samantha, um pouco irritada. Ela se levanta e coloca as mãos nos quadris. — Nunca ouviu que "o que os olhos não veem o coração não sente"? Sou adepta dessa filosofia.

— Tudo bem. — Levanto as mãos, derrotada. — Preciso olhar a cozinha de Charlie primeiro. Ver que tipo de panelas ele tem.

— Sem problemas. O apartamento dele é um espetáculo Levo você lá agora. — Ela pega uma gigantesca bolsa Kelly que eu nunca tinha visto antes.

— É nova? — pergunto, ao mesmo tempo com admiração e inveja.

Ela afaga o couro macio antes de pendurá-la sobre o ombro.

— É bonita, não? Charlie comprou para mim.

— Algumas pessoas têm uma vida e tanto.

— Jogue direito e também vai ter uma vida e tanto, passarinho.

— Como vai ser esse seu grande esquema? — pergunto. — E se Charlie descobrir...

Ela abana uma das mãos afastando a hipótese.

— Não vai. A única vez em que Charlie esteve na cozinha foi quando transamos em cima da bancada.

Faço uma careta.

— E espera mesmo que eu prepare comida ali em cima?

— Está limpa, Carrie. Nunca ouviu falar de empregada?

— Não no meu universo.

Somos interrompidas pela entrada de um homem baixo com cabelo castanho-claro que parece muito com um pequeno boneco Ken.

— Está indo embora? — pergunta o homem para Samantha.

Uma pontada de irritação passa por seu rosto antes de ela rapidamente se recompor.

— Emergência familiar — explica.

— E a conta da Smirnoff? — quer saber o homem.

— Vodca existe há mais de duzentos anos, Harry. Ouso apostar que ainda vá existir amanhã. Minha irmã, por outro lado — continua, me indicando —, pode ser que não.

Imediatamente, meu corpo é inundado por vergonha, deixando-me vermelha como um pimentão.

Harry, porém, não está convencido. Ele me analisa de perto — talvez precise de óculos, mas é vaidoso demais para usá-los.

— Sua irmã? — indaga. — Quando arranjou uma irmã?

— Francamente, Harry. — Samantha balança a cabeça.

Harry anda para o lado para deixar que passemos, e então nos segue pelo corredor.

— Vai voltar mais tarde?

Samantha para e lentamente se vira na direção dele. Seus lábios se curvam num sorriso.

— Santo Deus, Harry. Está parecendo meu pai.

Isso funciona, enfim. Uns 15 tons de verde passam pelo rosto de Harry. Não é muito mais velho que Samantha, e tenho certeza de que a última coisa que esperava era ser comparado ao pai de alguém.

— O que foi tudo isso? — pergunto, quando chegamos à rua.

— Harry — explica Samantha despreocupadamente. — Meu novo chefe.

— Fala com seu novo chefe daquele jeito?

— É preciso — confirma. — Considerando como ele fala comigo.

— E como é?

— Bem, vamos ver — começa, parando no sinal. — Em seu primeiro dia de trabalho, ele entra em meu escritório e diz: "Ouvi dizer que é bastante competente em tudo que resolve fazer." Parece um elogio, certo? Mas então ele acrescenta: "Tanto dentro quanto fora do escritório".

— E ele pode falar uma coisa dessas?

— É claro. — Ela dá de ombros. — Nunca trabalhou num escritório, então não faz ideia. Mas, com o tempo, sexo sempre vem à tona. E quando vem, respondo à altura.

— Mas não deveria contar a alguém?

— A quem? — pergunta. — Ao chefe dele? Aos Recursos Humanos? Vai alegar que estava brincando, ou que fui eu quem deu em cima dele. E se for despedida? Não tenho planos de ficar sentada em casa o dia todo, tendo bebês e assando biscoitos.

— Não sei sobre suas habilidades maternas, mas considerando suas habilidades culinárias, não seria mesmo uma boa ideia.

— Obrigada — agradece, tendo provado seu ponto.

Samantha pode ter mentido para Charlie a respeito de suas habilidades na cozinha, mas não estava brincando sobre o apartamento. O prédio fica em Park Avenue, Midtown, e é dourado. Não ouro de verdade, é claro, mas de algum tipo de metal brilhante. E se eu achava os porteiros do prédio de Bernard arrumados, os do prédio de Charlie ganhavam de mil. Não apenas usavam luvas brancas, como também exibiam chapéus com detalhes dourados. Até mesmo uniformes tinham detalhes dourados pendurados dos ombros. Tudo bem cafona. Mas caro.

— Você mora mesmo aqui? — sussurro enquanto atravessamos o saguão. É de mármore, e faz eco.

— É claro — responde Samantha, cumprimentando um porteiro que educadamente segura o elevador. — É bem eu, não acha? Glamouroso, mas de classe.

— Acho que é uma maneira de se ver — murmuro, observando as paredes de espelho fumê do interior do elevador.

O apartamento de Charlie é, como era de esperar, enorme. Fica no quadragésimo quinto andar e tem janelas que vão do chão ao teto, uma sala de estar rebaixada, mais uma parede de espelhos fumê e uma grande vitrine de acrílico cheia de artigos de beisebol. Aposto que tem vários quartos e banheiros, mas não os vejo porque Samantha imediatamente logo me leva até a cozinha. Ela também é enorme, com bancadas de mármore e utensílios brilhantes. Tudo está novo. Novo demais.

— Alguém já cozinhou aqui antes? — pergunto, abrindo os armários em busca de potes e panelas.

— Acho que não. — Samantha dá um tapinha no meu ombro. — Vai dar um jeito. Tenho fé em você. Agora espere só até ver o que vou usar.

— Ótimo — murmuro. A cozinha está praticamente vazia. Encontro um rolo de papel-alumínio, algumas formas de muffins, três tigelas e uma grande frigideira.

— Tcharam! — exclama ela, reaparecendo na porta vestida em um uniforme de empregada francesa. — O que achou?

— Se planeja trabalhar na 42, está perfeito.

— Charlie adora quando uso isso.

— Olha, querida — começo, constrangida. — É um jantar para convidados. Não pode usar isso.

— Eu sei — concorda, exasperada. — Deus, Carrie, não entende piadas?

— Não quando preciso preparar uma refeição inteira com três tigelas e um rolo de papel-alumínio. Quem vem a esse evento, afinal?

Ela levanta uma das mãos.

— Eu, Charlie, um casal chato com quem Charlie trabalha, outro casal chato e a irmã de Charlie, Erica. E meu amigo Cholly, para animar.

— Cholly?

— Cholly Hammond. Estava na mesma festa em que conheceu Bernard.

— O de paletó de algodão.

— É dono de uma revista literária. Vai gostar dele.

Agito o rolo de papel-alumínio na frente dela.

— Não vou vê-lo, lembra? Estarei aqui dentro, cozinhando.

— Se cozinhar te deixa tão neurótica assim, realmente não devia fazê-lo — diz Samantha.

— Obrigada, querida. Mas acho que essa ideia foi sua, esqueceu?

— Ah, sei disso — concorda distraidamente. — Vamos lá. Preciso que me ajude a escolher algo para usar. Os amigos de Charlie são muito conservadores.

Sigo-a por um corredor de carpete até uma grande suíte com um closet e banheiros individuais para cada um dos dois. Fico embasbacada com o luxo em cada detalhe. Imagine só ter tanto espaço assim em Manhattan. Não me admira Samantha estar tão ansiosa por aquele compromisso.

Ao entrarmos no closet, quase desmaio. Só o armário tem o tamanho do apartamento inteiro de Samantha. De um lado estão araras e araras de roupas de Charlie, arrumadas por tipo e cor. Suas calças jeans estão passadas e dobradas em cabides. Pilhas de suéteres de cashmere de todas as cores estão enfileiradas nas prateleiras.

Na outra ponta fica a parte de Samantha, evidente não apenas por seus terninhos de trabalho, sapatos altos e vestidos justos que gosta de usar, mas por sua relativa escassez.

— Ei, amiga, parece que tem compras a fazer — aponto.

— Estou cuidando disso — fala, rindo.

— O que é isso? — pergunto, indicando um conjunto de lã com costura branca. — Chanel? — Olho o preço, ainda na manga, e engasgo. — Mil e duzentos dólares?

— Obrigada. — Ela tira o cabide das minhas mãos.

— Pode pagar por isso?

— Não posso. Se quiser ter a vida, precisa parecer se encaixar. — Ela franze o cenho. — Achava que, de todas as pessoas, você entenderia. Não é obcecada por moda?

— Não a preços assim. Essa adorável peça que estou usando custou dois dólares.

— E parece mesmo — diz Samantha, tirando o uniforme de empregada e largando-o no chão.

Ela veste o conjunto Chanel e examina sua imagem no espelho de corpo inteiro.

— O que acha?

— Não é o que todas aquelas mulheres usam? As que vão almoçar juntas? Sei que é Chanel, mas não combina muito com você.

— O que o torna perfeito para uma emergente dama do Upper East Side.

— O que você não é — discordo, pensando em todas aquelas loucas noites que passamos juntas.

Ela coloca o dedo sobre os lábios.

— Agora sou. E vou ser, por quanto tempo for necessário.

— E depois?

— Vou ser rica e independente. Talvez more em Paris.

— Está planejando se divorciar de Charlie antes mesmo de casar? E se tiverem filhos?

— O que acha, passarinho? — Ela chuta o uniforme de empregada francesa para dentro do closet e olha para mim. — Acho que está na hora de alguém começar a cozinhar.

Quatro horas mais tarde, apesar do forno ligado e de duas bocas do fogão acesas, estou tremendo de frio. Charlie mantém o apartamento na temperatura de um frigorífico. Deve estar fazendo trinta graus lá fora, mas bem que eu poderia estar usando um de seus suéteres de cashmere.

Como Samantha aguenta?, penso, mexendo a panela. Mas imagino que esteja acostumada. Se decide casar com um desses tipos ricaços, precisa fazer o que eles querem.

— Carrie? — pergunta Samantha, entrando na cozinha. — Como está indo?

— O prato principal está quase pronto.

— Graças a Deus — diz, tomando um gole de vinho tinto de uma grande taça. — Estou ficando louca lá fora.

— E como acha que estou aqui?

— Pelo menos não precisa ficar conversando sobre cuidar de janelas.

— Como se "cuida" de uma janela? Leva-se num médico?

— Decorador — suspira. — Vinte mil dólares. Para cortinas. Não acho que vou conseguir.

— É melhor conseguir. Estou congelando aqui para fazê-la parecer bem. Ainda não entendo por que não contratou um bufê.

— Porque a Supermulher não contrata bufê. Ela faz tudo sozinha.

— Aqui — digo, entregando dois pratos prontos a ela. — E não se esqueça de sua capa.

— O que estamos servindo, afinal? — Ela olha os pratos, consternada.

— Costeletas de cordeiro com molho cremoso de cogumelos. A coisa verde é aspargo. E essas coisas marrons são batatas — zombo. — Charlie descobriu que estou aqui atrás cozinhando?

— Nem imagina. — Ela sorri.

— Ótimo. Então apenas diga que é comida francesa.

— Obrigada, passarinho. — Ela sai. Pela porta aberta, posso ouvi-la exclamando: — *Voilà!*

Infelizmente não vejo os convidados, porque a sala de jantar fica depois de um corredor. Vejo um pedaço dela, no entanto. A mesa também é de acrílico. Pelo visto Charlie tem uma queda por plástico.

Começo a preparar os minissuflês de chocolate. Estou prestes a colocá-los no forno quando uma voz exclama:

— Ahá! Sabia que era bom demais para ser verdade.

Salto um quilômetro, quase deixando a assadeira de muffins cair.

— Cholly? — sibilo.

— Carrie Bradshaw, presumo — reconhece, desfilando pela cozinha e abrindo o freezer. — Estava pensando o que teria acontecido a você. Agora sei.

— Na verdade, não sabe — digo, gentilmente fechando o forno.

— Por que Samantha a mantém escondida aqui dentro?

Abro a boca para explicar, mas me contenho. Cholly parece ser do tipo fofoqueiro — pode sair correndo e revelar que sou eu quem está cozinhando. Sou como Cyrano de Bergerac, só que não espero ficar com o cara no final.

— Escute, Cholly...

— Já entendi — interrompe ele com uma piscadela. — Conheço Samantha há anos. Duvido que saiba cozinhar um ovo sequer.

— Vai contar?

— E estragar a diversão? Não, pequena — responde gentilmente. — Seu segredo está seguro comigo.

Ele sai e dois minutos depois Samantha entra correndo.

— O que aconteceu? — pergunta em pânico. — Cholly viu você? Aquele velho intrometido. Sabia que não devia tê-lo convidado. E estava indo tão bem. Dava para ver fumaça saindo das narinas das outras mulheres, de tanta inveja. — Ela cerra os dentes de frustração e tapa o rosto com as mãos. É a primeira vez que a vejo genuinamente perturbada, e imagino se seu relacionamento com Charlie é tudo isso que ela diz.

— Ei — digo, tocando seu ombro. — Está tudo bem. Cholly prometeu não contar.

— Mesmo?

— Sim. E acho que vai manter a palavra. Ele parece um senhor bem legal.

— Ele é — confirma, aliviada. — E aquelas mulheres lá fora são como cobras. Durante os coquetéis, uma delas ficou me perguntando se estávamos planejando ter filhos. Quando respondi que não sabia, adquiriu um ar de superioridade e disse que era melhor engravidar antes que Charlie mudasse de ideia quanto a se casar comigo. E depois perguntou se eu pretendia largar meu emprego.

— O que respondeu? — pergunto, indignada.

— Disse: "Nunca. Porque não considero o que faço um emprego. Considero uma carreira. E não se desiste de uma carreira." Isso a fez calar-se por um minuto. Então ela perguntou onde fiz faculdade.

— E...?

Samantha endireita as costas.

— Menti. Disse que estudei numa faculdade desconhecida em Boston.

— Oh, querida.

— Que diferença faz? Não vou arriscar perder Charlie porque uma matrona enrustida da sociedade não aprova o lugar onde estudei. Já cheguei até aqui e não pretendo voltar.

— É claro que não — digo, tocando seu ombro mais uma vez. Eu paro. — Talvez eu deva ir embora. Antes que mais alguém entre aqui.

Ela concorda:

— Boa ideia.

— Os suflês estão no forno. Tudo que precisa fazer é tirá-los em vinte minutos, virá-los sobre um prato e colocar uma bola de sorvete em cima de cada um.

Ela me olha, agradecida, e me envolve num abraço.

— Obrigada, passarinho. Não teria conseguido sem você.

Samantha dá um passo para trás e ajeita o cabelo.

— Ah, passarinho? — acrescenta cuidadosamente. — Se importa de sair pela porta de serviço?

CAPÍTULO DEZOITO

Cadê todo mundo?, penso, irritada, ao bater o telefone pela milionésima vez.

Ao chegar em casa ontem à noite, fiquei pensando em Samantha e Charlie. Seria aquele o caminho para um relacionamento feliz? Transformar-se na mulher que o homem quer ter?

Por outro lado, parecia funcionar. Pelo menos para Samantha. E, em comparação, no meu relacionamento com Bernard faltava muita coisa. Não apenas sexo, mas o simples fato de eu não ter certeza de que um dia o veria novamente. Acho que a melhor coisa em morar com um cara é que você sabe que irá vê-lo novamente. Isto é, uma hora ele tem que voltar para casa, certo?

Infelizmente, o mesmo não podia ser dito sobre Bernard. E tudo culpa de Maggie. Se não tivesse sido tão rude, se não tivesse insistido em ir atrás de Ryan e o seduzido... E ainda está *com* Ryan, tendo um romancezinho, enquanto eu não tenho nada. Virei uma escrava do relacionamento dos outros. Ajudando e acobertando. E agora *eu* estou sozinha.

Graças a Deus há Miranda. Sempre a terei. Miranda nunca terá um relacionamento. Então onde diabos está?

Pego o telefone e tento ligar mais uma vez. Ninguém atende. Estranho, considerando que está chovendo, o que significa que não pode estar protestando na frente da Saks. Tento ligar de novo para Bernard também. Outro que não atende. Sentindo-me completamente furiosa, ligo para Ryan. Nossa. Nem ele está atendendo. Faz sentido. Ele e Maggie provavelmente estão enfurnados transando pela vigésima vez.

Desisto. Fico olhando a chuva. Pinga, pinga, pinga. É deprimente.

Finalmente o interfone toca. Dois toques curtos, seguidos por um demorado, como se alguém estivesse apoiado no botão. Maggie. Grande amiga ela é. Veio a Nova York me ver, mas passou todo o seu tempo com o idiota do Ryan. Saio até o corredor e me debruço sobre as escadas, preparada para expressar a ela o que acho daquilo tudo.

Em vez disso vejo o topo da cabeça de Miranda. A chuva abaixou seu cabelo vermelho brilhante numa perfeita touca.

— Oi! — exclamo.

— Está tudo alagando lá fora. Achei que poderia ficar aqui até melhorar.

— Entre.

Entrego uma toalha a ela, que esfrega o cabelo, as mechas úmidas levantando de sua cabeça como a crista de um galo. Ao contrário de mim, parece feliz. Entra na cozinha, abre a geladeira e estuda seu conteúdo.

— Tem alguma coisa para comer neste lugar?

— Queijo.

— Hum. Estou faminta. — Ela pega uma pequena faca e ataca o tijolo de queijo cheddar. — Ei, notou que não sabe de mim há dois dias?

Na verdade, não. Estive ocupada demais com Maggie, Samantha e Bernard.

— É — minto. — Onde esteve?

— Adivinha. — Ela sorri.

— Foi a uma passeata? Em Washington?
— Não. Tenta de novo.
— Desisto. — Vou até o futon e desabo nele, olhando pela janela. Acendo um cigarro, pensando em como não estou a fim de jogos.
Ela se equilibra no braço do futon, mastigando o queijo.
— Transando.
— Hein? — Apago o cigarro.
— Transando — repete. Ela escorrega para a almofada. — Conheci um cara e fizemos sexo sem parar durante os últimos dois dias. E a pior coisa nisso tudo? Não pude fazer cocô. De verdade, não pude fazer cocô até ele finalmente ir embora, hoje de manhã.
— Vai com calma. *Você* conheceu um cara?
— Sim, Carrie. *Eu* conheci. Acredite ou não, alguns homens me acham bonita.
— Nunca disse que não existiam. Mas você sempre diz...
— Eu sei. — Ela concorda com a cabeça. — Sexo é uma droga. Mas dessa vez não foi.
Encaro-a de olhos arregalados e sinto um pouco de ciúme, sem saber por onde começar.
— Ele estuda direito na Universidade de Nova York — começa a explicar, se acomodando no sofá. — Conheci-o na frente da Saks. A princípio não queria conversar com ele porque usava gravata-borboleta...
— *O quê?*
— Amarela. Com bolinhas pretas. Ele ficava passando por ali e tentei ignorá-lo, mas ele assinou a petição, então achei que poderia ser educada. Acontece que ele está estudando todos esses casos sobre liberdade de expressão e pornografia. Disse que a indústria pornô foi a primeira a usar a prensa móvel. Sabia disso? Não foi porque todo mundo queria ler

toda aquela boa literatura. Foi porque os homens queriam ver fotos indecentes!

— Nossa — comento, tentando entrar no espírito da coisa.

— Ficamos conversando e conversando, e ele perguntou por que não continuávamos aquela discussão durante um jantar. Não estava muito atraída por ele, mas parecia um cara interessante e achei que talvez pudéssemos ser amigos. Então aceitei.

— Fantástico. — Forço-me a abrir um sorriso. — Aonde foram?

— Japonica. Um restaurante japonês na universidade. E não foi barato, a propósito. Tentei dividir a conta, mas ele não aceitou.

— Deixou um homem pagar para você? — Isso não era nada típico de Miranda.

Ela sorri, sem jeito.

— Vai contra tudo em que acredito. Mas disse a mim mesma que talvez dessa única vez pudesse deixar passar. Fiquei pensando naquela noite com você e sua amiga L'il. Em como a mãe dela era lésbica. E fiquei pensando que talvez eu fosse lésbica, mas, se fosse, como posso não sentir atração por mulheres?

— Talvez ainda não tenha conhecido a mulher certa — brinco.

— Carrie! — reclama Miranda, mas ela está com um humor bom demais para se sentir ofendida. — Sempre me senti atraída por homens. Só queria que eles fossem mais como as mulheres. Mas com Marty...

— Esse é o nome dele? Marty?

— Ele não tem culpa por ter esse nome. Isto é, não podemos batizar a nós mesmos, não é? Mas fiquei um pouco preocupada. Porque não tinha certeza nem de que conseguiria beijá-lo. — Ela abaixa a voz. — Não é um homem muito bonito. Mas disse a mim mesma que aparência não é tudo. E ele de fato *é* inteligente. O que pode ser excitante. Sempre digo que prefiro estar com um garoto feio e inteligente a estar com um bonito e burro. Sobre o que se conversa com um garoto burro?

— Sobre o tempo? — arrisco, me perguntando se Bernard pensa a mesma coisa sobre mim. Talvez eu não seja esperta o bastante para ele e por isso não ligara.

— Então — continua Miranda —, estamos andando na Mews, aquela rua de pedras bonitinhas, e de repente ele me empurra contra a parede e começa a me beijar!

Dou um gritinho agudo enquanto Miranda concorda com a cabeça.

— Eu mesma não acreditava. — Ela ri. — E o mais louco é que foi totalmente sexy. Ficamos nos beijando a cada cinco segundos ao andar pela rua e, quando chegamos em casa, arrancamos as roupas e transamos!

— Incrível — opino, acendendo mais um cigarro. — Simplesmente incrível.

— Transamos três vezes aquela noite. E, na manhã seguinte, ele me levou para tomar café da manhã. Fiquei com medo de ser uma coisa de uma noite só, mas ele me ligou à tarde e foi me ver. Transamos de novo, ele dormiu lá e ficamos juntos todos os minutos desde então.

— Espera aí — digo, agitando o cigarro. — Todos os minutos?

E mais uma vez fiquei para trás. Miranda vai ter um grande romance com um cara que acabou de conhecer, e nunca mais voltarei a vê-la de novo também.

— Mal o conheço — diz e dá risadinhas —, mas e daí? Se for para ser, vai ser, não acha?

— Acho que sim — concordo de má vontade.

— Pode acreditar nisso? Eu? Fazendo sexo sem parar? Ainda mais depois de todas aquelas coisas que lhe contei. E agora que finalmente experimentei sexo bom, acho que posso ter uma nova perspectiva de vida. Como se nem todos os homens fossem tão horríveis, afinal.

— Isso é ótimo — comento desanimada, com pena de mim mesma.

E então acontece. Meus olhos se enchem de lágrimas.

Tento afastá-las, mas Miranda me flagra.

— O que foi?

— Nada.

— Por que está chorando? — Seu rosto se contorce de preocupação. — Não está com raiva porque tenho namorado agora, está?

Balanço a cabeça.

— Carrie, não posso ajudá-la a não ser que me conte o que há de errado — insiste Miranda gentilmente.

Conto a história toda, começando pelo desastroso jantar com Bernard e como Maggie insistira para irmos a uma festa e como ela terminou ficando com Ryan e como Bernard não havia ligado e como provavelmente agora estava tudo acabado.

— Como foi que isso aconteceu comigo? — digo em meio a um gemido. — Devia ter transado com Bernard quando tive oportunidade. Agora nunca vai acontecer. Vou ser virgem pelo resto da vida. Nem mesmo L'il é virgem. E minha amiga Maggie está dormindo com três garotos. Ao mesmo tempo! O que há de errado comigo?

Miranda coloca os braços em volta de meus ombros.

— Pobrezinha — conforta-me. — Está tendo um daqueles dias.

— Daqueles dias? Parece mais uma daquelas semanas — choramingo.

Mas fico grata por sua gentileza. Miranda geralmente é tão arredia. Não consigo evitar pensar se talvez ela esteja certa e dois dias de sexo bom tenham despertado seus instintos maternais.

— Nem todo mundo é igual — afirma. — As pessoas se desenvolvem em épocas diferentes.

— Mas não quero ser a última.

— Muitos famosos são demorados. Meu pai diz que é uma vantagem levar mais tempo. Porque quando as coisas boas começam a acontecer, está pronta para elas.

— Tipo você? Agora finalmente pronta para Marty?

— Acho que sim — assente. — Gostei, Carrie. Ai, meu Deus. Gostei mesmo. — Miranda cobre a boca, horrorizada. — Se eu gosto de sexo, significa que não posso ser feminista?

— Não. — Balanço a cabeça. — Porque ser feminista... acho que significa ter controle de sua sexualidade. Você decide com quem quer transar. Significa não trocar sua sexualidade por... outras coisas.

— Como casar com algum nojento por quem não está apaixonada só para ter uma bela casa com cercas brancas.

— Ou casar com um velhote rico. Ou um cara que espera que faça o jantar para ele todas as noites e tome conta das crianças — digo, pensando em Samantha.

— Ou um que a faça transar sempre que ele quer, mesmo que você não queira — conclui Miranda.

Trocamos um olhar de triunfo, como se finalmente tivéssemos solucionado um dos maiores problemas do mundo.

CAPÍTULO DEZENOVE

Por volta das sete horas, quando Miranda e eu já tínhamos tomado uns goles de vodca e já estávamos dançando ao som de Blondie, Ramones, Police e Elvis Costello, Maggie chega.

— Magwitch! — exclamo, atirando meus braços em volta dela, determinada a esquecer e a perdoar.

Ela examina Miranda, que pegou uma vela e canta com ela como se fosse um microfone.

— Quem é *essa*?

— Miranda! — grito. — Esta é minha amiga Maggie. Minha melhor amiga desde o ensino médio.

— Oi. — Miranda acena com a vela para ela.

Maggie vê a vodca, corre até a garrafa e derrama metade do conteúdo na garganta.

— Não se preocupe — diz, vendo a expressão em meu rosto. — Posso comprar mais. Tenho 18 anos, lembra?

— Então? — pergunto, pensando o que isso tem a ver. Ela olha irritada para Miranda e cai no futon.

— Ryan me deu um fora — rosna.

— Hein? — Não entendi. — Não esteve com ele durante as últimas 24 horas?

— Sim. Mas no minuto em que o perdi de vista, desapareceu.

Não consigo evitar. Começo a rir.

— Não é engraçado. Estávamos numa lanchonete tomando café da manhã às seis da tarde. Fui ao banheiro e, quando voltei, ele tinha sumido.

— Ele fugiu?

— Parece que sim, não?

— Oh, Mags. — Tento mostrar compaixão, mas não consigo muito bem. É tudo ridículo demais. E nem um pouco surpreendente.

— Pode desligar essa coisa? — grita Maggie para Miranda. — Está fazendo meus ouvidos doerem.

— Desculpe — digo para Maggie e para Miranda enquanto corro pela sala para abaixar o volume do som.

— Qual o problema dela? — pergunta Miranda aparentemente irritada, o que eu sei que não era sua intenção. Está apenas um pouco bêbada.

— Ryan fugiu da lanchonete enquanto ela estava no banheiro.

— Ah — diz Miranda com um sorriso.

— Mags? — pergunto, aproximando-me com cuidado. — Não há nada que Miranda goste mais do que problemas com homens. Principalmente porque odeia todos eles.

Espero que essa apresentação faça Maggie e Miranda gostarem uma da outra. Afinal, problemas com homens, assim como roupas e partes do corpo, são uma grande fonte de união entre as mulheres.

Mas Maggie não liga.

— Por que não me contou que ele era um babaca? — exige. Isso não é justo.

— Achei que tinha dito. Você sabia que ele estava noivo.

— Está saindo com um cara que está noivo? — pergunta Miranda, sem gostar do que estava ouvindo.

— Não está realmente noivo. *Diz* que está. Ela o fez noivar para prendê-lo. — Maggie toma outro gole de vodca. — É o que eu acho, de qualquer maneira.

— Que bom que ele foi embora — observo. — Agora pelo menos o conhece de verdade.

— Também acho — oferece Miranda.

— Ei. Miranda acaba de arranjar um namorado — conto a Maggie.

— Sorte sua — zomba Maggie com ar blasé.

— Maggie tem dois namorados — conto para Miranda, como se aquilo fosse algo a se admirar.

— Isso é uma coisa que nunca entendi. Como consegue? Isto é, estão sempre dizendo que devemos namorar dois ou três garotos ao mesmo tempo, mas nunca entendi o motivo — diz Miranda.

— É divertido — responde Maggie.

— Mas serve para os dois lados, certo? — continua Miranda. Odiamos homens que namoram mais de uma mulher ao mesmo tempo. Sempre acreditei que o que é inaceitável para um dos sexos deveria, por definição, ser inaceitável para o outro.

— Com licença — Maggie adverte. — Espero que não esteja me chamando de piranha.

— É claro que não! — interrompo. — Miranda só está falando sobre feminismo.

— Então não devia ter problemas com mulheres transando com quantos caras quiserem — diz Maggie agressivamente. — Para mim, feminismo é isso.

— Pode fazer o que quiser, querida — tranquilizo-a. — Ninguém está te julgando.

— Só o que estou dizendo é que homens e mulheres são iguais. Deveriam ser julgados pelos mesmos padrões — insiste Miranda.

— Discordo. Homens e mulheres são completamente diferentes — insiste Maggie.

— Odeio quando dizem que homens e mulheres são diferentes — arrisco. — Parece uma desculpa. Como quando dizem "coisa de menino". Me dá vontade de gritar.

— Me dá vontade de socar alguém — concorda Miranda.

Maggie se levanta.

— Só o que posso dizer é que vocês duas se merecem. — E, enquanto Miranda e eu a olhamos, estupefatas, Maggie corre para o banheiro e bate a porta.

— Foi alguma coisa que eu disse? — pergunta Miranda.

— Não é você. Sou eu. Está chateada comigo. Por causa de alguma coisa. Mesmo que seja eu quem deveria estar chateada com ela.

Bato na porta do banheiro.

— Mags? Está bem? Estávamos apenas conversando. Não estávamos criticando você.

— Estou tomando uma ducha — grita ela.

Miranda pega suas coisas.

— Melhor eu ir embora.

— Tudo bem — respondo, temendo ser deixada sozinha com Maggie. Quando ela fica zangada, consegue guardar rancor durante dias.

— Marty vai me visitar de qualquer maneira. Depois que terminar de estudar. — Ela acena e desce as escadas correndo.

Sorte dela.

O chuveiro ainda está ligado no máximo. Ajeito a mesa, esperando que o pior não esteja por vir.

Depois de um tempo, Maggie sai do banheiro secando o cabelo com a toalha. Ela começa a juntar suas coisas, enfiando as roupas na sacola de viagem.

— Não está indo embora, está?

— Acho que eu devo — resmunga.

— Vamos lá, querida. Me desculpe. Miranda é apenas muito convicta de seus pontos de vista. Não tem nada contra você. Ela nem a conhece.

— Exatamente.

— Como não vai sair com Ryan, talvez pudéssemos ir ao cinema? — pergunto com esperança.

— Não está passando nada que eu queira ver. — Ela olha em volta. — Cadê o telefone?

Está embaixo da cadeira. Pego e entrego com relutância.

— Escute, Mags — digo, tentando não começar um novo confronto. — Se não se importa, poderia não ligar para a Carolina do Sul? Preciso pagar por chamadas a longa distância, e não tenho tanto dinheiro assim.

— É só nisso que pensa agora? Dinheiro?

— Não...

— Para falar a verdade, estou ligando para a rodoviária.

— Não precisa ir — insisto, desesperada para fazer as pazes. Não quero que sua visita acabe com uma briga.

Maggie me ignora, olhando o relógio enquanto assente ao telefone.

— Obrigada. — Ela desliga. — Tem um ônibus partindo para a Filadélfia em 45 minutos. Acha que dá tempo?

— Sim. Mas Maggie... — Não termino de falar. Realmente não sei o que dizer.

— Você mudou, Carrie — declara ela, fechando o zíper da bolsa com força.

— Ainda não entendo por que está tão zangada. Seja o que for que eu tenha feito, me desculpe.

— Virou outra pessoa. Não sei mais quem você é — enfatiza, balançando a cabeça.

Suspiro. Esse confronto vem fermentando desde o momento em que Maggie pisou no apartamento — e declarou sem hesitar que era um cortiço.

— A única coisa diferente em mim é que estou em Nova York.

— Eu sei. Você não parou de me lembrar disso durante dois dias.

— Mas eu moro aqui...

— Quer saber? — Ela pega sua sacola. — Todo mundo aqui é maluco. Sua colega de apartamento, Samantha, é maluca. Bernard é um esquisito, e sua amiga Miranda, uma aberração. E Ryan é um babaca. — Ela para enquanto me encolho, pensando no que mais vai falar. — E está igualzinha a eles. Está maluca também.

Estou chocada.

— Muito obrigada.

— De nada. — Ela vai até a porta. — E não se preocupe em me levar até a estação. Posso chegar lá sozinha.

— Ótimo. — Dou de ombros.

Ela sai do apartamento batendo a porta. Por um momento, estou abalada demais para me mover. Como ousa me atacar? E por que tudo sempre gira em torno dela? Durante todo o tempo em que esteve aqui, mal teve a decência de perguntar como eu estava. Poderia ter tentado entender minha situação em vez de criticar tudo.

Respiro fundo. Abro a porta com violência e corro atrás dela.

— Maggie!

Ela já está do lado de fora, parada no meio-fio, o braço erguido para chamar um táxi. Corro em sua direção enquanto um táxi se aproxima e ela abre a porta.

— Maggie!

Ela se vira com a mão na maçaneta.

— O quê?

— Vamos lá. Não vá embora assim. *Eu sinto muito.*

Sua expressão é dura como pedra quando diz:

— Que bom. — Ela entra no banco de trás e bate a porta.

Meu corpo pesa ao ver o táxi se perder em meio ao trânsito. Jogo a cabeça para trás, deixando as gotas finas aliviarem minhas mágoas.

— Por quê? — pergunto em voz alta.

Marcho de volta ao prédio. Maldito Ryan. É *mesmo* um babaca. Se não tivesse largado Maggie, não teríamos brigado. Ainda seríamos amigas. É claro, eu estaria um pouco irritada com ela por ter dormido com Ryan, mas poderia ignorar isso. Pelo bem de nossa amizade.

Por que ela não pode ter a mesma consideração por mim?

Ando pelo apartamento por um tempo, agitada pela desastrosa visita de Maggie. Eu hesito, mas depois pego o telefone e ligo para Walt.

Enquanto toca, penso em como negligenciei Walt o verão inteiro e em como deve estar furioso comigo. Estremeço, pensando em como tenho sido má amiga. Não sei nem se Walt ainda está morando em casa. Quando sua mãe atende, digo:

— Oi, é a Carrie — falo na voz mais doce possível. — Walt está?

— Olá, Carrie — responde a mãe de Walt. — Ainda está em Nova York?

— Sim, estou.

— Aposto que Walt vai ficar muito feliz em ter notícias suas — acrescenta, enfiando ainda mais o dedo na ferida. — Walt! — chama. — É a Carrie.

Escuto Walt entrando na cozinha. Imagino a mesa de fórmica vermelha rodeada por cadeiras. A tigela do cachorro transbordando de água. A torradeira onde a mãe de Walt guarda o açúcar para as formigas não atacarem. E, sem dúvida, o olhar de confusão no rosto dele, se perguntando por que eu decidira ligar agora, depois de ignorá-lo por semanas.

— Alô? — pergunta.

— Walt! — exclamo.

— É realmente *a* Carrie Bradshaw?

— Acho que sim.

— Que surpresa. Achei que tivesse morrido.

— Ah, Walt. — Rio nervosamente, sabendo que mereço o sermão.

Walt parece pronto a perdoar, pois logo pergunta:

— Bem, *qué pasa*? Como está Nuevo?

— *Bueno. Muy Bueno* — respondo. — Como está? — Abaixo o tom de voz. — Ainda está saindo com Randy?

— *Mais oui!* — exclama. — Na verdade, meu pai resolveu ignorar esse fato. Graças ao interesse de Ryan por futebol americano.

— Isso é ótimo. Está tendo um relacionamento de verdade

— Parece que sim, estou. Para minha surpresa.

— Tem sorte, Walt.

— E você? Alguém especial? — quer saber, usando uma entonação sarcástica em "especial".

— Não sei. Estou saindo com um cara. Mas ele é mais velho. Maggie o conheceu — digo, tocando no verdadeiro assunto que motivou aquela ligação. — Ela o odiou.

Walt ri.

— Não me surpreende. Maggie odeia todo mundo hoje em dia.

— Por quê?

— Porque não tem ideia do que fazer de sua vida. E não suporta qualquer pessoa que tenha.

Trinta minutos depois, termino de contar a Walt toda a história sobre a visita de Maggie, que ele acha superdivertida.

— Por que não vem me visitar? — pergunto, sentindo-me melhor. — Você e Randy. Podem dormir na cama.

— Uma cama é boa demais para Randy — diz Walt, brincando. — Pode dormir no chão. Na verdade, pode dormir em qualquer lugar. Se levá-lo para fazer compras, ele dorme em pé.

Sorrio.

— Mas estou falando sério.

— Quando volta para casa? — pergunta.

— Não sei.

— Sabe sobre seu pai, é claro — diz Walt gentilmente.

— Não.

— Ops.

— Por quê? — pergunto. — O que está acontecendo?

— Ninguém te contou? Seu pai está namorando.

Aperto o telefone sem acreditar. Mas faz sentido. Não admira estar agindo de maneira tão estranha ultimamente.

— Desculpe. Achei que soubesse — continua Walt. — Só sei porque minha mãe me contou. Vai ser a nova bibliotecária da escola. Tem 25 anos ou algo assim.

— Meu pai está namorando uma mulher de 25 anos? — pergunto num tom estridente.

— Achei que gostaria de saber.

— Pode apostar que sim — digo, furiosa. — Acho que resolvi ir para casa esse fim de semana, afinal.

— Ótimo — responde Walt. — Seria útil um pouco de agitação por aqui.

CAPÍTULO VINTE

— Essa nunca vai servir — diz Samantha, balançando a cabeça.
— É bagagem.
Também olho feio para a mala ofensiva. É feia, mas mesmo assim, ver aquela mala me deixa com muita inveja. Vou para a velha e chata Castlebury enquanto Samantha irá para Los Angeles.

Los Angeles! Uma coisa importante dessas e ela só ficou sabendo ontem. Vai gravar um comercial e ficar no Beverly Hills Hotel, onde ficam todas as estrelas de cinema. Ela comprou enormes óculos de sol e um grande chapéu de palha e também um maiô Norma Kamali que se usa com camiseta branca por baixo. Em homenagem à ocasião, tentei encontrar uma palmeira na loja de artigos de festa, mas só tinham umas coisas de papel verde que enrolei em volta da cabeça.

Há roupas e sapatos por todo lado. A enorme mala Samsonite de plástico verde está aberta no chão da sala.

— Não é apenas uma bagagem, é uma bagagem horrorosa — reclama.

— Quem vai reparar?

— Todo mundo. Vamos de primeira classe. Vai haver porteiros. E mensageiros. O que os mensageiros vão pensar ao descobrirem que Samantha Jones viaja de Samsonite?

Adoro quando Samantha faz essa coisa engraçada de falar de si mesma na terceira pessoa. Tentei imitar uma vez, mas não soou bem.

— Você acha mesmo que os mensageiros vão estar mais interessados numa Samsonite do que em Samantha Jones?

— Exatamente. Esperam que minha bagagem também seja glamourosa.

— Aposto que aquele idiota do Harry Mills usa uma American Tourister. Ei — digo, descendo as pernas de cima do sofá —, já imaginou que algum dia estaria viajando com um homem que mal conhece? É meio estranho, não é? E se sua mala se abrir por acidente e ele vir suas calcinhas?

— Não estou preocupada com minha lingerie. Estou preocupada com minha imagem. Nunca achei que teria uma vida como a que tenho agora, na época em que comprei isso. — Ela faz uma careta para a mala.

— No *que* pensava?

Não sei quase nada sobre o passado de Samantha, além do fato de ter vindo de Nova Jersey e de odiar sua mãe. Nunca fala de seu pai, então essas pistas sobre sua antiga vida são sempre fascinantes.

— Apenas em fugir. Para muito, muito longe.

— Mas Nova Jersey fica só do outro lado do rio.

— Geograficamente, sim. Metaforicamente, não. E Nova York não foi minha primeira parada.

— Não? — Agora estou realmente intrigada. Não consigo imaginar Samantha vivendo em qualquer outro lugar que não Nova York.

— Viajei pelo mundo todo quando tinha 18 anos.

Quase caio do sofá.

— Como?

Ela sorri.

— Eu era groupie. De um roqueiro muito famoso. Estava num show, e ele me escolheu do meio da multidão. Pediu para viajar com ele e fui burra o bastante para achar que isso me tornava sua namorada. Depois descobri que tinha uma esposa escondida no interior da Inglaterra. Essa mala já viajou o mundo todo.

Imagino se o ódio de Samantha por sua mala é na verdade por causa de uma associação ruim com o passado.

— E o que aconteceu depois?

Ela dá de ombros, pegando lingerie de uma pilha e dobrando-a em quadradinhos.

— Ele me largou. Em Moscou. Sua esposa resolveu se juntar a ele de repente. Ele acordou naquela tarde e disse: "Querida, receio que seja o fim. Está fora."

— Simples assim?

— Ele era inglês — explica, guardando os quadrados no fundo da mala. — É o que os ingleses fazem. Quando acaba, acaba. Nada de telefonemas, cartas e, especialmente, nada de choro.

— E teve? Choro? — Não consigo imaginar.

— O que acha? Sozinha em Moscou com nada além dessa mala idiota. E uma passagem para Nova York. Estava dando pulos de alegria.

Não consigo identificar se Samantha está brincando ou não.

— Em outras palavras, é sua mala de fuga — assinalo. — E agora que não precisa mais fugir, quer algo melhor. Algo permanente.

— Hummm — responde Samantha, enigmática.

— Como é? — pergunto. — Quando passa por uma loja de discos e vê o rosto do roqueiro num cartaz? Faz com que se sinta estranha ao pensar que passou todo aquele tempo com ele?

— Sou grata. — Ela pega um sapato e procura seu par. — Às vezes acho que se não fosse por ele, não teria vindo para Nova York, afinal.

— Não quis sempre vir para cá?

Ela dá de ombros.

— Eu era uma garota rebelde. Não sabia o que queria. Só sabia que não queria terminar como uma garçonete grávida aos 19 anos. Como Shirley.

— Ah.

— Minha mãe — esclarece.

Não estou surpresa. Existe uma determinação pulsante em Samantha que precisava vir de algum lugar.

— Tem sorte. — Ela encontra o par do sapato e o encaixa num canto da mala. — Pelo menos tem pais que vão pagar sua faculdade.

— É — respondo vagamente. Apesar das confissões de Samantha sobre seu passado, não estou pronta para contar a ela sobre o meu. — Mas achei que você havia feito faculdade.

— Ah, meu passarinho. — Ela suspira. — Fiz alguns cursos à noite ao chegar a Nova York. Consegui um emprego numa agência. O primeiro lugar para o qual me mandaram foi Slovey, Dinall. Era secretária. Nem chamavam de "assistente" na época. Enfim, é chato.

Para mim, não. Mas o fato de ela ter chegado tão longe começando do zero me faz sentir vergonha de minhas próprias dificuldades.

— Deve ter sido difícil.

— Foi sim.

Ela abaixa a tampa da mala. Seu closet praticamente inteiro está ali dentro, então, naturalmente, não fecha. Ajoelho-me em cima da mala enquanto Samantha fecha o cadeado.

O telefone toca enquanto arrastamos a mala até a porta. Samantha ignora o toque insistente, de modo que faço menção de ir atender.

— Não atenda — avisa. Mas já era tarde.

— Alô?

— Samantha ainda está aí?

Samantha balança a cabeça freneticamente.

— Charlie? — pergunto.

— Sim. — Ele não soa exatamente feliz. Imagino se descobriu que era eu cozinhando, afinal.

Estendo o fone. Samantha revira os olhos ao segurá-lo.

— Olá, querido. Estava saindo. — Há uma pontada de nervosismo em seu tom de voz. — Sim, sei disso — continua. — Mas não vou poder. — Ela para e abaixa a voz. — Já disse a você. Preciso ir. Não tenho escolha — acrescenta, parecendo resignada. — Bem, a vida é inconveniente, Charlie. — E então desliga.

Samantha fecha os olhos rapidamente, inspira e força um sorriso.

— Homens.

— Charlie? — quero saber, perplexa. — Achei que vocês eram felizes.

— Felizes demais. Quando contei a ele que precisaria ir a Los Angeles, ele surtou. Disse que tinha feito planos de jantarmos com a mãe dele esta noite. Coisa que de alguma maneira deixou de me contar. Como se eu não tivesse vida própria.

— Talvez não possa ter as duas coisas. A vida dele *e* a sua. Como se juntam duas vidas, afinal?

Ela me olha estranho enquanto pega sua mala.

— Deseje-me sorte em Hollywood, passarinho. Talvez eu seja descoberta.

— E quanto a Charlie? — Seguro a porta enquanto ela desce, a mala fazendo barulho. Sorte ser uma Samsonite. A maioria não aguentaria o abuso.

— O que tem ele? — grita de volta.

Puxa. Deve estar zangada mesmo.

Corro até a janela e debruço-me sobre o parapeito para olhar a rua lá embaixo. Uma enorme limusine está parada no meio-fio. Um motorista sem uniforme está em pé ao lado da porta de trás. Samantha sai do prédio, e o motorista se apressa para pegar sua mala.

A porta de trás se abre e Harry Mills sai. Ele e Samantha têm uma rápida conversa enquanto ele acende um charuto. Samantha passa por ele e entra no carro. Harry dá uma longa tragada no charuto, olha a rua de cima a baixo e também entra. A porta se fecha e a limusine vai embora, com uma nuvem de fumaça de charuto saindo pela janela aberta.

Atrás de mim, o telefone toca. Aproximo-me com cuidado, mas minha curiosidade vence e acabo atendendo.

— Samantha está aí? — É Charlie. De novo.

— Acabou de sair — respondo com educação.

— Droga — grita, desligando em seguida.

Droga para você também, penso, calmamente recolocando o telefone no gancho.

Pego minha própria mala Hartmann de debaixo da cama de Samantha. O telefone toca mais algumas vezes, mas agora sei que é melhor não atender.

Desistem depois de um tempo. Em seguida o interfone toca.

— Sim? — pergunto bruscamente.

— É o Ryan — diz o alto-falante.

Aperto o botão para abrir. Ryan. Estou me preparando para reclamar sobre o que acontecera com Maggie quando ele aparece no alto das escadas segurando uma única rosa. O caule está mole e por um momento me pergunto se ele achou-a na rua.

— Está atrasado — digo num tom acusador. — Maggie foi embora ontem à noite.

— Droga. Sabia que tinha estragado tudo.

Eu talvez devesse mandá-lo embora, mas ainda não havia terminado.

— Quem foge de um jantar enquanto sua companhia está no banheiro?

— Estava cansado — explica Ryan, impotente, como se fosse uma desculpa plausível.

— Está brincando, certo?

Ele me olha, envergonhado.

— Não sabia como me despedir. Estava exausto. E não sou o Super-Homem. Tento ser, mas em algum momento pareço ter me deparado com criptonita.

Sorrio mesmo sem querer. Ryan é um daqueles caras que sempre conseguem se safar com uma piada. Sei que ele sabe disso, e sei que é desleal, mas não consigo ficar com raiva dele. Afinal, não foi a mim que ele abandonou.

— Maggie ficou muito magoada, muito mesmo — repreendo.

— Imaginei que ficaria. Por isso passei aqui. Para compensá-la.

— Com essa rosa?

— É bem triste, não é?

— É patético. Ainda mais se considerar que ela descontou a raiva em cima de mim.

— Em você? — Ele fica surpreso. — Por que descontaria em você? Não foi sua culpa.

— Não, mas de alguma maneira fui responsabilizada pelo seu mau comportamento. Tivemos uma briga.

— Com puxões de cabelo?

— Não, não, nada disso — interrompo indignada. — Meu Deus, Ryan.

— Sinto muito. — Ele sorri. — Garotos adoram ver meninas brigando. O que posso dizer?

— Por que simplesmente não admite que é um canalha?

— Porque isso seria fácil demais. Capote é um canalha. Sou apenas um babaca.

— Bela maneira de se referir a seu melhor amigo.

— Só porque somos amigos não significa que preciso mentir sobre a personalidade dele — justifica.

— Suponho que seja verdade — concordo sem vontade, pensando em por que as mulheres se julgam tanto. Por que não podemos dizer "Ei, ela é meio errada, mas a amo mesmo assim"?

— Vim aqui para convidar Maggie para a abertura da exposição do pai de Rainbow. É hoje à noite. Tem um jantar depois. Vai ser bem legal.

— Eu vou — ofereço, imaginando por que ninguém nunca me convida para essas festas glamourosas.

— Você? — pergunta Ryan, hesitante.

— Por que não? Sou tão ruim assim ou coisa parecida?

— Nem um pouco — nega. — Mas Maggie disse que você estava obcecada por Bernard Singer.

— Não preciso encontrar com Bernard toda noite — minto, sem querer admitir que talvez tudo esteja acabado entre Bernard e eu.

— Tudo bem, então — cede Ryan. — Encontro você na galeria às oito.

Oba, penso, depois de ele ir embora. Tenho ouvido sobre essa exposição há semanas, imaginando se Rainbow iria me chamar e, se não, como poderia arranjar um convite. Fiquei dizendo a mim mesma que seria apenas uma festa idiota, enquanto secretamente sabia que aquele era um evento que não gostaria de perder.

E, como Bernard não ligou, por que não? Certamente não vou deixar minha vida em espera por causa dele.

CAPÍTULO VINTE E UM

A galeria fica no SoHo, um pedaço deserto de quarteirões em ruínas com ruas de pedras e enormes prédios que um dia foram fábricas. É difícil imaginar Manhattan como um centro industrial, mas pelo jeito costumavam fazer tudo aqui, de roupas a lâmpadas e ferramentas. Uma rampa de metal leva até a entrada, o corrimão decorado com todo tipo de gente chique, fumando cigarros e conversando sobre o que fizeram na noite anterior.

Abro caminho entre a multidão. Está lotado lá dentro, e uma massa de artistas engarrafa a entrada, pois todos parecem encontrar alguém que conheciam. O ar está repleto de fumaça e do cheiro úmido de suor, mas há também o zumbido familiar de excitação que indica ser este o lugar para se estar.

Fico encostada numa parede, evitando o círculo reunido em volta de um homem corpulento de barbicha e olhos pesados. Ele veste uma bata preta e chinelos bordados, então presumo que seja o grande Barry Jessen em pessoa, o artista mais importante de Nova York e pai de Rainbow. De fato, Rainbow está parada atrás dele, parecendo, pela primeira vez, perdida e insignificante, apesar de seu vestido de franjas verde berrante. Ao lado de Barry, e pelo menos uma cabeça mais alta, está a modelo Pican.

Ela tem o aspecto deliberadamente despreocupado de uma mulher que sabe que é muito bonita e que todos o sabem também, mas que está determinada a não fazer de sua beleza a atração principal. Mantém a cabeça um pouco de lado, como se para dizer: "Sim, sei que sou linda, mas a noite é dele." Aquilo é, suponho, um grande sinal de amor verdadeiro.

Ou uma atuação muito boa.

Não vejo Ryan nem Capote, então finjo estar extremamente interessada na arte. Imaginava que os outros também estariam curiosos a respeito, mas os espaços na frente das pinturas estão, em sua maior parte, vazios, como se socializar fosse o verdadeiro propósito de uma *vernissage*.

E talvez por um bom motivo. Não consigo decidir o que acho sobre as pinturas. São pretas e cinzentas, com figuras magras que parecem vítimas de terríveis violências ou elas mesmas as causadoras das lesões. Gotas de sangue infernais caem de todos os ângulos. As figuras magras estão perfuradas por facas e agulhas enquanto garras rasgam seus tornozelos. Tudo é bastante perturbador e inesquecível, o que pode ser o objetivo.

— O que achou? — pergunta Rainbow, atrás de mim. Fico surpresa que tenha se rebaixado a pedir minha opinião, mas até agora sou a única pessoa ali de sua faixa etária.

— Poderosas — opino.

— Acho que são assustadoras.

— Acha? — Surpreendo-me com sua honestidade.

— Não conte a meu pai.

— Não vou.

— Ryan disse que vai te levar ao jantar — continua ela, torcendo um punhado de franjas do vestido. — Que bom. Teria convidado você, mas não tinha seu telefone.

— Tudo bem. Estou feliz por ter vindo.

Ela sorri e se afasta. Volto a encarar os quadros. Talvez Nova York não seja tão complicada no fim das contas. Talvez pertencer a um lugar seja apenas uma questão de aparecer. Se as pessoas te veem o bastante, acham que faz parte do grupo.

Pouco depois, Ryan e Capote aparecem, já com seus copos. Ryan meio que tenta se esquivar, enquanto Capote, alegre, cumprimenta todos como se fossem velhos amigos.

— Carrie! — exclama ele, beijando-me no rosto como se não pudesse estar mais feliz em me ver.

Um sinal secreto parece atravessar a multidão quando várias pessoas se esgueiram até a saída. Aparentemente, são os escolhidos — escolhidos para comparecerem ao jantar, pelo menos.

— Vamos lá — diz Ryan, acenando com a cabeça em direção à porta. Seguimos o grupo até a rua e Ryan passa as mãos pelo cabelo. — Cara, isso foi terrível — comenta. — Não há como não se perguntar aonde este mundo vai parar quando chamamos aquilo de arte.

— É um filisteu — declara Capote.

— Não vai dizer que gostou de verdade daquela porcaria.

— Eu gostei — digo. — Achei perturbador.

— Perturbador, mas não de um jeito bom — opina Ryan. Capote ri.

— Pode tirar um garoto do subúrbio, mas não se pode tirar o subúrbio do garoto.

— Esse comentário me ofende imensamente — gargalha Ryan.

— Eu vim do subúrbio — rebato.

— Claro que veio — diz Capote, com certo desdém.

— E você veio de lugar melhor? — desafio.

— Capote é de uma velha família sulista, querida — começa Ryan, imitando o sotaque de Capote. — Sua avó lutou contra os ianques. O que a faria ter cerca de 150 anos.

— Eu nunca disse que minha avó lutou com ianques. Falei que ela me aconselhou a nunca *casar* com uma.

— Acho que isso me exclui — comento, enquanto Ryan ri, concordando.

O jantar vai ser no loft de Jessen. Parecem ter passado dez anos desde que L'il rira de mim por achar que os Jessen moravam num prédio sem água corrente, mas essa antiga concepção não estava tão distante da realidade. O edifício é um pouco assustador. O elevador de carga tem uma porta que só desliza manualmente, seguida por um daqueles portões de ferro barulhentos. Há uma manivela que serve para fazê-lo subir e descer.

A operação do elevador é uma fonte de preocupações. Ao entrarmos, cinco pessoas discutem sobre a alternativa de subir pelas escadas.

— É horrível quando as pessoas moram em lugares assim — comenta um homem de cabelo amarelo.

— É barato — aponta Ryan.

— Barato não devia significar perigoso.

— O que é um perigo quando se é o mais importante artista de Nova York? — pergunta Capote, com sua habitual arrogância.

— Minha nossa. Você é tão macho — responde o homem.

A iluminação no elevador é fraca, e, quando viro para olhar melhor, descubro que quem disse aquilo foi ninguém menos que Bobby. O Bobby do desfile. Que me prometeu um ensaio em sua casa.

— Bobby — eu quase grito.

A princípio ele não me reconhece.

— Olá, sim, que bom vê-la outra vez — responde automaticamente.

— Sou eu — insisto. — Carrie Bradshaw?
De repente, ele se lembra.
— É claro! Carrie Bradshaw. A dramaturga.
Capote ri com sarcasmo e, como mais ninguém parece capaz ou interessado, assume a função de operar a manivela. O elevador sobe com um impulso de enjoar que joga vários de seus ocupantes contra as paredes.
— Que bom que não comi nada hoje — observa uma mulher usando um longo casaco prateado.
Capote consegue fazer o elevador ir até razoavelmente perto do terceiro andar, ou seja, as portas se abrem cerca de cinquenta centímetros acima do chão. Sempre um cavalheiro, ele sai e estende a mão para a mulher de casaco prateado. Ryan sai sozinho, seguido por Bobby, que pula e cai de joelhos. Quando é minha vez, Capote hesita, com o braço parado no ar.
— Estou bem — digo, rejeitando sua oferta.
— Qual é, Carrie. Não seja chata.
— Em outras palavras, tente ser uma dama — balbucio, pegando sua mão.
— Uma vez na vida.
Estou prestes a continuar a discussão quando Bobby interrompe e passa seu braço pelo meu.
— Vamos pegar um drinque para que possa me contar tudo sobre sua nova peça — anima-se.
O imenso espaço aberto parece ter sido apressadamente remodelado para que se parecesse com um apartamento utilizando *drywall*, um tipo de gesso. A área perto das janelas é grande como um rinque de patinação; de um lado fica uma mesa, coberta por toalha branca, que deve acomodar sessenta pessoas. Em frente às janelas até o teto está um grupo de sofás e poltronas cobertos de lona. O chão de madeira está gasto, marcado

pelos pés de centenas de operários. Em alguns lugares está até mesmo preto, como se alguém tivesse iniciado um pequeno incêndio, pensado melhor e apagado as chamas.

— Aqui está — diz Bobby, entregando-me um copo de plástico com o que descubro ser sidra. Ele segura minha mão. — Quem quer conhecer? Conheço todo mundo.

Tenho vontade de tirar minha mão, mas ia parecer grosseria. E, além disso, aposto que Bobby só está sendo amigável.

— Barry Jessen? — sugiro astuciosamente.

— Já não o conhece? — pergunta Bobby, tão genuinamente surpreso que me faz rir.

Não posso imaginar por que Bobby acharia que eu conheço o grande Barry Jessen, mas talvez ache que saio muito por aí. O que só reforça minha teoria: se as pessoas a veem o suficiente, acham que é uma delas.

Bobby me leva diretamente a Barry Jessen em pessoa, que conversa com várias pessoas ao mesmo tempo, e me insere no grupo. Minha sensação de pertencer ao ambiente desaparece como uma névoa, mas Bobby parece imune aos olhares hostis.

— Esta é Carrie Bradshaw — anuncia para Barry. — Está louca para conhecê-lo. É seu artista favorito.

Nenhuma dessas palavras é verdadeira, mas não ouso contradizê-lo. Ainda mais considerando que a expressão no rosto de Barry Jessen muda de irritada para levemente interessada. Não é imune à bajulação — na verdade, é exatamente o oposto. Espera aquilo.

— É mesmo? — Seus olhos negros se fixam nos meus e de repente tenho a estranha sensação de estar olhando para o diabo.

— Adorei a exposição — digo, desajeitada.

— Acha que os outros também vão adorar? — quer saber ele.

Sua intensidade me deixa nervosa.

— É tão poderosa, como alguém poderia não gostar? — respondo com pressa, torcendo para que não me faça mais perguntas.

Ele não faz. Tendo recebido os elogios, Barry abruptamente vira o rosto, dirigindo-se à mulher de casaco prateado.

Infelizmente, Bobby não entende o recado.

— Agora, Barry — começa, insistente —, precisamos conversar sobre o Basil.

Nesse momento aproveito a oportunidade de escapar. A questão sobre pessoas famosas, percebo, é que apenas conhecê-las não faz de você famoso também.

Ando por um pequeno corredor e passo por uma porta fechada pela qual escuto risadas e cochichos apressados, depois por outra porta, que deve ser o banheiro, pois várias pessoas estão em fila na frente dela, e direto por outra porta aberta no final do corredor.

Paro na hora, surpresa com a decoração. O quarto é completamente diferente do resto do loft. Tapetes orientais estão esticados por todo o piso, e no meio há uma ornamentada cama indiana antiga coberta por almofadas de seda.

Imagino que tenha entrado no quarto de Jessen por acidente, mas é Rainbow quem está sobre a cama, conversando com um garoto que usa uma boina de tricô jamaicano por cima de seus dreads.

— Desculpe — murmuro quando o rapaz me olha, surpreso. Ele é muito bonito, com traços delicados e belos olhos negros.

Rainbow se vira, assustada, com medo de ter sido surpreendida, mas quando me vê, relaxa.

— É só a Carrie — diz. — Ela é legal.

"Só a Carrie" se aventura, dando um passo adiante.

— O que estão fazendo?

— Este é meu irmão, Colin — apresenta Rainbow, indicando o garoto de dreads.

— Você fuma? — pergunta Colin, mostrando um pequeno cachimbo de maconha.

— Claro. — De alguma maneira, não achei que ficar um pouco chapada nessa festa seria um problema. Metade das pessoas aqui parecia estar usando alguma coisa mesmo.

Rainbow abre espaço para mim na cama.

— Adorei seu quarto — comento, admirando os móveis luxuosos.

— É mesmo? — Ela pega o cachimbo de Colin, inclinando-se enquanto ele o acende com um isqueiro dourado.

— É bastante anti-Barry — opina Colin, com um sotaque diferente. — Por isso é tão bom.

Dou um trago no cachimbo e o devolvo a Colin.

— É inglês? — pergunto, imaginando como ele poderia ser inglês enquanto Rainbow é tão americana.

Rainbow ri.

— É de Amhara. Como minha mãe.

— Então Barry não é seu pai?

— Deus, não! — exclama Colin. Ele e Rainbow trocam um olhar enigmático.

— Alguém realmente gosta do próprio pai? — indaga Rainbow.

— Eu gosto — murmuro. Talvez seja a droga, mas de repente fico sentimental ao pensar em meu pai. — Ele é um cara muito legal.

— Tem sorte — diz Colin. — Não vejo meu pai verdadeiro desde que tinha 10 anos.

Concordo com a cabeça como se entendesse, o que não é verdade. Meu pai pode não ser perfeito, mas sei que me ama. Se algo ruim acontecesse, estaria pronto para me apoiar — ou tentaria estar, de qualquer maneira.

— O que me lembra — continua Colin, colocando a mão no bolso e tirando um pequeno frasco de aspirina que sacode na frente de Rainbow. — Encontrei isso no estoque de Barry.

— Ah, Colin. Não fez isso — anima-se Rainbow.

Colin abre a tampa e tira três grandes comprimidos.

— Fiz.

— E se ele notar que sumiram?

— Não vai. No final da noite vai estar doidão demais para notar qualquer coisa.

Rainbow pega um dos comprimidos da mão de Colin e o engole com um pouco de champanhe.

— Quer um, Carrie? — Colin me oferece uma das pílulas.

Não pergunto o que é. Não quero saber. Sinto como se já tivesse descoberto mais do que devia. Balanço a cabeça.

— São bem legais — insiste Colin, colocando uma na boca.

— Estou bem — afirmo.

— Se mudar de ideia, sabe onde me encontrar. Apenas peça por uma aspirina — diz, enquanto cai rindo junto com Rainbow sobre as almofadas.

De volta à sala principal, sinto a habitual energia frenética de pessoas tagarelando e gritando umas para as outras, tentando ser ouvidas acima do ruído. Fumaça de cigarro e maconha flutua pelo ar, enquanto Pican e algumas de suas amigas modelos descansam nos sofás com os olhos semicerrados. Passo por elas e vou até a janela aberta para tomar um pouco de ar fresco.

Lembro a mim mesma de que estou me divertindo.

Bobby me vê e começa a acenar freneticamente. Está conversando com uma mulher de meia-idade num vestido branco e justo que parece feito de bandagens. Aceno de volta e ergo meu copo, indicando que estou a caminho do bar, mas ele não desiste.

— Carrie — grita. — Venha conhecer Teensie Dyer.

Resolvo assumir minha mais simpática expressão no rosto e caminho na direção dos dois.

Teensie parece alguém que poderia comer criancinhas no café da manhã.

— Esta é Carrie Bradshaw — apresenta Bobby. — Você deveria ser agente dela. Sabia que escreveu uma peça?

— Olá — cumprimenta Teensie, abrindo um sorriso contido.

Bobby coloca o braço em volta de meu ombro, tentando me puxar mais para perto. Determinada, resisto.

— Vamos encenar a peça de Carrie em minha casa. Precisa vir.

Teensie bate as cinzas de seu cigarro no chão.

— Sobre o que é a peça?

Maldito Bobby, penso, enquanto me liberto de seu abraço. Não vou falar sobre minha peça com uma estranha. Ainda mais se considerarmos que nem eu mesma sei direito sobre o que é.

— Carrie não vai contar. — Bobby afaga meu braço. E, inclinando-se para meu ouvido, num cochicho ensaiado acrescenta:

— Teensie é a maior agente da cidade. Representa todo mundo. Inclusive Bernard Singer.

Meu sorriso se congela no rosto.

— Isso é ótimo.

Algo no meu rosto deve ter disparado algum tipo de alarme, pois Teensie finalmente se digna a me encarar nos olhos.

Desvio o olhar, esperando mudar de assunto. Algo me diz que essa tal de Teensie não ficaria nem um pouco feliz em descobrir que seu melhor cliente está namorando euzinha aqui. Ou estava namorando euzinha aqui afinal.

A música para.

— O jantar está na mesa! — grita Barry Jessen, do alto de uma escada.

CAPÍTULO VINTE E DOIS

Como se a noite já não estivesse estranha o bastante, me vejo sentada ao lado de Capote.

— Você de novo? — pergunto, passando espremida por ele para me sentar na cadeira dobrável.

— Qual é o seu problema?

Reviro os olhos. Por onde começar? Pelo fato de estar com saudades de Bernard e querer que ele estivesse aqui? Ou porque preferia estar sentada ao lado de outra pessoa? Escolho.

— Acabo de conhecer Teensie Dyer.

Capote parece impressionado.

— É uma grande agente.

É claro que ele diria isso.

— Para mim parece uma grande megera.

— Isso é bobagem, Carrie.

— Por quê? É a verdade.

— Ou o seu ponto de vista.

— Que é...?

— É uma cidade dura, Carrie. Sabe disso.

— E daí? — pergunto.

— Quer acabar dura também? Como a maioria das pessoas aqui?

Encaro-o sem acreditar. Será que não percebe que também é uma delas?

— Não estou preocupada — respondo.

Uma tigela de macarrão chega. Capote a pega e educadamente serve a mim e depois a si mesmo.

— Diga que não vai realmente encenar sua peça na casa de Bobby.

— Por que não?

— Porque Bobby é uma piada.

Abro um sorriso de ironia para ele.

— Ou é porque ele não pediu a você que encenasse seu grande trabalho?

— Eu não faria nem se pedisse. Não é como se fazem as coisas, Carrie. Vai ver.

Dou de ombros.

— Acho que essa é a diferença entre você e eu. Não me importo em correr riscos.

— Quer que eu minta para você? Como todos na sua vida?

Balanço a cabeça, perplexa.

— Como sabe que as pessoas mentem para mim? É mais provável que mintam para você. Mas sabe quem é o maior mentiroso na sua vida? *Você mesmo.* — Tomo um gole de vinho, sem acreditar no que acabara de dizer.

— Ótimo — responde ele, como se não adiantasse discutir.

Ele se vira para a mulher a seu lado. Sigo a deixa e sorrio para o homem ao meu.

Solto um suspiro de alívio. É Cholly.

— Olá — digo alegremente, determinada a esquecer meu encontro com Teensie e meu ódio por Capote.

— Menina! — exclama ele. — Minha nossa. Você está mesmo em todo lugar. Nova York está sendo tudo o que esperava?

Olho ao redor da mesa. Rainbow está jogada em sua cadeira, de olhos semicerrados, enquanto Capote tagarela sobre seu assunto favorito mais uma vez: Proust. Vejo Ryan, que teve a sorte de estar sentado ao lado de Teensie. Ele a olha, sem dúvida na esperança de que o aceite como cliente. Enquanto isso, Bobby está de pé atrás de Barry Jessen, tentando desesperadamente chamar sua atenção enquanto Barry, agora suando muito, seca o rosto, irritado, com um guardanapo.

Vivo um daqueles momentos bizarros em que o universo vira um telescópio e tudo parece aumentado: o movimento da boca pintada de batom de Pican, o rio de vinho tinto que Bobby derrama em sua taça, o anel de ouro no dedo direito de Teensie enquanto ela ergue uma das mãos até a têmpora.

Fico pensando se Maggie tinha razão. Talvez sejam todos loucos.

E de repente tudo volta ao normal. Teensie se levanta. Barry abre espaço para Bobby sentar-se a seu lado. Ryan se inclina para Rainbow e sussurra algo em seu ouvido.

Olho de volta para Cholly.

— Estou achando fantástico.

Ele parece interessado, então começo a contar minhas aventuras. Sobre como fui expulsa da casa de Peggy. E como apelidei o bigode de Viktor Greene de Waldo. E como Bobby quer que eu faça uma leitura da minha peça quando ainda nem a terminei. Quando paro, Cholly está fascinado. Não há nada melhor que um homem que também é um bom ouvinte.

— Devia vir a uma *soirée* em minha casa um dia desses — convida. — Tenho uma maravilhosa publicação chamada *New Review*. Gostamos de fingir que é literária, mas de vez em quando precisa de uma festa.

Escrevo meu telefone num guardanapo para ele quando Teensie se aproxima. A princípio acho que sou seu alvo, mas viera atrás de Cholly.

— Querido — começa ela, colocando agressivamente uma cadeira entre Cholly e eu, me excluindo. — Acabo de conhecer um adorável jovem escritor. Ryan alguma coisa. Precisa conhecê-lo.

— Adoraria — responde Cholly. E, com uma piscadela, ele se inclina para Teensie. — Já conhece Carrie Bradshaw? Também é escritora. Estava me contando agora mesmo que...

Teensie muda de assunto de forma abrupta.

— Tem visto Bernard ultimamente?

— Semana passada — responde Cholly com desinteresse, indicando que não está com vontade de falar sobre Bernard.

— Estou preocupada com ele — insiste Teensie.

— Por quê? — pergunta Cholly. Os homens nunca se preocupam uns com os outros como as mulheres.

— Ouvi dizer que está namorando uma jovenzinha.

Meu estômago se revira.

— Margie disse que Bernard está péssimo — continua Teensie, com um olhar de esguelha na minha direção. Tento manter uma expressão desinteressada em meu rosto, como se mal soubesse de quem estão falando. — Margie disse que a conheceu. E, francamente, está preocupada. Acha um péssimo sinal Bernard estar saindo com alguém tão jovem.

Pego mais vinho enquanto finjo estar fascinada por algo na outra ponta da mesa. Mas minhas mãos estão tremendo.

— Por que Margie Shephard se importaria? Foi ela quem o deixou — diz Cholly.

— Foi isso que ele te contou? — pergunta Teensie com malícia.

Cholly dá de ombros.

— Todos sabem que ela o traiu. Com um ator de sua peça.

Teensie ri baixinho.

— Infelizmente, a verdade é o contrário. Bernard a traiu.

Parece que uma lança perfurou meu coração.

— Na verdade, Bernard traiu Margie várias vezes. É um dramaturgo maravilhoso, mas um marido lastimável.

— Realmente, Teensie. Quem se importa? — declara Cholly.

Teensie coloca uma das mãos em seu braço.

— Esta festa está me dando uma dor de cabeça terrível. Pode pedir uma aspirina a Barry?

Olho-a furiosamente. Não pode ela mesma pedir a Barry? Maldita seja e o que disse sobre Bernard e eu.

— Colin tem aspirina — interrompo, animada. — Sabe, o filho de Pican?

As sobrancelhas de Teensie se erguem com desconfiança, mas abro um sorriso inocente para ela.

— Bem, obrigada. — Ela me olha desconfiada e sai em busca de Colin.

Seguro o guardanapo contra o rosto e rio.

Cholly ri junto comigo.

— Teensie é uma mulher muito tola, não é?

Assinto, sem falar nada. Pensar na cruel Teensie sob efeito de uma das pílulas de Colin é simplesmente engraçado demais.

Naturalmente, não espero que Teensie tome o comprimido. Mesmo eu, que não sei nada sobre drogas, fui esperta o bastante para perceber que o grande comprimido branco de Colin não era aspirina. Não pensei mais no assunto até uma hora mais tarde, enquanto dançava com Ryan.

Oscilando precariamente sobre joelhos dobrados, Teensie aparece no meio da pista, agarrando o ombro de Bobby para não cair. Está rindo como uma louca enquanto tenta se manter de pé. Suas pernas parecem ser de borracha.

— Bobby! — grita. — Já disse o quanto amo você?

— Que porra é essa? — pergunta Ryan.

Fico histérica. Parece que Teensie acabou tomando a pílula, porque está deitada de costas na pista de dança, rindo. Isso continua por alguns segundos até Cholly chegar, levantar Teensie e levá-la embora.

Continuo dançando.

Na verdade, todos continuam dançando até sermos interrompidos por um grito alto seguido por vários berros por ajuda.

Uma multidão está reunida perto do elevador. A porta está aberta, mas o espaço parece vazio.

Gritos de "O que aconteceu?", "Alguém caiu!" e "Ligue para a polícia", ecoavam pelo loft. Corro até lá, com medo de ser Rainbow e de que esteja morta. Mas pelo canto do olho vejo Rainbow correndo até seu quarto, seguida por Colin. Aproximo-me um pouco mais. Dois homens pularam no poço do elevador, o que significava que ele devia estar apenas trinta ou sessenta centímetros abaixo do andar. A mão fraca de uma mulher se estende e Barry Jessen a segura, puxando uma descabelada e atordoada Teensie de dentro do buraco.

Antes de poder reagir, Capote me dá uma cotovelada.

— Vamos nessa.

— Hein? — Estou assustada demais para me mover.

Ele puxa meu braço.

— Precisamos dar o fora daqui. *Agora.*

— E quanto a Teensie?

— Ela está bem. E Ryan sabe se cuidar sozinho.

— Não entendo — protesto, enquanto Capote me puxa até a saída.

— Nada de perguntas. — Ele abre a porta e corre escadas abaixo. Paro no patamar, perplexa. — Carrie! — Ele se vira para ter certeza de que o estou seguindo. Quando vê que não estou, sobe correndo os degraus e quase me empurra. — Anda!

Faço o que ele manda, ouvindo as batidas urgentes de seus passos atrás de mim. Quando chegamos ao lobby, ele empurra a porta com violência e me puxa atrás de si.

— Corre! — grita.

Ele corre até a esquina enquanto me esforço para alcançá-lo do alto das botas Fiorucci que Samantha me dera. Segundos depois, dois carros de polícia, com as luzes piscando e sirenes buzinando, estacionam na frente do prédio de Jessen. Capote passa o braço em volta de meus ombros.

— Aja normalmente. Como se estivéssemos juntos ou algo assim.

Atravessamos a rua, meu coração explodindo dentro do peito. Andamos assim por mais um quarteirão até chegarmos à West Broadway com a Prince.

— Acho que tem um bar legal por aqui — diz Capote.

— Um bar "legal"? Teensie acabou de cair no poço do elevador e tudo em que consegue pensar é num bar "legal"?

Ele me solta.

— Não foi minha culpa, foi?

Não, mas foi minha.

— Devemos voltar. Não está preocupado com Teensie?

— Olha, Carrie — continua, exasperado. — Acabei de salvar a sua vida. Devia agradecer.

— Não sei exatamente sobre o que devia agradecer.

— Quer acabar na capa dos jornais? Porque é isso que teria acontecido. Metade das pessoas ali estava drogada. Acha que a polícia não vai notar? E no dia seguinte sai tudo na *Page Six*. Talvez não se importe com sua reputação. Mas eu me importo com a minha.

— Por quê? — pergunto, nada impressionada pela importância que ele se dava.

— Porque sim.

— Porque sim o quê? — provoco.
— Tem muita gente que conta comigo.
— Como quem?
— Como minha família. São pessoas muito corretas e boas. Não quero que passem vergonha por causa das minhas ações.
— Quer dizer como se, por exemplo, casasse com uma ianque.
— Exatamente.
— O que todas essas garotas ianques que você namora pensam? Ou simplesmente não conta isso a elas?
— Acho que a maioria das mulheres sabe onde está se metendo quando saem comigo. Nunca minto sobre minhas intenções.

Olho por toda a calçada, pensando no que estou fazendo parada numa esquina no meio do nada, discutindo com Capote Duncan.

— Acho que eu devia contar a verdade a você também. Fui a responsável pelo acidente de Teensie.
— Você?
— Sabia que Colin tinha drogas. Ele disse que eram aspirinas. Então disse a Teensie para pedir uma para ele.

Capote demora um momento para processar toda aquela informação. Ele esfrega os olhos enquanto fico com medo de que vá me dedurar. Mas então ele joga a cabeça para trás e ri, os longos cachos caindo por cima dos ombros.

— Engraçado, né? — vanglorio-me, gostando de sua aprovação. — Nunca achei que ela realmente tomaria aquela coisa...

Sem avisar, ele me interrompe com um beijo.

Fico tão surpresa que a princípio não reajo quando sua boca toca a minha, incitando meus lábios que reagem com ansiedade. Então meu cérebro se dá conta. Fico confusa ao perceber como a sensação é boa e natural, como se nos beijássemos desde sempre. Então entendo: é assim que ele consegue todas aquelas mulheres. Ele as pega de surpresa. Beija uma mulher quando ela menos espera, e, uma vez que a tira dos eixos, consegue levá-la para a cama.

Mas dessa vez não vai dar certo. Apesar de uma terrível parte minha querer.

— Não — digo, tentando afastá-lo.

— Carrie — começa Capote.

— Não posso. — Teria acabado de trair Bernard?

Ainda estou namorando Bernard, aliás?

Um táxi solitário aproxima-se, de luzes acesas. Está disponível. Eu, não. Faço sinal.

Capote abre a porta para mim.

— Obrigada — digo.

— A gente se vê — responde ele, como se nada tivesse acabado de acontecer.

Afundo no banco traseiro, balançando a cabeça.

Que noite. Talvez seja uma boa hora para dar uma fugida, afinal.

## CAPÍTULO VINTE E TRÊS

— Ah — diz minha irmã mais nova, Dorrit, levantando o olhar de uma revista. — Veio para casa.

— Sim, eu vim — respondo, afirmando o óbvio. Largo minha mala e abro a geladeira, mais por hábito que por fome. Há uma caixa quase vazia de leite e um pacote de queijo velho. Pego o leite e o seguro no alto. — Ninguém mais se dá o trabalho de fazer compras por aqui?

— Não — responde Dorrit, de mau humor. Ela olha para meu pai, mas ele parece ignorar seu desgosto.

— Todas as minhas garotas estão em casa! — exclama ele, emocionado.

Essa é uma coisa que não mudou em meu pai: seu sentimentalismo excessivo. Estou feliz por ainda existirem vestígios de meu velho pai. Porque, tirando isso, parece ter sido abduzido por um extraterrestre.

Em primeiro lugar, está usando calça jeans. Meu pai nunca usou jeans na vida. Minha mãe não deixava. E está usando óculos escuros Ray-Ban. Porém, o mais surpreendente é sua jaqueta. É da Members Only e na cor laranja. Quando desci do trem, mal o reconheci.

Deve estar passando por uma crise de meia-idade.

— Onde está Missy? — pergunto agora, tentando ignorar a aparência estranha dele.

— Está no conservatório. Aprendeu a tocar violino — conta meu pai, orgulhoso. — Está compondo uma sinfonia para uma orquestra inteira.

— Ela aprendeu a tocar violino em um mês? — pergunto, estupefata.

— É muito talentosa — diz meu pai.

*E quanto a mim?*

— É, isso mesmo, pai — concorda Dorrit.

— Você também é boa — responde meu pai.

— Vamos, Dorrit — digo, pegando minha bolsa de viagem. — Me ajude a desfazer as malas.

— Estou ocupada.

— Dorrit! — insisto, olhando para meu pai.

Ela suspira, fecha a revista e me segue escada acima.

Meu quarto está exatamente como o deixei. Por um momento, sou inundada por lembranças, indo até as prateleiras e tocando os velhos livros que minha mãe me deu quando eu era criança. Abro o armário e olho seu interior. Posso estar enganada, mas parece que metade das minhas roupas não está aqui. Viro e olho acusadoramente para Dorrit.

— Onde estão minhas roupas?

Ela dá de ombros.

— Peguei algumas. Missy também. Achamos que, como estava em Nova York, não precisaria delas.

— E se eu precisar?

Ela dá de ombros mais uma vez.

Deixo para lá. Tinha chegado havia muito pouco tempo para começar uma briga com Dorrit — apesar de que, considerando sua expressão carrancuda, com certeza haveria algum tipo de conflito antes de eu ir embora, na segunda-feira. Enquanto isso, preciso sondá-la em busca de informações sobre meu pai e sua suposta namorada.

— O que há com papai? — pergunto, sentando de pernas cruzadas na cama. Como é de solteiro, de repente me parece mínima. Não acredito que dormi nela durante tantos anos.

— Ficou louco. Obviamente — responde Dorrit.

— Por que está usando calça jeans? E uma jaqueta da Members Only? É horrorosa. Mamãe nunca o deixaria se vestir daquele jeito.

— Wendy deu para ele.

— Wendy?

— Sua namorada.

— Então essa história de namorada é verdade?

— Acho que sim.

Suspiro. Dorrit é tão *blasé*. Não existe profundidade alguma nela. Espero apenas que tenha parado de roubar em lojas.

— Já a conheceu?

— Já — afirma Dorrit, evasiva.

— E...? — quase grito.

— Ah.

— Odeia ela? — Essa pergunta é idiota. Dorrit odeia todo mundo.

— Tento fingir que ela não existe.

— O que papai acha?

— Ele nem nota — conta. — É nojento. Quando Wendy está por perto, toda a sua atenção se volta para ela.

— É bonita?

— *Eu* não acho — responde Dorrit. — Enfim, vai poder vê-la pessoalmente. Papai vai nos levar para jantar com ela esta noite.

— Ugh.

— E ele está com uma moto.

— O quê? — Dessa vez grito de verdade.
— Não contou a você? Ele comprou uma moto.
— Não me contou nada. Não me contou nem sobre essa tal de Wendy.
— Talvez esteja com medo — sugere Dorrit. — Desde que a conheceu, ficou totalmente submisso.

Ótimo, penso, desarrumando as malas. Esse fim de semana vai ser o máximo.

Um pouco mais tarde, encontro meu pai na garagem, arrumando as ferramentas. Imediatamente suspeito que Dorrit esteja certa: meu pai está me evitando. Estou em casa há menos de uma hora e já me pergunto por que resolvi voltar. Ninguém parece interessado em mim ou na minha vida. Dorrit fugiu para a casa de uma amiga, meu pai tem uma moto e Missy está completamente envolvida com suas composições. Devia ter ficado em Nova York.

Passei a viagem de trem inteira pensando na noite passada. O beijo de Capote tinha sido um erro terrível, e fiquei horrorizada por ter permitido, mesmo que por apenas alguns segundos. Mas o que significava? Seria possível que secretamente eu gostasse de Capote? Não. Acho que ele é um daqueles tipos "viva o momento" — ou seja, corra atrás de qualquer mulher que esteja por perto quando está com tesão. Mas havia um monte de outras mulheres na festa, incluindo Rainbow. Então por que escolhera a mim?

Sentindo-me péssima e de ressaca, comprei aspirina e bebi Coca-Cola. Não parava de me torturar com todos os assuntos não resolvidos que deixara para trás, incluindo Bernard. Considerei até descer do trem em New Haven e pegar o próximo de volta a Nova York, mas quando pensei em como minha família teria ficado decepcionada, não pude.

Agora gostaria de ter ido em frente.

— Pai! — exclamo, irritada.

Ele se vira, assustado, com uma chave inglesa na mão.

— Só estava limpando minhas ferramentas.

— Estou vendo. — Olho em volta à procura de sua notória motocicleta e a vejo perto da parede, meio escondida por seu carro. — Dorrit comentou que comprou uma moto — digo com astúcia.

— Sim, Carrie, comprei.

— Por quê?

— Porque quis.

— Mas por quê?

Pareço uma garotinha que acaba de ser largada. E meu pai está agindo como um garoto babaca que não tem respostas.

— Quer vê-la? — pergunta ele finalmente, incapaz de manter escondido seu evidente entusiasmo.

Ele a tira de trás do carro. É uma motocicleta mesmo. E não uma motocicleta velha qualquer. É uma Harley. Com enormes guidões e carcaça preta com decalques de chamas. O tipo de motocicleta preferida de membros do Hell's Angels.

Meu pai anda de Harley?

Por outro lado, estou impressionada. Não é moto de medroso, isso é verdade.

— O que acha? — pergunta com orgulho.

— Gostei.

Ele parece satisfeito.

— Comprei de um garoto na cidade. Estava desesperado por dinheiro. Paguei só mil dólares.

— Nossa. — Balanço a cabeça. Tudo nessa história é tão atípico de meu pai, da construção de suas frases à moto em si, que por um momento não sei o que dizer. — Como achou esse garoto? — pergunto.

— É filho do primo de Wendy.

Meus olhos saltam das órbitas. Não acredito que ele a mencionou tão casualmente. Entro no jogo.

— Quem é Wendy?

Ele limpa o assento da moto com uma das mãos.

— É minha nova amiga.

Então é assim que vai ser.

— Que tipo de amiga?

— Ela é muito legal — responde, recusando-se a me encarar nos olhos.

— Como não me contou sobre ela?

— Ah, Carrie — diz com um suspiro.

— Todo mundo está dizendo que é sua namorada. Dorrit, Missy e até mesmo Walt.

— Walt sabe? — pergunta, surpreso.

— Todo mundo sabe, pai — digo, ríspida. — Por que não *me* contou?

Ele escorrega para o assento da motocicleta, brincando com o acelerador.

— Acha que poderia me poupar o sermão?

— Papai!

— Isso tudo é muito novo para mim.

Mordo o lábio inferior. Por um momento, simpatizo com ele. Durante os últimos cinco anos, não demonstrara um pingo de interesse por mulher alguma. Agora aparentemente conheceu alguém de quem gosta, o que é sinal de que está seguindo em frente. Deveria estar feliz por ele. Infelizmente, só consigo pensar na minha mãe. E em como ele a está traindo. Imagino se ela está lá no céu, vendo no que ele se tornou. Se estiver, deve estar horrorizada.

— Mamãe a conhecia? Essa sua amiga Wendy?

Ele balança a cabeça, fingindo estar examinando o painel.

— Não. — Ele para. — Acho que não, de qualquer maneira. Ela é um pouco mais nova.

— Quanto? — exijo saber.

Subitamente senti que fui longe demais, porque ele me olha desafiadoramente.

— Eu não sei, Carrie. Quase 30 anos. Me disseram que é falta de educação perguntar a idade de uma mulher.

Concordo com a cabeça.

— E quantos anos ela acha que você tem?

— Ela sabe que tenho uma filha que vai estudar na Brown no outono.

Há uma rispidez em seu tom de voz que não escuto desde que era pequena. Significa: *Sou eu que mando. Cai fora.*

— Tudo bem. — Me viro para sair.

— E, Carrie? — acrescenta. — Vamos jantar com Wendy esta noite. Vou ficar muito desapontado se for rude com ela.

— Veremos — murmuro baixinho.

Volto para casa, convencida de que meus piores temores se tornaram verdade. Já odeio essa tal de Wendy. Ela tem um parente que é do Hell's Angels. E mente quanto à idade. Imagino que, se uma mulher está disposta a mentir sobre sua própria data de nascimento, está disposta a mentir sobre qualquer coisa.

Começo a limpar a geladeira, jogando fora um experimento científico atrás do outro. E é quando me lembro de que também menti a respeito da minha idade para Bernard. Derramo o resto do leite azedo no ralo, pensando no que está acontecendo com minha família.

— E você não parece uma garota especial? — observa Walt sarcasticamente. — Apesar de um pouco arrumada demais para Castlebury.

— O que uma pessoa pode usar num restaurante de Castlebury?

— Certamente não um vestido de festa.

— Walt — repreendo. — Não é um vestido de festa. É um vestido de coquetel. Dos anos 1960. — Encontrei o vestido no brechó e tenho usado-o praticamente sem parar há dias. É perfeito para dias quentes, deixando meus braços e pernas livres, e até agora ninguém havia comentado sobre minha inusitada vestimenta exceto para dizer que era bacana. Roupas estranhas são comuns em Nova York. Aqui, nem tanto. — Não vou mudar de estilo por causa de Wendy. Sabia que ela tem um primo do Hell's Angels?

Walt e eu estamos sentados na varanda, bebendo coquetéis enquanto esperamos a notória Wendy chegar. Implorei a Walt para jantar conosco, mas ele recusou, alegando um compromisso já agendado com Randy. No entanto, concordou em aparecer e tomar um drinque para poder ver a tal da Wendy em carne e osso.

— Talvez seja esta a questão — diz agora. — Ela é completamente diferente.

— Mas se ele está interessado em alguém como Wendy, isso põe em dúvida todo o seu casamento com minha mãe.

— Acho que está levando isso a sério demais — responde Walt, assumindo a voz da razão. — Talvez ele só esteja se divertindo.

— É meu pai — reclamo. — Não devia ter permissão para se divertir.

— Que maldade, Carrie.

— Eu sei. — Encaro fixamente o jardim abandonado. — Falou com Maggie?

— Falei — revela Walt, enigmaticamente.

— O que ela disse? Sobre Nova York?

— Que se divertiu muito.
— O que disse sobre *mim*?
— Nada. Só falou de um garoto que você apresentou a ela.
— Ryan. Com quem ela imediatamente transou.
— Essa é nossa Maggie — observa Walt com um balançar de ombros.
— Tornou-se uma viciada em sexo.
— Ah, deixa ela — diz. — É jovem. Vai passar. De qualquer maneira, por que se importa?
— Me *importo* com meus *amigos*. — Tiro minhas botas Fiorucci de cima da mesa para enfatizar. — Só queria que meus amigos também se importassem comigo.

Walt me encara sem expressão.

— Isto é, nem minha família me perguntou sobre minha vida em Nova York. E, francamente, minha vida é muito mais interessante do que qualquer coisa que esteja acontecendo com eles. Vão produzir uma peça minha. E ontem à noite fui a uma festa no loft de Barry Jessen no SoHo...
— Quem é Barry Jessen?
— Qual é, Walt. Ele é tipo o artista mais importante dos Estados Unidos atualmente.
— Como disse: "É uma garota especial, certo?" — provoca Walt.

Cruzo os braços, sabendo que estou soando como uma idiota.

— Será que ninguém se importa?
— Com sua cabeça inflada? — brinca Walt. — Cuidado para não explodir.
— Walt! — Olho para ele, magoada. Então minha frustração fala mais alto: — Vou ser uma autora famosa um dia. Vou morar num grande apartamento de dois quartos em Sutton Place. E vou escrever peças para a Broadway. E então todo mundo vai ter que ir a Nova York para *me* visitar.

— Ha-ha-ha — ri Walt.

Fico olhando os cubos de gelo em meu copo.

— Olha, Carrie — começa. — Está passando um verão em Nova York. O que é ótimo. Mas não é exatamente sua vida. E em setembro, vai para a Brown.

— Talvez não — resolvo de repente.

Walt sorri, certo de que não posso estar falando sério.

— Seu pai sabe disso? Dessa mudança de planos?

— Acabei de decidir. Neste instante.

O que é verdade. A ideia tem passado pela minha cabeça há algumas semanas, mas a realidade de estar de volta a Castlebury acaba de deixar claro que ir para a Brown vai ser mais ou menos a mesma coisa. O mesmo tipo de gente com exatamente as mesmas atitudes, apenas num lugar diferente.

Walt sorri.

— Não se esqueça de que estarei aqui também. Na RISD.

— Eu sei. — Suspiro. Pareço tão arrogante quanto Capote.

— Vai ser legal — acrescento, esperançosa.

— Walt! — cumprimenta meu pai, juntando-se a nós na varanda.

— Sr. Bradshaw. — Walt se levanta e meu pai o abraça, o que faz eu me sentir excluída mais uma vez.

— Como está, garoto? — pergunta meu pai. — Seu cabelo está mais comprido. Mal o reconheci.

— Walt está sempre mudando o cabelo, pai. — Viro para Walt. — O que meu pai quis dizer é que você talvez não o tenha reconhecido. Está tentando parecer mais *jovem* — acrescento, com suficiente tom de brincadeira na voz para evitar que a declaração soe maldosa.

— O que há de errado com parecer mais jovem? — declara meu pai, de bom humor.

Ele entra na cozinha para preparar bebidas, mas se demora lá dentro, indo até a janela a cada segundo como uma garota de 16 anos esperando o namoradinho chegar. É ridículo. Quando Wendy enfim aparece, menos cinco minutos depois, ele sai correndo de casa para cumprimentá-la.

— Dá pra acreditar nisso? — pergunto a Walt, horrorizada pelo comportamento tolo de meu pai.

— Ele é homem. O que posso dizer?

— Ele é meu *pai* — protesto.

— Continua sendo homem.

Estou quase dizendo: "É, mas meu pai não devia agir como o resto dos homens", quando ele e Wendy vêm andando de mãos dadas.

Tenho ânsias de vômito. Esse relacionamento obviamente é mais sério do que eu pensara.

Wendy é meio bonita, se gosta de loiras de farmácia e sombra azul escorrida em volta dos olhos.

— Seja gentil — adverte Walt.

— Ah, vou ser perfeitamente gentil. Vou ser gentil nem que morra pra isso. — Abro um sorriso.

— Devo chamar uma ambulância agora ou mais tarde?

Meu pai abre a porta de tela e pede que Wendy vá até a varanda. O sorriso dela é largo e incrivelmente falso.

— Deve ser Carrie! — exclama, me envolvendo num abraço como se já fôssemos melhores amigas.

— Como adivinhou? — pergunto, me soltando com delicadeza.

Ela olha para meu pai, o rosto cheio de alegria.

— Seu pai me contou tudo sobre você. Fala sempre, tem muito orgulho da filha.

Alguma coisa nesta suposta intimidade não me desce bem.

— Este é Walt — digo, tentando tirar o foco de cima de mim. O que ela poderia saber sobre mim, afinal?

— Olá, Walt — cumprimenta Wendy, afoita demais. — Você e Carrie...

— Namorados? — interrompe Walt. — Difícil. — Nós dois rimos.

Ela inclina a cabeça, sem saber como proceder.

— É maravilhoso como homens e mulheres podem ser amigos hoje em dia. Não acham?

— Acho que depende do que chama de "amigos" — balbucio, lembrando-me de ser agradável.

— Estamos prontos? — pergunta meu pai.

— Vamos a esse ótimo restaurante novo. Boyles. Já ouviram falar? — pergunta Wendy.

— Não. — E incapaz de me conter, resmungo: — Nem sabia que existiam restaurantes em Castlebury. O único lugar ao qual já fomos foi o Hamburger Shack.

— Ah, seu pai e eu saímos pelo menos duas vezes por semana — informa Wendy, sem entender meu sarcasmo.

Meu pai concorda com a cabeça.

— Fomos a um restaurante japonês. Em Hartford.

— É mesmo? — comento, nada impressionada. — Há milhares de restaurantes japoneses em Nova York.

— Aposto que não são tão bons quanto o de Hartford, no entanto — brinca Walt.

Meu pai olha agradecidamente na direção dele.

— Esse restaurante é muito especial.

— Legal — digo, só por dizer.

Descemos todos juntos até a entrada da garagem. Walt entra em seu carro, acenando.

— Tchau-tchau, galera. Divirtam-se.

Observo-o partir, com inveja de sua liberdade.

— Então — começa Wendy energicamente ao entrarmos no carro. — Quando começa na Brown?

Dou de ombros.

— Aposto que mal pode esperar para deixar Nova York — continua. — É tão suja. E barulhenta. — Ela coloca uma das mãos no braço de meu pai e sorri.

Boyles é um pequeno restaurante localizado num pedaço úmido da Main Street onde nosso renomado riacho Brook corre embaixo da estrada. É requintado para os padrões de Castlebury: os pratos principais são chamados de "pasta" em vez de "massa", os guardanapos são de tecido e há um vaso com uma única rosa em cada mesa.

— Muito romântico — observa meu pai com ar de aprovação enquanto acompanha Wendy até sua cadeira.

— Seu pai é tão cavalheiro — elogia Wendy.

— É? — Não consigo evitar. Ele e Wendy estão me dando nos nervos. Imagino se fazem sexo. Espero que não. Meu pai é velho demais para aquela agarração toda.

Meu pai ignora meu comentário e pega o menu.

— Tem aquele peixe de novo — comenta com Wendy. — Wendy adora peixe — diz ele, para mim.

— Morei em Los Angeles durante cinco anos. São muito mais preocupados com a saúde lá — explica.

— Minha colega de apartamento está em Los Angeles agora — digo, em parte para mudar o assunto de Wendy. — Está hospedada no Beverly Hills Hotel.

— Almocei lá uma vez — diz ela, com sua alegria inabalável. — Foi tão emocionante. Sentamos ao lado de Tom Selleck.

— Não me diga — responde meu pai, como se a aproximação momentânea de Wendy de um ator de televisão a deixasse ainda melhor a seus olhos.

— Conheci Margie Shephard — interrompo.
— Quem é Margie Shephard? — Meu pai franze o cenho.
Wendy pisca para mim, como se nós duas tivéssemos uma intimidade secreta quanto à falta de conhecimento de meu pai em relação à cultura.
— É uma atriz. Emergente. Todos dizem que é linda, mas não acho. Acho-a bem comum.
— Ela é linda pessoalmente — discordo. — Reluz. De dentro.
— Como você, Carrie — diz Wendy subitamente.
Fico tão surpresa com o elogio que temporariamente sou desarmada.
— Bem — continuo, apanhando o menu. — O que estava fazendo em Los Angeles?
— Wendy foi integrante de um... — Meu pai olha para Wendy, pedindo ajuda.
— Grupo de improvisação. Fazíamos teatro de improviso.
— Wendy é muito criativa. — Meu pai sorri largamente.
— Não é uma daquelas coisas nas quais se faz mímica, como Marcel Marceau? — pergunto inocentemente, por mais que saiba que não. — Você pintava o rosto de branco e usava luvas?
Wendy ri, divertindo-se com minha ignorância.
— Estudei mímica. Mas fazíamos principalmente comédias.
Agora fico completamente surpresa. Wendy era atriz — e de comédia, ainda por cima? Não parece nem um pouco engraçada.
— Wendy fez um comercial de batata frita — revela meu pai.
— Não devia contar isso às pessoas — repreende ela, gentilmente. — Foi apenas um comercial local. Para as batatinhas State Line. E foi há sete anos. Minha grande chance. — Ela revira os olhos com a ironia apropriada.
Talvez Wendy não se leve tão a sério, afinal. Mais um ponto no quesito "qualidades". Por outro lado, pode ser tudo um ato para me conquistar.

— Deve ser um saco estar em Castlebury. Depois de Los Angeles.

Ela balança a cabeça.

— Sou uma garota do interior. Cresci em Scarborough — conta, citando a cidade vizinha. — E adoro meu novo emprego.

— Mas isso não é tudo. — Meu pai a cutuca. — Wendy vai ensinar teatro também.

Estremeço enquanto a história de Wendy fica clara para mim: garota local tenta o sucesso, fracassa e volta para casa rastejando para ser professora. Meu maior medo.

— Seu pai disse que você quer escrever — continua Wendy alegremente. — Talvez devesse escrever para o *Castlebury Citizen*.

Congelo. O *Castlebury Citizen* é jornalzinho da cidade, que contém basicamente minutas de reuniões e fotos de times de beisebol. Quase solto fumaça pelas narinas.

— Acha que não sou boa o bastante para dar certo em Nova York?

Wendy franze a testa, confusa.

— É só que é tão difícil em Nova York, não é? Isto é, não precisa lavar suas roupas num porão? Uma amiga minha morou em Nova York e disse...

— Meu prédio não tem máquina de lavar. — Desvio o olhar, tentando conter a frustração. Como Wendy ou sua amiga ousam presumir qualquer coisa sobre Nova York? — Lavo as roupas sujas na lavanderia. — O que não é exatamente verdade. Quase sempre deixo-as empilhadas num canto do quarto.

— Ora, Carrie. Ninguém está presumindo nada sobre suas habilidades... — começa meu pai, mas para mim já fora o suficiente.

— Não, não estão — digo, cheia de ódio. — Porque ninguém parece interessado em mim, afinal. — Com isso, me levanto, com o rosto quente de raiva, e ando em zigue-zague pelo restaurante até achar o banheiro.

Estou furiosa. Com meu pai e com Wendy por me colocarem nessa posição, mas principalmente comigo mesma, por perder o controle. Agora Wendy vai parecer gentil e sensata, enquanto eu pago uma de ciumenta e imatura. Isso só piora a raiva e me faz lembrar de tudo o que sempre odiei na minha vida e na minha família, mas me recusava a admitir.

Entro na cabine e sento na privada para pensar. O que me magoa de verdade é como meu pai nunca levou meu desejo de escrever a sério. Nunca me disse uma palavra encorajadora sequer, nunca reconheceu meu talento, nunca me elogiou, por Deus. Poderia ter vivido minha vida inteira sem notar, se não fosse pelos outros alunos da New School. É bastante óbvio que Ryan, Capote, L'il e até mesmo Rainbow cresceram sendo elogiados e aplaudidos. Não que eu queira ser como eles, mas não seria ruim saber que meu pai acredita que eu tenho um talento especial.

Seco os olhos com um pedaço de papel higiênico, pensando que tenho que voltar ao salão e me juntar a eles. Preciso inventar logo uma estratégia para explicar meu comportamento patético.

Tenho apenas uma escolha: terei que fingir que minha explosão nunca aconteceu. É o que Samantha faria.

Levanto a cabeça e saio.

De volta à mesa, Missy e Dorrit haviam chegado, juntamente com uma garrafa de Chianti posicionada dentro de uma cesta de palha. É o tipo de vinho que eu teria vergonha de beber em Nova York.

Com uma angústia cruel, percebo como tudo ali é comum. Meu pai, o viúvo vestido inapropriadamente e passando por uma crise de meia-idade, conformado com uma mulher mais jovem meio desesperada que, num cenário como Castlebury, provavelmente parece interessante, diferente e excitante. E minhas duas irmãs: uma delinquente e outra nerd. Parece um tipo de série de TV tosca.

Se eles são tão comuns, significa que também sou? Poderei um dia escapar do meu passado?

Queria poder mudar de canal.

— Carrie! — grita Missy. — Você está bem?

— Eu? — pergunto, fingindo surpresa. — É claro. — Sento ao lado de Wendy. — Meu pai disse que o ajudou a comprar a Harley. Achei tão interessante você gostar de motos.

— Meu pai é policial estadual — responde ela, sem dúvida aliviada por eu ter conseguido me recompor.

Viro para Dorrit.

— Ouviu isso, Dorrit? O pai de Wendy é policial estadual. Melhor você ter mais cuidado...

— Carrie. — Meu pai parece perturbado por um momento. — Não precisamos mostrar nossa roupa suja em público.

— Não, mas uma hora precisamos lavá-la.

Ninguém entende minha piadinha. Pego minha taça de vinho e solto um suspiro. Planejava voltar a Nova York na segunda-feira, mas de jeito nenhum vou conseguir ficar tanto tempo assim. Amanhã pego o primeiro trem para longe daqui.

## CAPÍTULO VINTE E QUATRO

— Eu amo você, sim, Carrie. Só porque estou com Wendy...

— Eu sei, pai. *Gostei* de Wendy. Só estou indo embora porque tenho uma peça para escrever. Se conseguir terminar, será encenada.

— Onde? — pergunta ele.

Está segurando o volante do carro, concentrado em mudar de pista em nossa pequena avenida. Estou convencida de que não está realmente interessado, mas tento explicar mesmo assim.

— Num espaço. É assim que chamam: "um espaço". Na verdade, é um loft, no apartamento de um cara. Costumava ser um banco...

Pelo jeito que ele olha para o retrovisor, percebo que já o perdi.

— Admiro sua tenacidade — diz. — Você não desiste. Isso é bom.

Agora foi ele que *me* perdeu. "Tenacidade" não era bem a palavra que eu estava esperando. Faz com que eu pareça alguém se agarrando na beirada de um penhasco.

Afundo no banco. Por que nunca pode dizer algo como "Você é muito talentosa, Carrie, é claro que vai conseguir"?

Vou passar o resto da vida tentando obter algum tipo de aprovação dele e nunca vou ter?

— Queria ter lhe contado sobre Wendy antes — começa, entrando na pista que leva à estação de trem.

Agora seria minha oportunidade de contar sobre minhas batalhas em Nova York, mas ele sempre muda o assunto de volta para Wendy.

— E por que não contou? — pergunto, desanimada.

— Não tinha certeza quanto ao que ela sentia.

— E agora tem?

Ele estaciona numa vaga e desliga o motor. Com muita seriedade, responde:

— Ela me ama, Carrie.

Uma bufada cínica escapa de meus lábios.

— Estou falando sério. Ama mesmo.

— Todo mundo te ama, pai.

— Sabe o que quero dizer. — Ele esfrega nervosamente o canto dos olhos.

— Ah, pai. — Afago seu braço, tentando entender. Os últimos anos devem ter sido terríveis para ele. Por outro lado, foram terríveis para mim também. E para Missy. E para Dorrit.

— Estou feliz por você, pai. Estou mesmo — digo, apesar de a ideia de meu pai num relacionamento sério com outra mulher me abalar. E se resolver casar com ela?

— É uma pessoa adorável. Ela... — hesita. — Ela me lembra sua mãe.

Esta foi a cereja do bolo solado.

— Ela não tem nada a ver com a mamãe — discordo suavemente, enquanto minha raiva aumenta.

— Tem, sim. Quando era mais nova. Não poderia lembrar porque você era apenas um bebê.

— Pai. — Paro deliberadamente, esperando que o absurdo evidente de sua declaração seja percebido. — Wendy gosta de motocicletas.

— Sua mãe era muito aventureira quando jovem também. Antes de ter vocês...

— Mais um motivo pelo qual nunca vou me casar — observo, saindo do carro.

— Ah, Carrie. — Ele suspira. — Tenho pena de você, então. Tenho medo de que nunca encontre o amor verdadeiro.

Seu comentário me faz parar. Fico em pé na calçada, rígida, prestes a explodir, mas algo me impede. Penso em Miranda e em como ela interpretaria essa situação. Diria que meu pai era quem estava preocupado em nunca mais encontrar o verdadeiro amor, mas como tem medo demais para admitir, o transfere para mim.

Pego minha mala do banco traseiro.

— Deixe-me ajudá-la — oferece ele.

Vejo meu pai passar minha mala pela porta de madeira que leva ao antigo terminal. Lembro a mim mesma de que ele não é má pessoa. Comparado à maioria dos homens, é ótimo.

Ele põe a mala no chão e abre os braços.

— Pode me dar um abraço?

— Claro, pai. — Dou um abraço apertado, sentindo um cheiro de lima. Deve ser uma colônia nova dada por Wendy.

Um vazio cresce dentro de mim.

— Quero o melhor para você, Carrie. De verdade.

— Eu sei. — Sentindo-me com um milhão de anos de idade, pego minha mala e ando em direção à plataforma. — Não se preocupe, pai — digo, como se para convencer a mim mesma. — Vai ficar tudo *bem*.

Assim que o trem deixa a estação, começo a me sentir melhor. Quase duas horas depois, ao passar pelos projetos no Bronx, fico bastante animada. Uma curta e mágica vista da cidade aparece — A Cidade das Esmeraldas! — antes de entrarmos no túnel. Não importa para onde possa viajar um dia — Paris, Londres, Roma —, sempre ficarei emocionada ao voltar para Nova York.

Pegando o elevador na Penn Station, tomo uma decisão inesperada. Não irei direto para a casa de Samantha. Em vez disso, farei uma surpresa para Bernard.

Preciso descobrir o que está acontecendo com ele antes de poder continuar com minha vida.

São necessárias duas linhas de metrô diferentes para chegar à casa dele. Em cada parada, fico mais e mais animada pela ideia de vê-lo. Chego à estação da 59$^{th}$ street, embaixo da Bloomingdale's; o calor correndo por minhas veias ameaça me queimar por dentro.

Ele tem que estar em casa.

— O Sr. Singer saiu — informa o porteiro, desconfiado e com certa satisfação.

Nenhum dos porteiros desse prédio gosta muito de mim. Sempre os flagro me olhando de esguelha como se não me aprovassem.

— Sabe quando volta?

— Não sou secretário, senhorita.

— Certo.

Examino o lobby. Duas poltronas de couro estão na frente de uma lareira falsa, mas não quero sentar ali com os olhos do porteiro em cima de mim. Ando até a porta e me sento num bonito banco do outro lado da rua. Descanso os pés na mala, como se tivesse todo o tempo do mundo.

Espero.

Digo a mim mesma que só vou aguardar meia hora e depois vou embora. Meia hora virou 45 minutos, e então uma hora. Depois de quase duas horas, começo a me perguntar se caí numa armadilha amorosa. Será que virei a garota que espera ao lado do telefone, rezando para que toque; a garota que pede para uma amiga discar para seu número para ter certeza de que o telefone está funcionando? Que depois de um tempo acaba indo pegar a roupa suja de um homem, limpar seu banheiro e comprar móveis que nunca serão seus?

Sim. E não ligo. Posso ser essa garota, e um dia, quando tiver entendido tudo, não vou ser mais.

Finalmente, duas horas e 22 minutos mais tarde, Bernard chega ao Sutton Place.

— Bernard! — exclamo, correndo até ele com entusiasmo desenfreado. Talvez meu pai tivesse razão: sou mesmo tenaz. Não desisto fácil.

Bernard aperta os olhos.

— Carrie?

— Acabei de voltar — informo, como se não estivesse esperando há quase três horas.

— De onde?

— Castlebury. Onde cresci.

— E aqui está agora. — De um jeito despreocupado, ele passa o braço em volta de meus ombros.

É como se o jantar com Maggie nunca tivesse acontecido. Nem meus telefonemas desesperados. Nem o fato de ele não ter me ligado depois de prometer. Mas, talvez por ser escritor, viva numa realidade ligeiramente diferente, onde coisas que para mim parecem fatais não sejam nada para ele.

— Minha mala — murmuro, olhando para trás.

— Vai morar aqui? — Ele ri.

— Talvez.

— Bem a tempo, também — brinca. — Meus móveis acabaram de chegar.

\* \* \*

Passo a noite na casa de Bernard. Dormimos sobre os lençóis novinhos em folha da enorme cama *king-size*. É tão confortável.

Durmo como um bebê e, quando acordo, o querido Bernard está a meu lado, com o rosto afundado no travesseiro. Deito de volta e fecho os olhos, aproveitando a quietude luxuosa enquanto faço uma retrospectiva mental dos eventos da última noite.

Começamos com amassos no sofá. Então fomos para o quarto e nos beijamos mais vendo TV. Depois pedimos comida chinesa — por que sexo sempre parece dar fome nas pessoas? — e demos mais amassos. Terminamos com um banho de espuma. Bernard foi muito gentil e doce, e nem tentou enfiar aquilo. Ou pelo menos acho que não. Miranda diz que o cara tem que realmente enfiar lá com força, então duvido que eu não repararia.

Fico pensando se Bernard secretamente sabe que sou virgem. Se existe algo em mim que pisca "Imaculada".

— Oi, borboleta — diz ele agora, esticando os braços para cima. Ele rola de lado e sorri, se aproximando para um beijo, com bafo matinal e tudo.

— Já começou a tomar a pílula? — pergunta Bernard, fazendo café na máquina nova que faz barulhos como a barriga de um bebê.

Acendo um cigarro e lhe entrego um.
— Ainda não.
— Por quê?
Boa pergunta.
— Esqueci?
— Gatinha, não pode esquecer esse tipo de coisa — repreende-me, gentilmente.
— Eu sei. Mas é só que... com meu pai e sua nova namorada... Vou cuidar disso esta semana, prometo.

— Se tivesse começado, podia dormir aqui mais vezes. — Bernard coloca duas xícaras de café na lustrosa mesa da sala de jantar. — E podia trazer uma pequena valise com suas coisas.

— Como minha escova de dentes? — pergunto, rindo.

— Como qualquer coisa de que precise — responde.

Uma valise, hein? Aquela palavra fazia "passar a noite" parecer planejado e glamouroso, ao contrário de improvisado e vulgar. Eu rio. Uma valise parece muito cara.

— Não acho que possa pagar por uma *valise*.

— Ah, tudo bem, então. — Ele dá de ombros. — Alguma coisa legal. Para o porteiro não suspeitar.

— Vão suspeitar se eu estiver carregando uma sacola plástica da mercearia, mas não se estiver carregando uma valise?

— Sabe o que quis dizer.

Concordo. Com a valise, eu não pareceria tanto uma adolescente problemática que ele achou na Penn Station. O que me lembra de Teensie.

— Conheci sua agente. Numa festa — digo de um jeito informal, sem querer estragar o clima.

— Sério? — Ele sorri, claramente despreocupado com o incidente. — Lembrou um dragão a você?

— Praticamente me deixou aos pedaços com suas garras — digo, brincando. — É sempre assim?

— Quase sempre. — Ele afaga minha cabeça. — Talvez devêssemos jantar com ela. Assim vocês duas podem se conhecer melhor.

— O que quiser, Sr. Singer — ronrono, sentando em seu colo. Se ele quer que eu jante com sua agente, significa que não só nosso relacionamento está de volta aos eixos como também que está avançando como um trem europeu. Beijo-o na boca, imaginando ser um personagem de Katharine Hepburn num romântico filme em preto e branco.

## CAPÍTULO VINTE E CINCO

Mais tarde, a caminho do centro da cidade, passo por uma loja de artigos médicos. Na vitrine há três manequins. Não do tipo bonito que vemos na Saks ou na Bergdorf's, onde moldam os bonecos a partir de mulheres de verdade, mas do tipo assustador e barato que parecem grandes demais e dos anos 1950. As bonecas usam jalecos, e subitamente me dou conta de que jalecos seriam o uniforme perfeito para Nova York. São baratos, laváveis e incrivelmente legais.

E vêm embalados lindamente em celofane. Compro três em cores diferentes e me lembro do que Bernard dissera sobre uma valise.

A única coisa boa de ter ido visitar meu pai este fim de semana foi ter encontrado uma velha caixa para binóculos que pertencera à minha mãe, da qual me apossei para usar como bolsa. Talvez outros itens pudessem ser similarmente reutilizados também. Quando passo por uma loja de ferragens chique, vejo a perfeita mala para passar a noite.

É uma maleta de ferramentas de carpinteiro feita de tecido, com fundo de couro de verdade e grande o bastante para um par de sapatos, um manuscrito e um jaleco. E custa apenas seis dólares. Uma pechincha.

Compro a maleta e guardo a bolsa e os jalecos dentro, então pego a mala e corro até o trem.

Tem estado úmido nos últimos dias, e quando entro no apartamento de Samantha, sinto um cheiro de guardado, como se todos os odores tivessem ficado presos ali dentro. Inspiro profundamente, em parte de alívio por estar de volta, em parte porque esse cheiro em particular sempre vai me lembrar Nova York e Samantha. É uma mistura de perfume antigo e velas aromáticas, fumaça de cigarro e algo mais que não consigo identificar: um tipo de almíscar reconfortante.

Visto o jaleco azul, faço uma xícara de chá e sento na frente da máquina de escrever. Passei o verão todo apavorada por encarar uma página em branco. Mas talvez por ter ido para casa e percebido que existem coisas piores com que me preocupar — como não ter sucesso e acabar como Wendy —, estou realmente animada. Tenho horas e horas à frente durante as quais posso escrever. *Tenacidade*, lembro a mim mesma. Vou trabalhar até terminar essa peça. E não vou atender o telefone. Num esforço para cumprir essa promessa, até mesmo o tiro da tomada.

Escrevo durante quatro horas seguidas até a fome me forçar a correr atrás de comida. Entro tonta numa mercearia, os caracteres ainda dançando dentro de minha cabeça, falando sem parar; compro uma lata de sopa, esquento e a coloco ao lado da máquina para poder comer enquanto trabalho mais. Continuo por mais um bom tempo, e quando finalmente sinto que terminei pelo dia, decido passear por minha rua favorita.

É um pequeno caminho de paralelepípedos chamado Commerce Street — um daqueles raros lugares do West Village que nunca se consegue achar a não ser que se esteja procurando por ele. Precisa descobri-lo usando alguns pontos famosos: a lojinha de utilidades na Hudson street. A sex shop da Barrow. Em algum lugar perto de uma pet shop há um pequeno portão. E lá está ela, do outro lado.

Ando lentamente pela calçada, querendo memorizar cada detalhe. As pequenas e charmosas casas de vários andares, as cerejeiras, o pequeno bar da vizinhança onde, imagino, todos os frequentadores se conhecem. Subo e desço a rua várias vezes, parando na frente de cada casa, imaginando como seria morar ali. Enquanto contemplo as pequenas janelas do último andar de uma casinha de tijolos vermelhos, percebo o quanto mudei. Costumava me preocupar achando que meu sonho de virar escritora era apenas isto: um sonho. Não fazia ideia de como conseguir, por onde começar e como continuar. Mas ultimamente estou começando a sentir que *sou* uma escritora. Esta sou eu. Escrevendo e perambulando pelo Village, de jaleco.

E amanhã, se faltar à aula, terei mais um dia como esse, só meu. De repente sou tomada por uma onda de alegria. Volto correndo para o apartamento, e quando vejo minha pilha de escritos em cima da mesa, não consigo acreditar em como estou feliz.

Acomodo-me para ler, fazendo anotações a lápis e sublinhando os trechos pungentes de diálogo. Posso fazer isso. Quem liga para o que meu pai pensa? Tudo de que preciso está na minha cabeça, e ninguém pode me tirar isso.

Às 20h, caio num daqueles raros sonos profundos no qual o corpo está tão relaxado que você se pergunta se um dia será capaz de acordar. Quando finalmente consigo sair da cama, são 10 horas.

Conto quantas horas dormi: catorze. Devia estar muito cansada. Tão cansada que nem percebera como estava acabada. A princípio estou grogue de tanto dormir, mas, quando essa sensação some, sinto-me maravilhosa. Coloco meu jaleco do dia anterior e, sem me dar o trabalho de escovar os dentes, vou direto para a máquina de escrever.

Minha capacidade de concentração está excepcional. Escrevo sem parar, sem prestar atenção no passar do tempo, até datilografar a palavra "Fim". Exultante e um pouco tonta, checo o relógio: 16h. Se correr, posso tirar uma cópia da peça e chegar ao escritório de Viktor Green às cinco.

Pulo no chuveiro com o coração saindo pela boca. Visto-me com um jaleco limpo, pego o manuscrito e saio correndo porta afora.

A copiadora é na 6$^{\text{th}}$ Avenue, na esquina da escola. Hoje é meu dia de sorte: não tem fila alguma. Minha peça tem quarenta páginas e copiá-la sai caro, mas não posso correr o risco de perdê-la. Quinze minutos depois, com uma cópia do original dentro de um envelope pardo, corro até a New School.

Viktor está em sua sala, debruçado em cima da mesa. Primeiro acho que está dormindo e, quando não se move, penso se de repente poderia estar morto. Bato na porta. Nenhuma reação.

— Viktor? — pergunto, alarmada.

Ele levanta a cabeça lentamente, como se tivesse um bloco de cimento preso na nuca. Seus olhos estão inchados e as pálpebras inferiores caídas, revelando o interior vermelho. O bigode está despenteado como se seus dedos tivessem ficado desnorteados de repente. Ele apoia as bochechas em ambas as mãos. Seu queixo cai e ele pergunta:

— Sim?

Normalmente, eu perguntaria o que há de errado. Mas não conheço Viktor o suficiente, e não sei se realmente quero saber. Chego mais perto, segurando o envelope.

— Terminei minha peça.

— Estava na aula hoje? — pergunta, pesaroso.

— Não. Estava escrevendo. Queria terminar a peça. — Deslizo o envelope por cima da mesa. — Achei que talvez quisesse ler hoje à noite.

— Claro. — Ele me encara como se mal lembrasse quem sou.

— Então, hum... obrigada, Sr. Greene. — Viro-me para sair, olhando de volta, preocupada. — Vejo-o amanhã, então?

— Hummmm — responde.

O que há de errado com ele?, penso, descendo as escadas. Ando rapidamente por vários quarteirões, compro um cachorro-quente numa barraquinha e penso no que fazer em seguida.

L'il. Não a vejo há séculos. Não de verdade, de qualquer maneira. É a única pessoa com quem posso realmente falar sobre minha peça. Que vai realmente entender. E daí se Peggy estiver lá? Já me expulsou uma vez. O que pode fazer comigo agora?

Subo a 2$^{nd}$ Avenue apreciando o barulho, a vista, as pessoas correndo para casa apressadas como baratas. Poderia morar aqui para sempre. Talvez até vire uma verdadeira nova-iorquina algum dia.

Ver meu antigo prédio na 47 traz de volta todo tipo de lembrança: as fotos de Peggy nua, sua coleção de ursos de pelúcia e aqueles quartinhos mínimos com camas desconfortáveis — me pergunto como consegui durar até mesmo três dias. Mas não sabia de nada na época. Não sabia o que esperar e estava disposta a aceitar tudo.

Cheguei longe.

Aperto o interfone incansavelmente, disposta a subir. Depois de um tempo, uma voz baixa responde:

— Sim?

Não é L'il nem Peggy, então concluo que seja minha substituta.

— L'il está? — pergunto.

— Por quê?

— É Carrie Bradshaw — falo alto.

Aparentemente L'il está em casa, porque a campainha toca e a porta se abre.

Lá em cima, a porta do apartamento de Peggy se abre um pouco, apenas o bastante para alguém olhar para fora enquanto mantém a corrente fechada.

— L'il está em casa? — pergunto para a abertura.

— Por quê? — quer saber a voz de novo. Talvez "por quê" seja a única palavra que conheça.

— Sou amiga dela.

— Ah.

— Posso entrar?

— Acho que sim — diz a voz, nervosa. A porta se abre com um rangido, o suficiente para eu poder passar.

Do outro lado está uma garota de cabelos feios e vestígios de acne adolescente.

— Não devemos receber visitas — sussurra, amedrontada.

— Eu sei — respondo, despreocupada. — Costumava morar aqui.

— Morava? — Os olhos da garota são grandes como ovos. Passo por ela.

— Não pode deixar Peggy mandar na sua vida. — Abro com força a porta de um dos quartinhos. — L'il?

— O que está fazendo? — pergunta a garota, bem atrás de mim. — L'il não está.

— Vou deixar um bilhete, então. — Escancaro a porta do quarto de L'il e paro com um susto.

O quarto está vazio. A cama está sem lençóis. A fotografia de Sylvia Plath que L'il mantinha em cima da mesa, junto com sua máquina de escrever, pilhas de papéis e todos os seus outros pertences também sumiram.

— Ela se mudou? — pergunto, perplexa. Por que não me contaria?

A garota sai do quarto e senta-se na própria cama, apertando os lábios.

— Ela foi para casa.

— O quê? — Não pode ser verdade.

A garota confirma.

— No domingo. Seu pai veio de carro e a levou.

— Por quê?

— Como poderia saber? — diz a garota. — Peggy ficou muito zangada. L'il só lhe contou naquela mesma manhã.

Minha voz aumenta de volume, preocupada:

— Ela vai voltar?

A garota dá de ombros.

— Deixou um endereço ou algo?

— Nada. Só disse que precisava voltar para casa.

— É, bem, obrigada — agradeço, percebendo que não vou conseguir mais nada dela.

Saio do apartamento e ando cegamente para o centro, tentando entender a partida de L'il. Vasculho o cérebro atrás de tudo o que ela me contara sobre si mesma e de onde viera. Seu nome verdadeiro era Elizabeth Reynolds Waters, o que já era um começo. Mas de que cidade ela vinha? Tudo que sabia era que viera da Carolina do Norte. E que ela e Capote já se conheciam, porque L'il uma vez dissera que "o pessoal do sul todo se conhece". Se L'il partira no domingo, já devia ter chegado em casa a essa altura, mesmo de carro.

Aperto os olhos, determinada a encontrá-la.

## CAPÍTULO VINTE E SEIS

Sem saber exatamente para onde estou indo, percebo que parei na rua de Capote. Reconheço o prédio imediatamente. Seu apartamento é no segundo andar, e as antiquadas cortinas amarelas são bem visíveis pela janela.

Hesito. Se eu tocar a campainha e ele estiver em casa, sem dúvida vai achar que voltei querendo mais. Pode até presumir que seu beijo foi tão maravilhoso que me deixou de quatro por ele. Ou talvez isso o irrite, achando que vim reclamar de seu comportamento inapropriado.

Que seja. Não posso viver minha vida me preocupando com o que o idiota do Capote pensa. Aperto o botão do interfone com força.

Depois de alguns segundos, a janela sobe e Capote coloca a cabeça para fora.

— Quem está aí?

— Sou eu. — Aceno em sua direção.

— Ah. Carrie. — Não parece particularmente feliz em me ver. — O que você quer?

Abro os braços tentando expressar cansaço.

— Posso subir?

— Só tenho um minuto.

— Também só tenho um minuto. — Caramba. Que babaca. Ele some por um momento e depois reaparece, balançando um molho de chaves na mão.

— A campainha não está funcionando — explica, largando o molho de chaves.

O botão do interfone provavelmente está gasto por ter sido usado por todas as suas hóspedes, penso, enquanto me arrasto pelas escadas.

Capote está esperando na entrada usando uma camisa branca com babados e calças pretas de smoking, todo atrapalhado com uma gravata-borboleta.

— Para onde vai? — pergunto, rindo baixinho de sua roupa.

— Aonde acha? — Ele recua para eu passar. Não está agindo como se lembrasse do nosso beijo.

— Não esperava encontrá-lo com uma roupa dessas. Nunca achei que fosse desse tipo.

— Por quê? — pergunta, um pouco ofendido.

— A ponta direita vai por baixo da esquerda — aconselho, indicando sua gravata. — Por que não usa uma daquelas prontas?

Como esperava, minha pergunta o irrita.

— Não é apropriado. Um cavalheiro nunca usa gravata-borboleta de clipe.

— Certo. — Insolentemente, passo o dedo pela pilha de livros em sua mesinha de centro enquanto me acomodo no sofá mole. — Aonde vai?

— A um jantar de gala. — Ele franze o cenho, desaprovando meu comportamento e minhas perguntas.

— Para quê? — Escolho um livro aleatoriamente e o folheio.

— Etiópia. É uma causa muito importante.

— Quanta gentileza.

— Eles não têm comida, Carrie. Estão passando fome.

— E você está indo a um jantar chique. Para pessoas famintas. Por que simplesmente não mandam comida para eles em vez disso?

Agora consegui. Capote puxa uma ponta da gravata, quase se enforcando.

— Por que veio até aqui?

Deito-me nas almofadas.

— Como se chama a cidade de onde L'il veio?

— Por quê?

Reviro os olhos e suspiro.

— Preciso saber. Quero falar com ela. Foi embora de Nova York, caso não saiba.

— Pra falar a verdade, sei sim. E você também saberia se tivesse tido interesse em aparecer na aula hoje.

Sento-me ereta, ansiosa por informações.

— O que aconteceu?

— Viktor anunciou que ela tinha ido embora. Em busca de outros interesses.

— Não acha isso estranho?

— Por quê?

— Porque o único interesse de L'il é escrever. Ela nunca desistiria da aula.

— Talvez esteja com problemas na família.

— Não está nem curioso?

— Olha, Carrie — explode. — Neste momento, minha única preocupação é não me atrasar. Tenho que buscar Rainbow...

— Só quero o nome da cidade natal de L'il — repito, séria.

— Não sei direito. Chama-se ou Montgomery ou Macon.

— Achei que a conhecia — acuso, apesar de suspeitar que meu desprezo na verdade seja por causa de Rainbow. Acho que estão mesmo juntos afinal. Sei que não devia ligar, mas ligo.

Me levanto.

— Divirta-se no jantar — acrescento, com um sorriso indiferente.

277

Subitamente, odeio Nova York. Não, apague isso. Não *odeio* Nova York. Só odeio algumas pessoas que vivem aqui.

Na lista encontro três sobrenomes Waters em Montgomery County e dois em Macon. Começo com Macon, e encontro a tia de L'il na primeira tentativa. Ela é muito gentil, e me dá o número da sobrinha.

L'il fica chocada ao ouvir minha voz, e nada feliz, desconfio, apesar de sua falta de entusiasmo poder ser vergonha por ter abandonado Nova York.

— Passei no seu apartamento — revelo, com a voz cheia de preocupação. — A garota que estava lá disse que tinha voltado para casa.

— Tive que sair de lá.

— Por quê? Por causa de Peggy? Podia ter ido morar comigo. — Ela não responde. — Não está doente, está? — pergunto, minha voz aguda de aflição.

Ela suspira.

— Não, no sentido tradicional, não.

— O que significa que...

— Não quero falar sobre isso — cochicha.

— Mas, L'il — insisto —, e quanto a escrever? Não pode simplesmente desistir de Nova York.

Há uma pausa. Então ela responde com frieza.

— Nova York não é para mim. — Escuto um soluço abafado como se ela tivesse colocado a mão sobre o bocal. — Preciso desligar, Carrie.

E, de repente, somos dois e dois. Não sei como não vira isso antes. Estava tão óbvio. Simplesmente nunca imaginei que alguém pudesse se sentir atraída por ele.

Sinto-me enjoada.

— É por causa de Viktor?

— Não! — grita ela.

— *É* por causa de Viktor. Por que não me contou? O que aconteceu? Estava saindo com ele?

— Ele me magoou muito.

Sinto-me aturdida. Ainda não consigo acreditar que L'il estivesse tendo um caso com Viktor Greene e seu bigode ridículo. Como alguém podia até mesmo beijar o cara com aquele grande e peludo Waldo no caminho? E ainda por cima, conseguir que ele a magoasse?

— Ah, L'il. Que horrível. Não pode deixar que ele a force a sair do curso. Muitas mulheres têm casos com professores. Nunca é boa ideia. Mas às vezes a melhor coisa a fazer é fingir que nunca aconteceu — acrescento apressadamente, pensando em como Capote e eu estamos nos comportando como se nunca tivéssemos nos beijado.

— É mais que isso, Carrie — diz L'il misteriosamente.

— Claro que sim. Isto é, tenho certeza de que estava apaixonada por ele. Mas realmente, L'il, não vale a pena. É apenas um perdedor esquisito que por acaso ganhou um prêmio por causa de um livro — tagarelo. — E daqui a seis meses quando você tiver seus poemas publicados na *New Yorker* e tiver ganhado prêmios também, não vai nem se lembrar dele.

— Infelizmente, vou.

— Por quê? — pergunto sem entender.

— Engravidei — revela.

Isso me faz calar a boca.

— Ainda está aí? — pergunta.

— De Viktor? — Minha voz está falhando.

— De quem mais? — sibila.

— Ah, L'il. — Tento demonstrar solidariedade. — Sinto muito. Sinto muito mesmo.

— Já me livrei do problema — acrescenta ela com rispidez.

— Ah... — hesito. — Talvez seja melhor assim.

— Nunca vou saber, vou?
— Essas coisas acontecem — digo, tentando acalmá-la.
— Ele me obrigou a fazer.
Aperto os olhos, sentindo sua agonia.
— Nem perguntou se eu queria. Não houve discussão. Ele simplesmente presumiu. Ele presumiu... — Ela para, incapaz de continuar.
— L'il... — sussurro.
— Sei o que está pensando. Tenho apenas 19 anos. Não devia ter um filho. E provavelmente teria mesmo... resolvido o assunto. Mas não tive escolha.
— Ele a forçou a fazer um aborto?
— Praticamente. Marcou horário na clínica. Me levou até lá. Pagou. E então ficou sentado na sala de espera enquanto faziam o procedimento.
— Ah, meu Deus, L'il. Por que não saiu correndo de lá?
— Não tive coragem. Sabia que era a coisa certa a fazer, mas...
— Doeu? — pergunto.
— Não — responde secamente. — Isso foi o mais estranho. Não doeu, e depois me senti normal. Como se fosse novamente a velha L'il. Fiquei *aliviada*. Mas então comecei a pensar. E percebi como aquilo era terrível. Não necessariamente o aborto, mas como ele tinha se comportado. Como se tivesse sido uma conclusão precipitada. Percebi que ele não tinha me amado nem um pouco. Como um homem pode te amar se nem considera a possibilidade de ter um bebê com você?
— Eu não sei, L'il...
— É preto no branco, Carrie — continua, sua voz ficando mais alta. — Não dá nem para fingir mais. E mesmo que pudesse, sempre teríamos isso entre a gente. Sabendo que estive grávida de seu filho e *ele não o quis*.

Estremeço.

— Mas talvez depois de um tempo... poderia voltar? — pergunto cautelosamente.

— Ah, Carrie. — Ela suspira. — Não entende? Nunca vou voltar. Não quero nem *conhecer* pessoas como Viktor Greene. Queria nunca ter ido a Nova York em primeiro lugar. — E com um grito de dor, ela desliga.

Fico ali sentada, torcendo o fio do telefone em desespero. Por que L'il? Ela não é o tipo de pessoa com quem eu imaginaria isso acontecendo, mas, pensando bem, quem é? Há algo de terrível no quão determinantes são suas ações e me assusto.

Ponho a cabeça entre as mãos. Talvez L'il esteja certa quanto a Nova York. Veio aqui para vencer, e a cidade a feriu. Fico apavorada. Se aquilo podia acontecer com L'il, poderia acontecer com qualquer uma. Inclusive comigo.

CAPÍTULO VINTE E SETE

Estou sentada, batendo os pés de irritação.

Ryan está na frente da sala, lendo seu conto. É bom. Muito bom — sobre uma de suas loucas noitadas numa boate onde uma garota de cabeça raspada tenta transar com ele. É tão bom que eu mesma queria ter escrito. Infelizmente, não posso dar ao conto atenção exclusiva. Ainda estou rebobinando a conversa com L'il e a perfídia de Viktor Greene.

Apesar de "perfídia" não ser uma palavra forte o bastante Hediondo? Egrégio? *Odioso?*

Às vezes não existem palavras para descrever as traições dos homens em relacionamentos.

O que há de errado com eles? Por que não podem ser mais parecidos com as mulheres? Um dia vou escrever um livro chamado *Um mundo sem homens*. Sem Viktors. Ou Capotes.

Tento me concentrar em Ryan, mas a ausência de L'il preenche a sala. Não paro de olhar por cima do ombro, achando que ela estará lá, mas vejo apenas uma mesa vazia. Viktor se acomodou nos fundos da sala, então não posso examiná-lo sem virar totalmente de costas. Mesmo assim, fiz uma análise antes da aula.

Cheguei à escola vinte minutos adiantada e fui direto para a sala de Viktor. Estava parado próximo à janela, regando uma daquelas plantas suspensas idiotas que estão na moda só porque de alguma maneira acreditam que proverão oxigênio extra nesta cidade carente de nutrientes.

— Opa? — dissera, virando-se.

Fosse lá o que eu havia pensado em dizer, ficou preso na minha garganta. Engoli em seco, e então sorri desajeitadamente.

O bigode de Viktor não estava mais lá. Waldo havia sido completamente erradicado — assim como, não pude evitar pensar, seu filho nunca nascido.

Esperei para ver o que ele iria fazer com as mãos agora que Waldo havia partido.

Como era de esperar, foram direto até seu lábio superior, alisando a pele em pânico, como alguém que perdera um dos membros e não descobrira até tentar usá-lo.

— Errrrr... — disse.

— Gostaria de saber se você leu a minha peça — comecei, recuperando o equilíbrio.

— Hummm? — Chegando à conclusão de que Waldo havia realmente sumido, suas mãos desceram desajeitadas junto ao corpo.

— Terminei de escrever — continuei, gostando de seu desconforto. — Deixei aqui ontem, lembra-se?

— Ainda não li.

— Quando vai ler? — quis saber. — Tem uma pessoa interessada em fazer um ensaio...

— Em algum momento nesse fim de semana, imagino — confirmou, assentindo brevemente.

— Obrigada. — Corri pelo corredor, convencida de alguma maneira de que percebera que eu sabia de tudo. Que sabia que eu sabia o que fizera.

A gargalhada de Capote me traz de volta ao presente. Como unhas riscando um quadro-negro, por todos os motivos errados. Na verdade, gosto de sua risada. É uma daquelas que fazem você querer dizer algo engraçado só para poder ouvi-la mais uma vez.

A história de Ryan aparentemente é muito engraçada. Sorte a dele. Ryan é um daqueles caras cujo talento sempre vai ofuscar seus defeitos.

Viktor cambaleia até a frente da turma. Encaro os espaços vazios de pele em volta de sua boca e estremeço.

Flores. Preciso de flores para Samantha. E de papel higiênico. E talvez de uma faixa. "Bem-vinda de volta." Perambulo pelo distrito das floriculturas na 7$^{th}$ Avenue, esquivando-me de poças d'água nas quais flutuam pétalas caídas. Lembro-me de ler em algum lugar sobre como as socialites do Upper East Side mandavam suas assistentes virem aqui toda manhã para comprar flores frescas. Desejo brevemente ser esse tipo de pessoa, preocupada com detalhes como flores frescas, mas o esforço parece demais. Será que Samantha vai mandar alguém buscar flores quando estiver casada com Charlie? Ele parece o tipo que esperaria isso. E, de repente, toda a ideia das flores é tão chata e deprimente que fico tentada a abortar minha missão.

Mas Samantha vai gostar delas. Ela volta amanhã e vão fazer com que se sinta bem. Quem não gosta de flores? Mas de que tipo? Rosas? Não parecem certas. Entro na menor loja, onde tento comprar lírios. Custam cinco dólares.

— Quanto quer gastar? — pergunta a vendedora.

— Dois dólares? Talvez três?

— Com isso só vai comprar mosquitinhos. Tente na mercearia no final da rua.

Na mercearia, escolho um horroroso buquê de flores coloridas em tons artificiais de cor-de-rosa, roxo e verde.

De volta em casa, coloco as flores num vaso alto e o posiciono ao lado da cama de Samantha. As flores podem deixar Samantha feliz, mas não consigo esquecer a sensação de medo que me envolve. Não paro de pensar em L'il e em como Viktor Greene arruinou sua vida.

Para finalizar, olho para a cama, em dúvida. Apesar de não ter acontecido muita coisa ali recentemente além do consumo de biscoitos e queijo, deveria lavar os lençóis. Mas a lavanderia é assustadora. Todos os tipos de crime acontecem entre as máquinas de lavar e secar. Assaltos, roupas roubadas e combates a soco pelo uso das máquinas. Contudo, tiro a roupa de cama e enfio os lençóis pretos numa fronha que penduro por cima do ombro.

A lavanderia está bem-iluminada, mas não cheia. Compro um pacote de sabão de uma máquina e o abro, as partículas fortes do sabão em pó me fazendo espirrar. Coloco os lençóis na máquina e sento em cima dela, marcando território.

O que faz das lavanderias lugares tão deprimentes?

Seria a simples realidade de literalmente expor sua roupa suja em público enquanto a coloca e tira rapidamente da máquina de lavar, esperando que ninguém note suas calcinhas furadas e lençóis de poliéster? Ou seria um sinal de derrota? Uma prova de nunca ter conseguido morar num prédio com sua própria lavanderia no porão.

Talvez Wendy tivesse um argumento válido sobre Nova York, afinal. Não importa o que você ache que *possa* ser, quando é forçada a parar e olhar onde realmente está, é bastante deprimente.

Às vezes não há como escapar da verdade.

Duas horas depois, quando estou levando as roupas limpas de volta para o apartamento, encontro Miranda na escada, chorando enquanto lê uma cópia do *New York Post*.

Ah, não. De novo não. O que há com os últimos dois dias? Coloco o saco no chão.

— Marty?

Ela balança a cabeça uma vez e baixa o jornal, envergonha. No chão a seu lado, o bocal de uma garrafa aberta de vodca sobressai de uma pequena sacola de papel.

— Não pude evitar. Tive que comprar — diz, explicando o álcool.

— Não precisa pedir desculpas para *mim* — digo, destrancando a porta. — Canalha.

— Não sabia para onde mais ir. — Ela se levanta e dá um corajoso passo antes de seu rosto se contorcer de dor. — Ah, Deus. Dói, Carrie. Por que dói tanto?

—Não entendo. Achei que estava tudo ótimo — digo, acendendo um cigarro enquanto me preparo para trazer à tona meus melhores poderes de analista de relacionamento.

— Achei que estávamos nos divertindo. — Miranda engole as lágrimas. — Nunca me divertira com um garoto antes. E então, hoje de manhã, quando levantamos, ele estava agindo de modo estranho. Tinha um sorriso esquisito no rosto enquanto se barbeava. Eu não queria dizer nada porque não queria ser uma daquelas garotas que está sempre perguntando "O que foi?". Eu estava tentando fazer tudo do jeito *certo*, pra variar.

— Tenho certeza de que estava...

Do lado de fora, um trovão faz barulho.

Ela seca a bochecha.

— Mesmo que não fosse realmente meu tipo, achei que estava progredindo. Disse a mim mesma que estava rompendo um padrão.

— Pelo menos tentou — comento para tranquilizá-la. — Especialmente, considerando que nem gosta dos homens. Quando a conheci, não queria ter nada com eles, lembra? E tudo bem. Porque quando realmente para e pensa, garotos são meio que uma grande perda de tempo.

Miranda funga.

— Talvez esteja certa. — Mas no segundo seguinte, uma nova onda de lágrimas inunda seus olhos. — Costumava ser forte. Mas então fui levada por... — Ela se esforça para encontrar as palavras certas. — Fui traída por minhas... minhas próprias crenças. Acho que pensei que era mais forte do que sou. Achava que identificaria um canalha a quilômetros de distância.

Um estrondo de relâmpago faz as duas pularem.

— Ah, meu bem. — Suspiro. — Quando um homem quer te levar para a cama, sempre mostra o seu melhor lado. E, pensando bem, ele queria estar com você o tempo todo. Então devia estar louco por você.

— Ou talvez estivesse me usando, por causa do apartamento. Porque meu apartamento é maior que o dele. E moro sozinha. Ele tinha um colega de quarto, Tyler. Contou que o cara estava sempre peidando e chamando todo mundo de "bicha".

— Mas não faz sentido. Se ele estava te usando pelo apartamento, por que terminaria com você?

— Como é que vou saber? — Ela apoia os joelhos contra o peito. — Ontem à noite, quando estávamos transando, devia ter percebido que havia algo de muito errado. Porque o sexo estava muito... estranho. Bom, mas estranho. Ele ficava afagando meu cabelo. E olhando nos meus olhos com uma expressão triste. E então disse: "Quero que saiba que me importo com você, Miranda Hobbes. Me importo mesmo."

— Ele usou seu nome completo desse jeito? "Miranda Hobbes"?

— Achei romântico — choraminga. — Mas esta manhã, depois de tomar banho, saiu do banheiro segurando sua gilete e creme de barbear e perguntou se eu tinha uma sacola de compras.

— O *quê?*

— Para as coisas dele.

— Ui.

Ela assente distraidamente.

— Perguntei por que queria aquilo. Respondeu que percebera que não daríamos certo e que não devíamos desperdiçar o tempo um do outro.

Fico boquiaberta.

— Simples assim?

— Foi tão... clínico. Oficial. Como se estivéssemos num tribunal ou coisa assim e eu estivesse sendo sentenciada à prisão. Não sabia o que fazer, então dei a ele a maldita sacola de compras. Era da Saks. Uma daquelas grandes, vermelhas e caras.

Sento novamente sobre os calcanhares.

— Ah, meu bem. Sempre pode arranjar outra sacola de compras...

— Mas não posso arranjar outro Marty — lamenta. — Sou eu, Carrie. Tem alguma coisa errada comigo. Afasto os homens.

— Olha, escuta aqui: isso não teve nada a ver com você. É *ele* que tem algo de errado. Talvez tivesse medo de que fosse largá-lo e terminou com você antes.

Ela levanta a cabeça.

— Carrie, corri pela rua atrás dele. Gritando. Quando me viu, começou a fugir. Para o metrô. Acredita nisso?

— Acredito — respondo. Considerando o que acontecera a L'il, acreditaria em qualquer coisa nesse momento.

Ela assoa com força num pedaço de papel higiênico.

— Talvez tenha razão. Talvez ele me ache boa demais para ele. — E quando estou começando a ter esperanças de tê-la ajudado, uma expressão teimosa e dura toma conta de seu rosto. — Se eu ao menos pudesse vê-lo. Explicar. Talvez pudéssemos voltar a ficar juntos.

— Não! — grito. — Ele já fugiu uma vez. Mesmo que volte, vai fazer a mesma coisa. É o *padrão* dele.

Ela baixa o papel higiênico e me olha, desconfiada.

— Como sabe?

— Confie em mim.

— Talvez eu possa mudá-lo. — Ela alcança o telefone, mas puxo o fio antes de ela poder segurá-lo.

— Miranda. — Agarro o telefone contra o peito. — Se ligar para Marty, vou perder todo o respeito por você.

Ela me olha, furiosa.

— Se não me der esse telefone, vou ter muita dificuldade em considerá-la minha amiga.

— Isso não se faz — digo, passando o telefone de má vontade. — Colocar um homem antes das amigas.

— Não estou colocando Marty antes de você. Estou tentando descobrir o que aconteceu.

— Você sabe o que aconteceu.

— Ele me deve uma explicação decente.

Desisto. Ela pega o telefone e franze o cenho. Então aperta o gancho algumas vezes e me olha acusadoramente.

— Você fez isso de propósito. O telefone não está funcionando.

— Não está? — pergunto, surpresa. Pego o telefone dela para tentar eu mesma. Nada. Nem mesmo ar. — Tenho quase certeza de que o usei hoje de manhã.

— Talvez não tenha pagado a conta.

— Talvez Samantha não tenha pagado a conta. Foi para Los Angeles.

— Shhhh. — Miranda levanta um dedo enquanto seus olhos percorrem a sala. — O que está ouvindo?

— Nada.

— Isso mesmo. Nada. — O ar-condicionado está desligado. E as luzes não estão funcionando.

Corremos até a janela. O trânsito da 7$^{\text{th}}$ Avenue está uma loucura. Buzinas e várias sirenes fazem barulho ao mesmo tempo. As pessoas estão saindo dos carros, agitando os braços e apontando para os sinais de trânsito.

Meus olhos seguem a direção de seus gestos. As luzes que oscilam acima da 7$^{\text{th}}$ Avenue estão apagadas.

Olho na direção do subúrbio. Há fumaça saindo de algum lugar perto do rio.

— O que está acontecendo? — grito.

Miranda cruza os braços e abre um sorriso confuso e triunfante para mim.

— É um blecaute — declara.

## CAPÍTULO VINTE E OITO

— Tá. Deixe-me tentar entender — começo. — O revestimento do seu útero migra para outras partes do corpo e, quando você menstrua, ele sangra?

— E, às vezes, não pode engravidar. Ou, se engravida, o feto pode se desenvolver fora do útero — explica Miranda, orgulhosamente exibindo seus conhecimentos.

— Como no seu estômago? — pergunto, horrorizada.

Ela assente.

— Ou na sua bunda. Minha tia teve uma amiga que não conseguia ir ao banheiro. Acabou descobrindo que tinha um bebê crescendo no seu intestino grosso.

— Não! — exclamo e acendo outro cigarro. Trago e penso.

A conversa está ficando estranha, mas estou gostando da perversidade. Chego à conclusão de que é um dia especial; diferente de todos os outros e, portanto, isento das regras normais.

A cidade inteira está sem eletricidade. Os metrôs não funcionam e as ruas estão uma bagunça. Nossas escadas estão completamente escuras. E há um furacão lá fora. O que significa que Samantha, Miranda e eu estamos presas aqui. Durante as próximas horas, pelo menos.

Samantha chegara inesperadamente minutos após o blecaute. Ouvimos gritos nas escadas e pessoas saindo de seus apartamentos para ver o que estava acontecendo. Alguém disse que a antiga torre de telefone fora atingida por um raio, enquanto outro morador alegou que a tempestade derrubara as linhas telefônicas e que os muitos ar-condicionados ligados causaram uma interrupção de energia. De qualquer forma, não havia luz nem telefone. Enormes nuvens negras cobriam a cidade, colorindo o céu de um sombrio cinza-esverdeado. O vento se intensificou e o céu piscava com raios.

— É como o Armagedom — declarou Miranda. — Alguém está tentando nos dizer alguma coisa.

— Quem? — pergunta Samantha com seu sarcasmo habitual.

Miranda deu de ombros.

— O Universo?

— Meu útero é meu universo — continua Samantha, e foi assim que toda aquela conversa começou.

Descobrimos que Samantha tem endometriose, por isso sente tanta dor quando menstrua. Mas foi ao chegar a Los Angeles que a dor se tornou insuportável, e ela começou a vomitar bem no meio de uma sessão de fotos. Quando o assistente do fotógrafo a encontrou, quase desmaiada no chão do banheiro, insistiram em chamar uma ambulância. Precisou ser operada, e então a mandaram de volta para Nova York para repousar.

— Vou ficar marcada para sempre — geme Samantha. Ela abaixa o cós da calça jeans revelando duas grandes bandagens de cada lado de sua barriga ridiculamente magra e tira o adesivo. Embaixo há um corte grande e vermelho com quatro pontos. — Olhem — comanda.

— Isso é horrível — observa Miranda, os olhos brilhando com estranha admiração. Fiquei com medo de Miranda e Samantha se odiarem, mas, em vez disso, Miranda parece ter aceitado a posição de abelha rainha de Samantha. Não apenas está impressionada com a experiência de Samantha como também está se esforçando para Samantha gostar dela. O que consiste em concordar com tudo o que Samantha diz.

Deixando-me na posição daquela que discorda.

— Não me importo com cicatrizes. Acho que dão personalidade. — Nunca consigo entender por que as mulheres ficam tão incomodadas com essas pequenas imperfeições.

— Carrie — repreende Miranda, balançando a cabeça em solidariedade à angústia que Samantha está sentindo.

— Só espero que Charlie nunca descubra — diz Samantha, deitando contra as almofadas.

— Por que ele ligaria? — pergunto.

— Porque não quero que ele saiba que não sou perfeita, passarinho. E, se ele ligar, quero que finja que ainda estou em Los Angeles.

— Tudo bem.

Parece estranho para mim, mas, pensando bem, a situação toda é estranha, com o blecaute e tudo. Talvez seja até mesmo um pouco shakespeariana. Igual a *Como gostais*, onde todos adquirem personalidades diferentes.

— Passarinho? — pergunta Miranda, zombando.

Olho feio para ela enquanto Samantha começa a falar de minha vida sexual com Bernard.

— Precisa admitir que é estranho — opina, colocando os pés nas almofadas.

— Ele deve ser gay — diz Miranda do chão.

— Ele não é gay. Foi *casado*. — Me levanto e ando de um lado para o outro em meio à luz oscilante das velas.

— Mais motivo ainda para estar com tesão — ri Samantha.

— Nenhum homem namora uma garota um mês inteiro sem tentar fazer sexo com ela — insiste Miranda.

— Já fizemos sexo. Só não teve penetração.

— Querida, isso não é sexo. Isso é o que se faz no sexto ano. — diz Samantha.

— Ao menos já viu aquilo? — pergunta Miranda, rindo.

— Se quer tanto saber, já. — Aponto meu cigarro para ela.

— Não é um daqueles tortos, é? — pergunta Miranda, enquanto ela e Samantha riem alto.

— Não, não é. E não estou me sentindo insultada — digo, fingindo estar ofendida.

— Velas. E lingerie sexy. É disso que precisa — aconselha Samantha.

— Nunca entendi isso de lingerie sexy. Quero dizer, para quê? O cara vai apenas tirá-la — contesto.

Samantha transfere o olhar para Miranda.

— Aí está o truque. Você não tira logo no começo.

— Está dizendo que fica andando pelo apartamento de lingerie? — pergunto.

— Você usa um casaco de peles. Com lingerie sexy por baixo.

— Não posso pagar por um casaco de pele.

— Então use um sobretudo. Vou precisar ensinar a vocês duas tudo sobre sexo?

— Sim, por favor — respondo.

— Especialmente porque Carrie ainda é virgem — grita Miranda.

— Querida, eu já sabia disso. Soube no momento em que ela entrou aqui.

— É tão óbvio assim? — pergunto.

— O que não consigo entender é por que ainda é — continua Samantha. — Livrei-me da minha virgindade aos 14 anos.

— Como? — Miranda soluça.

— Do jeito tradicional. Bebendo vinho barato dentro de uma van.

— A minha foi na cama dos meus pais. Estavam viajando por causa de uma conferência.

— Isso é nojento — observo, servindo-me de mais um drinque.

— Sei disso. Sou uma garotinha muito doente — diz Miranda.

Quando é que esse blecaute vai ter fim?

*1h45*

— Bebês! É só isso que importa. Quem diria que tudo que importa no mundo são bebês? — grita Samantha.

— Toda vez que vejo um bebê, eu juro, tenho vontade de vomitar — oferece Miranda.

— Já vomitei uma vez assim — concordo, afoita. — Vi um babador imundo, e foi o suficiente.

— Por que essas pessoas simplesmente não adotam gatos e compram uma caixinha de areia? — quer saber Samantha.

*2h15*

— Nunca ligarei para um homem. Nunca mesmo. — Samantha.

— E se não conseguir evitar? — Eu.

— Precisa conseguir.

— É tudo uma questão de baixa autoestima. — Miranda.

— Devia mesmo contar a Charlie. Sobre o procedimento — digo, sentindo-me tonta.

— Por quê? — pergunta Samantha.

— Porque é o que as pessoas de verdade fazem.

— Não vim para Nova York para ser real.

— Veio para ser falsa? — falo arrastado.
— Vim para ser outra — responde.
— Vim para ser eu mesma — oferece Miranda. — Não podia ser na minha cidade natal.
— Nem eu. — A sala roda. — Minha mãe morreu — murmuro, segundos antes de desmaiar.

Quando recupero a consciência, há luz do sol entrando no apartamento.

Estou deitada no chão debaixo da mesinha de centro. Miranda está enrolada no sofá, roncando, o que na hora me faz pensar se secretamente fora esse o verdadeiro motivo para Marty terminar com ela. Tento me sentar, mas minha cabeça parece pesar um milhão de quilos.

— Ai — gemo, deitando-me de volta.

Depois de um tempo consigo deitar de barriga para baixo e rastejar até o banheiro, onde pego duas aspirinas e as engulo com o resto da água mineral de uma garrafa. Cambaleio até o quarto de Samantha e deito enrolada no chão.

— Carrie? — pergunta ela, despertada pelo barulho.
— Ahn?
— O que aconteceu ontem à noite?
— Blecaute.
— Droga.
— E endometriose.
— Droga dupla.
— E Charlie.
— Não liguei para ele ontem à noite, liguei?
— Não pôde. Os telefones não funcionam.
— As luzes continuam sem funcionar?
— A-hã.
Uma pausa.

— Sua mãe morreu mesmo?
— Sim.
— Sinto muito.
— Eu também.

Escuto o farfalhar dela sob os lençóis de seda preta. Ela bate no lado vazio da cama.

— Tem bastante espaço aqui.

Levanto-me com esforço até o colchão e desabo, caindo num sono profundo.

CAPÍTULO VINTE E NOVE

— Ei, achei comida — exclama Miranda. Ela coloca uma caixa de biscoitos Ritz em cima da cama e atacamos.
— Acho que devíamos ir andando até a casa de Charlie. — Varro os farelos de biscoito da cama. — O apartamento dele é maior. — E estamos enfurnadas aqui há horas. Não sei quanto tempo mais conseguirei aguentar.
— Não — nega Samantha imediatamente. — Prefiro passar fome a deixá-lo me ver desse jeito. Meu cabelo está sujo.
— O cabelo de todo mundo está sujo. Incluindo o de Charlie — observo.
— Olhem. Tudo que falamos ontem à noite, nunca contaremos a ninguém, certo? — pede Miranda.
— Ainda não acredito que Marty tenha apenas um testículo. — Pego mais um biscoito. — Devia ter encarado isso como um aviso.
— Acho que é uma vantagem — discorda Samantha. — Ele se esforça mais como amante.
Procuro mais biscoito dentro da caixa. Está vazia.
— Precisamos de reforço.
— Não vou me mexer. — Samantha boceja languidamente.
— Sem energia, não trabalho. Nada de Harry Mills tentando olhar debaixo da minha saia.

Dou um suspiro e visto meu último jaleco limpo.
— Resolveu virar médica agora? — pergunta Samantha.
— Cadê seu estetoscópio? — incentiva Miranda.
— São muito chiques — insisto.
— Desde quando?
— Desde agora. — Humpf. Aparentemente nem minhas experiências sexuais nem meu estilo são apreciados por aqui.

Miranda se inclina para Samantha e, com um gritinho animado, pergunta:
— Tá, pode contar, qual foi o *pior* sexo que você já teve?

Levanto as mãos para o alto. Quando saio do apartamento, as duas estão às gargalhadas sobre alguma coisa que apelidaram de "O problema do lápis".

Perambulo sem rumo pelo Village e, quando vejo a porta da White Horse Tavern aberta, entro.

À luz fraca, descubro algumas pessoas sentadas no bar. Minha primeira reação é de alívio por ter achado algum lugar aberto. A segunda é de espanto ao perceber quem está sentado ali: Capote e Ryan.

Pisco algumas vezes. Não pode ser. Mas é. A cabeça de Capote está jogada para trás e ele está rindo alto. Ryan está se segurando no seu banco alto. Os dois estão claramente bêbados.

Que diabos estão fazendo aqui? O apartamento de Capote fica a apenas duas quadras de distância, e é possível que ambos tenham ficado presos na casa dele quando a energia acabou. Mas fico surpresa em vê-los, considerando a variada coleção de bebidas de Capote em casa. Julgando por como os dois estão, acho que devem ter bebido tudo.

Balanço a cabeça em desaprovação, preparando-me para o inevitável encontro. Mas secretamente estou bastante feliz em vê-los.

— Este banco está ocupado? — pergunto, sentando-me ao lado de Ryan.

— Hein? — Seus olhos entram em foco quando me vê, surpreso. E então ele cai em cima de mim, me dando um abraço de urso. — Carrie Bradshaw! — Ele olha para Capote. — Falando no diabo. Acabamos de mencionar você.

— É mesmo?

— Não foi? — pergunta Ryan, confuso.

— Acho que isso foi há 12 horas — esclarece Capote. Está alto, mas nem de longe embriagado como Ryan. Provavelmente porque acha que não é "cavalheiro" parecer bêbado. — Mudamos de assunto desde então.

— Hemingway — indaga Ryan.

— Dostoiévski — responde Capote.

— Nunca consigo diferenciar esses malditos russos, e você? — pergunta Ryan para mim.

— Só quando estou sóbria — brinco.

— Está sóbria? Ah, não. — Ryan dá um passo para trás e quase cai no colo de Capote. Ele dá um tapinha na bancada do bar. — Não se pode ficar sóbrio durante um blecaute. Não é permitido. Barman, traga um drinque para esta moça! — exige.

— Por que você está aqui? — pergunta Capote.

— Estou procurando comida. — Olho para os dois com desconfiança.

— Nós também estávamos. — Ryan bate na própria testa. — Então alguma coisa aconteceu e ficamos presos aqui. Tentamos sair, mas os tiras ficaram acusando Capote de ser saqueador, então fomos trazidos de volta para este antro.

Ele começa a gargalhar e, de repente, eu também. Aparentemente, fomos tomados por um grande acesso de riso porque caímos um em cima do outro, com as mãos na barriga, apontando para Capote e rindo ainda mais. Capote balança a cabeça, como se não conseguisse entender como acabou aqui.

— Mas falando sério agora — digo, soluçando —, preciso de comida. Minhas duas amigas...

— Está com mulheres? — pergunta Ryan afoitamente. — Bem, vamos nessa. — Ele cambaleia para fora do bar comigo, e Capote corre atrás dele.

Não sei exatamente como, mas uma hora depois, Capote, Ryan e eu estamos tropeçando pelas escadas até o apartamento de Samantha. Ryan se apoia no corrimão enquanto Capote o encoraja a continuar subindo. Olho para os dois e suspiro. Samantha vai me matar. Ou não. Talvez nada importe de verdade depois de 24 horas sem eletricidade.

No meu caso, não estou voltando de mãos vazias. Além de Ryan e Capote, estou trazendo uma garrafa de vodca e uma dúzia de cervejas que Capote conseguiu arranjar com o barman. Depois encontrei uma igreja onde estavam distribuindo água e sanduíches de queijo e presunto no porão. Então Ryan resolveu fazer xixi numa porta deserta. E em seguida fomos perseguidos por um policial numa motocicleta, que gritou conosco e nos mandou ir para casa.

Isto também fora extremamente engraçado, apesar de suspeitar que não deveria ter sido.

Dentro de casa, encontramos Samantha debruçada sobre a mesa, fazendo uma lista. Miranda está a seu lado, reagindo com diversas expressões no rosto, de preocupação a admiração a visível horror. Finalmente, a admiração vence.

— Vinte e dois — exclama. — E quem é Ethan? Odeio esse nome.

— Tinha cabelos cor de laranja. Isso é basicamente tudo que lembro.

Minha nossa. Parece que também recorreram à garrafa de vodca.

— Chegamos — grito.

— *Chegamos?* — A cabeça de Samantha se vira rapidamente.

— Trouxe meu amigo Ryan. E seu amigo Capote.

— Bem — ronrona Samantha, levantando-se enquanto olha meus vira-latas com aprovação. — Vieram nos salvar?

— É mais provável que nós salvemos os dois — digo, beligerante.

— Sejam bem-vindos. — Miranda acena do sofá.

Olho-a desesperada, pensando no que fiz. Talvez o que digam sobre perigo seja verdade. Deixa você mais atenta. E aparentemente faz todo mundo ficar muito mais atraente do que em circunstâncias normais. Provavelmente isso tem a ver com a sobrevivência das espécies. Mas, se for verdade, a Mãe Natureza não poderia ter escolhido um grupo menos confiável.

Vou para a cozinha com meu saco de comida e começo a desembrulhar os sanduíches.

— Posso ajudar você — oferece Capote.

— Não tem nada para fazer — protesto séria, cortando os sanduíches ao meio para guardar o resto para depois.

— Não devia ser tão tensa, sabe? — Capote abre uma lata de cerveja e a oferece para mim.

— Não sou. Mas alguém precisa ficar alerta.

— Você se preocupa demais. Sempre age como se fosse arranjar encrenca.

Fico espantada.

— Eu?

— Fica com essa expressão azeda de desaprovação no rosto. — Ele abre uma lata de cerveja para si.

— E quanto à expressão arrogante de desaprovação no seu rosto?

— Não sou arrogante, Carrie.

— E eu sou a Marilyn Monroe.

— Por que se preocupa tanto, afinal? — quer saber. — Não vai para a Brown no outono?

Brown. Fico paralisada. Apesar do blecaute, de nossos parcos suprimentos e da presença de Capote Duncan, Brown é o último lugar onde penso querer estar um dia. Toda a ideia de faculdade de repente parece irrelevante.

— Por quê? — pergunto, na defensiva. — Está tentando se livrar de mim?

Ele dá de ombros e bebe um gole de cerveja.

— Não. Acho que vou sentir saudades de você.

Ele volta para se juntar aos outros enquanto fico parada ali, em choque, segurando o prato de sanduíche nas mãos.

*19h*
Strip pôquer.
*21h*
Mais strip pôquer.
*22h30*
Estou usando o sutiã de Samantha na cabeça.
*2h*
Construí uma tenda com um velho cobertor e cadeiras. Capote e eu estamos debaixo dela.

Discutindo sobre Emma Bovary.

Conversando sobre L'il e Viktor Greene.

Falando da visão de Capote a respeito das mulheres.

— Quero uma mulher que tenha os mesmos objetivos que eu. Que queira fazer alguma coisa com sua vida — diz ele.

Subitamente fico com vergonha.

Capote e eu nos deitamos sob a tenda. É bom, mas tenso. Como deveria ser transar com *ele?*, imagino. Nem devia estar pensando nisso, aliás; não com Miranda, Samantha e Ryan lá fora, ainda jogando cartas.

Fico encarando o cobertor.

— Por que me beijou aquela noite? — cochicho.

Ele procura minha mão, a segura e entrelaça seus dedos nos meus. Ficamos assim, de mãos dadas e em silêncio, durante o que parece uma eternidade.

— Não sou um bom namorado, Carrie — responde afinal.

— Eu sei. — Liberto minha mão da dele. — Devíamos tentar dormir um pouco.

Fecho os olhos, sabendo que dormir seria impossível. Não quando cada uma de minhas terminações nervosas saltava de eletricidade, como se meus elétrons estivessem determinados a se comunicar com os de Capote através do espaço que havia entre nós dois.

Pena que não podemos usá-los para acender as luzes.

Então devo ter adormecido porque, quando me dou conta, somos acordados por um barulho alto, que descubro ser o telefone tocando.

Saio da tenda enquanto Samantha sai correndo de seu quarto com uma máscara de dormir no alto da cabeça.

— Mas que... — Ryan tenta sentar e bate com a cabeça na mesinha de centro.

— Alguém, por favor, atende esse telefone — geme Miranda.

Samantha faz um movimento frenético de corte de um lado a outro do pescoço.

— Se ninguém vai atender, eu atendo — diz Ryan, engatinhando até o repulsivo telefone.

— Não! — Samantha e eu gritamos ao mesmo tempo.

Arranco o fone das mãos de Ryan.

— Alô? — pergunto cautelosamente, esperando que fosse Charlie.

— Carrie? — pergunta uma preocupada voz masculina.

É Bernard. O blecaute acabou.

# PARTE TRÊS

## Partidas e chegadas

CAPÍTULO TRINTA

Meu aniversário está chegando!
Está quase na hora. Não paro de lembrar a todo mundo. Meu aniversário! Em menos de duas semanas, terei 18 anos.
Sou uma daquelas pessoas que amam fazer aniversário. Não sei por que, mas é verdade. Amo a data: 13 de agosto. Na verdade, nasci numa sexta-feira 13, então, apesar de isso significar azar para todo mundo, para mim significa sorte.
E este ano será incrível. Vou fazer 18 anos, perder minha virgindade e minha peça será lida na casa de Bobby; tudo na mesma noite. Não paro de lembrar a Miranda que vai ser uma estreia dupla: minha primeira trama e minha primeira transa.
— Trama e transa... Sacou? — pergunto, empolgada.
Miranda está compreensivelmente cansada de minha piadinha, e toda vez que a repito cobre os ouvidos com as mãos e diz que gostaria de nunca ter me conhecido.
Também me tornei incrivelmente neurótica quanto às pílulas anticoncepcionais. Não paro de olhar o pequeno estojo plástico para ter certeza de que tomei a pílula no dia certo e de que não perdi nenhuma sem querer. Quando fui à clínica, considerei pedir um diafragma também, mas depois que o médico o mostrou para mim, conclui que era complicado demais. Fi-

quei pensando em fazer dois buracos nele e transformá-lo num chapéu para gatos. Imagino se alguém já teria feito aquilo um dia.

Naturalmente, a clínica me fez lembrar L'il. Ainda me sinto culpada pelo que aconteceu com ela. Às vezes me pergunto se sinto isso porque não aconteceu comigo, e por eu ainda estar em Nova York e ter uma peça prestes a ser apresentada e um namorado inteligente e bem-sucedido que não arruinou minha vida... ainda. Se não fosse por Viktor Greene, L'il ainda estaria aqui, passeando pelas ruas sujas em seus vestidos Laura Ashley, encontrando flores no asfalto. Mas então imagino se *tudo* fora realmente culpa de Viktor. Talvez L'il tivesse razão: Nova York simplesmente poderia não ser para ela. E se Viktor não a tivesse feito ir embora, talvez outra coisa fizesse.

O que me lembra do que Capote dissera a mim durante o blecaute. Sobre não ter que me preocupar porque iria para a Brown no outono. Isso também me deixa nervosa, porque, a cada dia que passa, tenho menos e menos vontade de ir para lá. Teria saudades de todos os meus amigos daqui. Além disso, já sei o que quero fazer da minha vida. Por que não posso simplesmente continuar?

Além disso, se eu for para a Brown, não vou mais, por exemplo, ganhar roupas.

Alguns dias atrás uma voz em minha cabeça me mandou procurar aquela estilista, Jinx, em sua loja na 18th street. O lugar estava vazio quando entrei, então imaginei que Jinx estivesse nos fundos, polindo seu soco-inglês. Conforme imaginara, ao ouvir o barulho que fiz ao mexer nos cabides, ela apareceu por detrás de uma cortina, me olhou de cima a baixo e disse:

— Ah. Você. Da casa do Bobby.

— Sim — confirmei.

— Tem falado com ele?

— Bobby? Vou ler uma peça na casa dele. — Falei isso casualmente, como se fizesse leituras de peças minhas o tempo todo.

— Bobby é esquisito — comenta, torcendo os lábios. — É mesmo um safado bem nojento.

— Hummm — concordei. — Ele certamente parece um pouco... tarado.

Isso a faz cair na gargalhada.

— Hahahaha. Boa palavra para ele. Tarado. É exatamente o que ele é. Tarado safado.

Não entendi muito bem o que ela estava querendo com aquilo, mas concordei.

À luz do dia, Jinx parecia menos sinistra e mais, ouso dizer, normal. Pude ver que era uma daquelas mulheres que usam muita maquiagem não por quererem assustar as pessoas, mas por terem pele ruim. E seus cabelos eram muito ressecados, por causa da hena preta. E imaginei também que não devia vir de um lar muito feliz e talvez tivesse um pai alcoólatra e uma mãe que gritasse o tempo todo. Mas sabia que Jinx era talentosa, e subitamente admirei o quanto deve ter se esforçado para chegar até aqui.

— Então precisa de algo para usar. Na casa de Bobby — observa.

— Sim. — Não havia realmente começado a pensar no que usar para a leitura, mas, quando ela tocou no assunto, percebi que era tudo com o que deveria estar me preocupando.

— Tenho a roupa perfeita. — Ela foi para os fundos e voltou trazendo um macacão de vinil branco com detalhes pretos nas mangas. — Não tive dinheiro suficiente para o tecido, então tive que fazê-lo bem pequeno. Se couber, é seu.

Não esperava tanta generosidade. Ainda mais quando acabei saindo com uma pilha de roupas novas. Aparentemente sou uma das únicas pessoas em Nova York dispostas a usar um macacão de vinil branco, um vestido de borracha ou calças vermelhas de látex.

Foi como Cinderela e aquele maldito sapatinho.

E na hora certa, também. Já estava terrivelmente enjoada de meu esfarrapado roupão de seda azul, meu vestido de festa e meus jalecos. É como Samantha sempre diz: se as pessoas ficarem vendo-a sempre com as mesmas e velhas roupas, começam a achar que não tem imaginação.

Samantha, por sua vez, havia voltado para a casa de Charlie. Diz que andam discutindo sobre qual louça escolher e sobre jarros de cristal e os prós e contras de servir comida crua na recepção de casamento. Ela não acredita que sua vida tenha ficado reduzida a isso, mas lembro-a de que, em outubro, o casamento terá acontecido e nunca mais na vida precisará se preocupar. Isso a fez propor um de seus notórios tratos comigo: me ajudaria com a lista de convidados para a leitura da peça se eu concordasse em ajudá-la a comprar seu vestido de noiva.

Esse é o problema dos casamentos. São contagiosos.

Na verdade, são tão contagiosos que Donna LaDonna e sua mãe vêm para Nova York participar do ritual. Quando Samantha contou que estavam vindo, percebi que estive tão entretida com minha vida em Nova York que até esquecera que Donna era prima de Samantha.

A ideia de rever Donna me deixou um pouco desconfortável, mas não tão aflita quanto mostrar minha peça para Bernard.

Na noite passada juntei coragem e finalmente entreguei o manuscrito a ele. Entreguei-o numa bandeja de prata literalmente. Estávamos em seu apartamento e encontrei uma bandeja de prata que Margie se esquecera de levar, amarrei um grande laço vermelho em volta e servi a ele enquanto estava assistindo a MTV. O tempo todo, é claro, pensando que eu é que devia estar naquela bandeja de prata.

Agora queria nunca ter mostrado a peça a ele. A ideia de Bernard lendo minha peça e não gostando me deixou louca de preocupação. Andei pelo apartamento a manhã toda, esperando sua ligação, rezando para que telefonasse antes de eu ter que sair para encontrar Samantha e Donna LaDonna na loja de vestidos de noiva Kleinfeld.

Não tive notícias de Bernard, mas tive bastante contato com Samantha. Ela não para de ligar me lembrando do compromisso.

— É ao meio-dia em ponto. Se não estivermos lá na hora certa, perdemos a vaga.

— Quem é você? Cinderela? Seu táxi vai virar abóbora também?

— Não venha com gracinhas, Carrie. É meu casamento.

Agora já está quase na hora de encontrar Samantha, e Bernard ainda não ligou para dizer se gostou da minha peça ou não.

Minha vida toda está por um fiapo de tule.

O telefone toca. Deve ser Bernard. Não há como Samantha ainda ter moedas para ligar a essa altura.

— Carrie? — Samantha praticamente berra ao telefone. — Por que ainda está em casa? Devia estar a caminho da Kleinfeld.

— Estava saindo. — Olho furiosa para o telefone, visto meu novo macacão e desço correndo as escadas.

A Kleinfeld fica a quilômetros de distância, no Brooklyn. Preciso pegar cerca de cinco metrôs até lá e, quando vou mudar de trem, cedo à minha trêmula paranoia e ligo para Bernard. Não está em casa. Não está no teatro. Na estação seguinte, tento de novo. Onde diabos está? Quando saio do trem, no Brooklyn, corro até uma cabine telefônica na esquina. O telefone toca sem parar. Desligo, destruída. Aposto que Bernard está evitando meus telefonemas de propósito. Deve ter lido a peça e odiado, e agora não quer me contar.

Chego descabelada e suada ao templo do santo matrimônio. Vinil não é tecido para se usar num dia úmido de agosto em Nova York, mesmo sendo branco.

A Kleinfeld não é nada de mais do lado de fora, parecendo apenas um daqueles enormes prédios de pedra sujos de fuligem com janelas parecendo olhos tristes e escorridos, mas, do lado de dentro, a história é outra. A decoração é cor-de-rosa, sofisticada e suave como as pétalas de uma flor. Vendedoras de idade indefinida com expressões falsas e modos contidos desfilam pela sala de espera. A família Jones tem sua própria suíte completa, com seu próprio provador, plataforma e espelhos de 360 graus. Ela também tem uma jarra de água, um bule de chá e um prato de biscoitos. E, graças a Deus, um telefone.

Mas Samantha não está lá. Em vez dela me deparo com uma bela mulher de meia-idade sentada ereta em um sofá de veludo, suas pernas cruzadas comportadamente na altura dos tornozelos, o cabelo alisado como um perfeito capacete. Deve ser a mãe de Charlie, Glenn.

Sentada a seu lado, está outra mulher, que poderia ser o oposto de Glenn. Tem 20 e poucos anos e está usando um terno marinho irregular, sem um traço de maquiagem. Não é naturalmente feia, mas com cabelos desgrenhados e expressão de quem tenta ver o lado bom em tudo, suspeito de que tente deliberadamente parecer simples.

— Sou Glenn — diz a primeira mulher, estendendo uma das mãos compridas e ossudas com um discreto relógio de platina em volta do pulso fino. Deve ser canhota, pois canhotos sempre usam relógios no pulso direito para que todo mundo saiba que são canhotos e, portanto, possivelmente mais interessantes e especiais. Ela gesticula para a jovem a seu lado. — Esta é minha filha, Erica.

Erica aperta minha mão com firmeza. Existe algo de refrescante nela, como se soubesse como sua mãe é ridícula e como esse teatro todo é meio bobo.

— Olá — respondo gentilmente, e me sento na beira de uma pequena cadeira ornamentada.

Samantha me contou que Glenn fizera *lifting* no rosto, então, enquanto ela passa a mão no cabelo e Erica come um biscoito, discretamente estudo o rosto de Glenn, à procura de sinais da cirurgia. Olhando de perto, não são difíceis de encontrar. A boca de Glenn está esticada e puxada como o sorriso do Coringa, apesar de não estar sorrindo. Suas sobrancelhas estão perigosamente próximas à linha do cabelo. Estou olhando-a com tanta atenção que não havia como ela não perceber que estava sendo encarada. Ela se vira para mim e, agitando levemente as mãos, comenta:

— A roupa que está usando é bem interessante.

— Obrigada — respondo. — Foi de graça.

— Espero que sim.

Não consigo resolver se ela está sendo deliberadamente rude ou se esse é simplesmente seu comportamento habitual. Pego um biscoito e sinto-me um pouco triste. Não consigo entender por que Samantha insistira em minha presença. Certamente não planeja me incluir em sua jornada para o futuro. Não imagino onde me encaixaria.

Glenn sacode o braço e olha seu relógio.

— Onde está Samantha? — pergunta, com um suspiro baixo de irritação.

— Talvez tenha ficado presa no trânsito — sugiro.

— É terrivelmente indelicado atrasar-se para a prova de seu próprio vestido de casamento — murmura Glenn num tom de voz baixo e suave, calculado para disfarçar o insulto do comentário. Há uma batida na porta e dou um salto para abri-la.

— Deve ser ela — comemoro, esperando ver Samantha, mas encontrando Donna LaDonna e sua mãe à porta, em vez disso.

Não há nem sinal de Samantha. Mesmo assim, fico tão aliviada por não ficar mais sozinha com Glenn e sua filha que exagero.

— Donna! — grito.

Donna está toda sexy numa blusa larga com ombreiras e leggings. Sua mãe está vestida numa imitação deprimente do conjunto Chanel verdadeiro que Glenn está usando. O que Glenn irá pensar de Donna e sua mãe? Já percebi que não está nem um pouco impressionada comigo. Rapidamente sinto-me um pouco envergonhada por Castlebury.

Donna, é claro, não percebe.

— Oi, Carrie — diz, como se tivesse me visto no dia anterior.

Ela e sua mãe vão até Glenn, que as cumprimenta educadamente e finge estar feliz por conhecê-las.

Enquanto Donna e sua mãe tecem elogios para a sala, a roupa de Glenn e os futuros planos de casamento, fico sentada e observo. Sempre pensei em Donna como uma das garotas mais sofisticadas da escola, mas vendo-a em Nova York, no meu território, me pergunto o que achava de tão intrigante nela. Claro, é linda, mas não tanto quanto Samantha. E não está nem um pouco estilosa naquela fantasia de *Flashdance*. Não é nem mesmo interessante, tagarelando para mim sobre como ela e sua mãe fizeram as unhas e se vangloriando de como compraram na Macy's. Nossa. Até eu sei que só turistas fazem compras na Macy's.

E então Donna revela suas novidades excitantes. Também vai se casar. Ela estende uma das mãos, mostrando um diamante solitário.

Inclino-me para admirá-lo, apesar de quase ser preciso uma lente de aumento para enxergar a coisa.

— Quem é o sortudo?

Ela sorri rapidamente para mim, como se estivesse surpresa por eu ainda não saber.

— Tommy.

— Tommy? Tommy *Brewster*?

O Tommy Brewster que basicamente fez da minha vida um inferno só porque tive o azar de sentar ao lado dele durante quatro anos de colégio? O atleta burro que achava que era o único namorado de Cynthia Viande?

A pergunta aparentemente fica evidente em meu rosto, porque Donna imediatamente explica que Cynthia terminou com ele.

— Ela está na Universidade de Boston e não quis levar Tommy. Achou mesmo que conseguiria coisa melhor — zomba Donna.

*Não brinca*, tenho vontade de dizer.

— Tommy vai entrar para o Exército. Vai ser piloto — acrescenta Donna com orgulho. — Vai precisar viajar muito, e será mais fácil se estivermos casados.

— Nossa.

Donna LaDonna, noiva de Tommy Brewster? Como isso podia ter acontecido? Se tivesse que apostar durante o ensino médio, apostaria que seria Donna LaDonna quem iria embora em busca de coisas maiores e melhores. Era a última pessoa que eu imaginaria que fosse ser a primeira a se tornar dona de casa.

Revelada a novidade, Donna muda o assunto para bebês.

— Sempre fui uma mãe dedicada — diz Glenn, assentindo. — Amamentei Charlie por quase um ano. Naturalmente, significou que mal podia sair de casa. Mas cada minuto valeu a pena, o cheiro de sua cabecinha...

— O cheiro de sua fralda suja — murmura Erica baixinho.

Olho para ela com empatia. Esteve tão quieta que quase esqueci que estava lá.

— Acho que é um dos motivos pelos quais Charlie se saiu tão bem — continua Glenn, ignorando sua filha enquanto direciona seus comentários a Donna. — Sei que amamentar não é muito popular, mas acho incrivelmente recompensador.

— Ouvi dizer que pode deixar a criança mais esperta — diz Donna.

Encaro o prato de biscoitos, imaginando o que Samantha acharia dessa conversa. Sabe que Glenn está planejando transformá-la numa máquina de fazer bebês? Pensar naquilo me dá arrepios. E se o que Miranda dissera sobre endometriose fosse verdade e Samantha não conseguisse engravidar em breve... ou nunca? E, caso conseguisse, e se o bebê se alojasse em seu intestino?

Onde diabos está Samantha, afinal?

Cara, isso realmente está me deixando desconfortável. Preciso sair daqui.

— Posso usar o telefone? — pergunto, e sem esperar pela permissão, tiro o fone do gancho e disco o número de Bernard. Ainda não chegou. Desligo, furiosa, e resolvo ligar a cada trinta minutos até encontrá-lo.

Quando volto a olhar, o assunto acabou. Donna até me pergunta como tem sido meu verão.

Agora é minha vez de me gabar:

— Minha peça será lida na semana que vem.

— Oh — diz Donna, obviamente nada impressionada. — Como se lê uma peça?

— Bem, escrevi uma peça e meu professor amou, e então conheci esse cara, Bobby, que tem um tipo de espaço para performances em seu apartamento, e tenho um namorado que *é* dramaturgo, Bernard Singer, talvez tenha ouvido falar nele, não que eu já seja uma escritora de verdade, mas... — Minha voz fica cada vez mais baixa até virar um doloroso nada.

E onde está Samantha, afinal?

Glenn bate em seu relógio com impaciência.

— Ela vai aparecer — tranquiliza a Sra. LaDonna. — Nós da família LaDonna estamos sempre atrasadas — explica com orgulho, como se isso fosse uma qualidade. Olho para ela e balanço a cabeça. Não está ajudando em nada.

— Acho que sua peça parece ser bem legal — diz Erica, mudando de assunto diplomaticamente.

— É, sim — concordo, rezando para que Samantha chegue logo. — É meio que importante, sendo minha primeira peça e tudo.

— Sempre disse a Erica que ela devia virar escritora — conta Glenn, olhando sua filha com reprovação. — Se for escritora, você pode ficar em casa com seus filhos. Se resolver ter filhos mesmo.

— Mamãe, por favor — implora Erica, como se já tivesse precisado aguentar essa discussão muitas vezes.

— Em vez disso, ela resolveu se tornar defensora pública! — exclama Glenn, severa.

— Defensora pública — repete a Sra. LaDonna, tentando parecer impressionada.

— O que é isso? — pergunta Donna, examinando suas unhas feitas.

— Um tipo especial de advogada — respondo, pensando em como Donna pode não saber isso.

— É tudo questão de escolha, mãe — diz Erica com firmeza. — E escolhi não ser escolhida.

Glenn se força a abrir um sorriso amarelo. Provavelmente não consegue mover muito seus músculos por causa do *lifting*.

— É que parece tão deprimente.
— Mas não é nem um pouco — defende Erica calmamente. — É libertador.
— Não acredito em escolhas — anuncia Glenn, dirigindo-se a todas nós. — Acredito em destino. E quanto mais cedo aceitar seu destino, melhor. A meu ver parece que vocês, jovens, desperdiçam uma terrível quantidade de tempo tentando escolher. E acabam sem nada.

Erica sorri. E virando-se para mim, explica:
— Mamãe está tentando fazer Charlie se casar há anos. Empurrou cada uma das debutantes do catálogo de modelos para ele, mas, é claro, ele nunca gostou de nenhuma. Charlie não é tão burro.

A Sra. LaDonna solta uma exclamação alta enquanto olho ao meu redor em estado de choque. Donna e sua mãe parecem ter feito *liftings* também. Suas expressões estão tão congeladas quanto a de Glenn.

O telefone toca, e automaticamente vou atender, imaginando se seria Bernard que, de alguma maneira, conseguira me rastrear até a Kleinfeld.

Posso ser muito boba às vezes. É Samantha.
— Cadê você? — sussurro com urgência. — Todo mundo está aqui. Glenn, Erica...
— Carrie — interrompe ela. — Não vou poder ir.
— *O quê?*
— Tive um imprevisto. Uma reunião à qual não posso faltar. Então, se não se importa em dizer a Glenn...

Na verdade, me importo, sim. De repente fico cansada de fazer o trabalho sujo para ela.
— Acho que você mesma devia dizer a ela. — Entrego o telefone a Glenn.

Enquanto Glenn fala com Samantha, uma vendedora entra na sala, sorrindo de excitação e puxando uma enorme arara com vestidos de noiva. A atmosfera explode enquanto Donna e sua mãe correm até os vestidos, tocando e acariciando os trajes como se fossem doces numa confeitaria.

Para mim chega. Mergulho dentro da arara de vestidos e abro caminho até o outro lado.

Casamentos são como trens. Uma vez que entrou em um, não há como descer.

Mais ou menos como o metrô.

O trem parou, mais uma vez, em algum lugar das escuras catacumbas entre as ruas 42 e 49. Já está parado há vinte minutos, e as pessoas estão ficando impacientes.

Inclusive eu. Abro a porta entre os vagões com força e piso na estreita plataforma, inclinando-me sobre a beirada para tentar descobrir a causa da demora. Não adianta, é claro. Nunca adianta. Só consigo enxergar as paredes do túnel até desaparecerem na escuridão.

O trem dá um impulso inesperado e quase caio da plataforma. Seguro a maçaneta da porta bem a tempo, lembrando-me de que preciso tomar mais cuidado. É difícil ter cuidado, no entanto, quando você se sente indestrutível.

Meu coração começa a martelar como quando fico ansiosa em relação ao futuro.

Bernard leu minha peça.

No minuto em que consegui escapar da Kleinfeld, corri até um orelhão e finalmente consegui encontrá-lo. Disse que estava no meio de um teste de elenco. Percebi pela sua voz que não queria que eu fosse até lá, mas insisti e ele acabou concordando. Talvez tenha percebido pela *minha* voz que eu estava num daqueles dias em que nada poderia me impedir.

Nem mesmo o metrô.

O metrô freia com barulho ao entrar na plataforma da 59th street.

Passo pelos vagões até chegar ao primeiro, e então faço aquela coisa perigosa outra vez e pulo do trem para o concreto. Subo correndo as escadas rolantes, passo voando pela Bloomingdale's e saio em disparada até Sutton Place, suando como uma louca debaixo do vinil branco.

Alcanço Bernard na frente de seu prédio, chamando um táxi. Apareço de surpresa atrás dele.

— Está atrasada — diz, balançando as chaves. — E agora também estou.

— Vou com você até o teatro. Assim pode me dizer se gostou da peça.

— Não é uma hora boa, Carrie. Não estou focado. — Está sendo todo sério. Odeio quando fica assim.

— Esperei o dia todo — imploro. — Estou ficando louca. *Precisa* me dizer o que achou.

Não sei por que estou em tamanho frenesi. Talvez seja porque acabo de vir da Kleinfeld. Talvez seja porque Samantha não apareceu. Ou talvez porque eu nunca iria querer casar com um homem como Charlie e ter uma sogra como Glenn. O que significa que *preciso* ser bem-sucedida em outra coisa.

Bernard faz uma careta.

— Ah, meu Deus. Você não gostou. — Posso sentir meus joelhos tremendo.

— Calma, garota — diz ele, puxando-me até o táxi.

Empoleiro-me ao lado dele como um pássaro pronto para voar. Juro que vejo uma expressão de pena em seu rosto, mas ela logo some, e convenço-me de que devo ter imaginado.

Ele sorri e bate na minha perna.

— É boa, Carrie. Mesmo.

— Boa? Ou boa *mesmo*?
Ele se remexe.
— Boa mesmo.
— Honestamente? Está falando sério? Não está apenas tentando me agradar?
— Disse que era boa mesmo, não disse?
— Diga mais uma vez. *Por favor.*
— É boa mesmo. — Ele sorri.
— Obaaa! — grito.
— Posso ir para meu teste agora? — pergunta, tirando o manuscrito de sua maleta e devolvendo-o para mim.
Percebo que estava apertando seu braço de tanto medo.
— Vá fazer seu teste — digo, jogando charme.
— Eu vou, garota. — Ele se inclina e me dá um beijo rápido.
Mas o seguro. Coloco as mãos em volta de seu rosto e o beijo com força.
— Isso foi por gostar da minha peça.
— Acho que terei que gostar de suas peças com mais frequência — brinca, saindo do táxi.
— Ah, vai gostar, sim — respondo através da janela aberta.
Bernard entra no teatro e joga a cabeça para trás de alívio. Não sei por que estava tão preocupada. Então me dou conta: se Bernard não tivesse gostado da peça, se não gostasse de como escrevo, eu ainda seria capaz de gostar *dele*?
Felizmente, aquela era uma pergunta que eu não precisava responder.

CAPÍTULO TRINTA E UM

— E ela tem a audácia de dizer a Samantha que meu ego está inflado.
— Bem... — diz Miranda com cautela.
— Tão inflado quanto uma bola de basquete — continuo, me aproximando do espelho para passar mais batom. — E, entretanto, vai casar com aquele atleta idiota...
— Por que se importa tanto? — pergunta Miranda. — Não é como se você precisasse vê-las de novo.
— Eu sei. Mas não podiam ter ficado um pouco mais impressionadas? Estou fazendo muito mais com minha vida do que jamais farão.
Estou falando, é claro, de Donna LaDonna e sua mãe. Depois de faltar à prova do vestido na Kleinfeld, Samantha levou as LaDonna para comer no Benihana como prêmio de consolação. Quando perguntei a Samantha se Donna falara sobre mim, disse que comentara que me tornei completamente convencida e desagradável. O que me deixou realmente furiosa.
— Samantha conseguiu encontrar um vestido? — pergunta Miranda, afofando o cabelo.
— Ela nem apareceu. Tinha uma reunião importante à qual não podia faltar. Mas não é essa a questão. O que me irrita é

que essa garota, que se achava tão incrível no colégio... — paro a frase no meio, imaginando se me tornei um monstro. — Não acha que meu ego está inflado, acha?

— Ah, Carrie. Eu não sei.

O que significa que sim.

— Mesmo se estiver, não ligo — insisto, tentando justificar minha atitude. — Talvez esteja mesmo um pouco assim. E daí? Sabe quanto tempo levei para sequer ter um ego? Nem sei se já está completamente amadurecido.

— Aham. — Miranda parece hesitante.

— Além disso, os homens têm egos o tempo todo e ninguém diz que são convencidos. E agora que tenho esse pouquinho de autoestima, não pretendo deixar escapar.

— Que bom — responde. — Não deixe.

Passo por ela e vou até o quarto, onde cubro as pernas com meia-calça arrastão e passo pela cabeça o vestido de plástico branco com detalhes em plástico transparente. Calço as botas Fiorucci azuis e me olho no espelho de corpo inteiro.

— Quem são essas pessoas mesmo? — Miranda me olha com uma expressão preocupada.

— A agente de Bernard, Teensie Dyer. E seu marido.

— E é esse o tipo de roupa que se usa nos Hamptons?

— É o tipo de roupa que *eu* uso nos Hamptons.

Bernard realmente cumpriu sua promessa de me apresentar a Teensie. Na verdade, fez mais que isso: me convidou para ficar na casa de Teensie e seu marido nos Hamptons. Será apenas pela noite de sábado, mas quem se importa? São os Hamptons! Passei o verão inteiro morrendo de vontade de ir. Não apenas para descobrir por que o lugar é tão badalado, mas para poder dizer "Fui para os Hamptons" a pessoas como Capote.

— Realmente acha que devia estar usando plástico? — pergunta Miranda. — E se acharem que está vestida num saco de lixo?

— Então *eles* é que são burros.

É, fiquei mesmo convencida.

Atiro um maiô, o roupão chinês, minhas novas calças vermelhas de látex e o vestido de coquetel dentro de minha maleta de carpinteiro. Ela me lembra de que Bernard tinha dito que eu precisava de uma valise. O que me faz imaginar se finalmente ele vai exigir que transemos. Estou tomando pílula, então suponho que não exista mais motivo para não transar, mas estou resolvida a esperar pelos meus 18 anos. Quero que seja especial e memorável, uma ocasião da qual poderei lembrar pelo resto da vida.

A ideia de finalmente transar também me deixa enjoada.

Miranda deve ter percebido meu humor, porque me olha com curiosidade:

— Já transou com ele?

— Não.

— Como pode viajar com ele e não transar com ele?

— Ele me respeita.

— Sem ofensas, mas é estranho. Tem *certeza* de que não é gay?

— Bernard não é gay! — quase grito.

Entro na sala de estar e pego minha peça, pensando se deveria levá-la caso tenha chance de mostrá-la a Teensie. Mas pode parecer óbvio demais. Em vez disso, tenho uma ideia diferente.

— Ei — começo, erguendo o manuscrito. — *Você* devia ler minha peça.

— Eu? — pergunta Miranda, surpresa.

- Por que não?

— Bernard já não leu? Achei que tivesse gostado. Ele é o especialista.

— Mas você é a plateia. E é inteligente. Se gostar, significa que as outras pessoas também vão.

— Ah, Carrie — responde Miranda, mordendo o lábio inferior. — Não entendo nada de peças.

— Não *quer* ler?

— Estarei lá durante a leitura, na quinta-feira. Na casa de Bobby.

— Mas quero que *você* leia antes.

— Por quê? — Ela mal me olha, mas ainda assim cede. Talvez possa ver como, debaixo daquela coragem, eu esteja uma pilha de nervos. Miranda estende uma das mãos para pegar o manuscrito. — Se quer mesmo que eu...

— Quero — interrompo firmemente. — Pode ler no final de semana e me devolver na segunda-feira. E... querida? Se não gostar, pode, por favor, fingir que gostou?

Bernard viajou para os Hamptons na sexta-feira, então pego o Jitney sozinha.

Não me importo. Pelo que escutei falar, fico imaginando o Jitney como um tipo de bondinho antiquado, mas descubro que é um ônibus comum.

O ônibus vai fazendo barulho pela rodovia lotada até começarmos a passar por pequenas cidades praianas. No começo elas são bregas, com bares e barracas vendendo mariscos, além de concessionárias, mas depois tudo fica mais verde e pantanoso, e quando cruzamos uma ponte e passamos por uma cabana com totens e um cartaz dizendo CIGARROS 2 DÓLARES A CAIXA, a paisagem muda completamente. Velhos carvalhos e cercas vivas podadas enfeitam a estrada, atrás das quais vejo pedaços de enormes mansões.

O ônibus entra numa cidade que parecia saída de um quadro. Lojas caprichosamente pintadas de branco e toldos verdes enchem as ruas. Há uma livraria, uma tabacaria, uma butique Lilly Pulitzer, uma joalheria e um antiquado cinema, onde o ônibus para.

— Southampton — anuncia o motorista. Pego minha mala de carpinteiro e salto.

Bernard está me esperando, encostado no capô de um pequeno Mercedes cor de bronze, vejo que seus pés macios estão dentro de sapatos Gucci. Miranda estava certa: o vestido de plástico e as botas Fiorucci perfeitos para a cidade pareciam inadequados nessa singular cidadezinha. Mas Bernard não se importa. Ele pega a mala e me beija. Sua boca é extremamente familiar. Adoro quando consigo sentir um de seus dentes incisivos debaixo de seu lábio superior.

— Como foi a viagem? — pergunta, alisando meu cabelo.

— Ótima — digo, ofegante, pensando em como iremos nos divertir.

Ele abre a porta e sento no banco da frente. O carro é antigo, dos anos 1960, com um volante de madeira polida e mostradores de níquel brilhantes.

— Esse carro é seu? — pergunto, provocativa.

— É de Peter.

— Peter?

— Marido de Teensie. — Ele liga o motor, muda a marcha e se afasta do meio-fio com um solavanco.

— Desculpe — diz e ri. — Sou um pouco distraído. Não leve a mal, mas Teensie insistiu em colocá-la num quarto sozinha.

— Por quê? — Franzo a testa, irritada, apesar de secretamente aliviada.

— Não parou de perguntar quantos anos você tinha. Disse que não era da conta dela, e foi quando começou a suspeitar. Tem mais de 18 mesmo, não tem? — pergunta, meio de brincadeira.

Suspiro, como se aquela pergunta fosse ridícula.

— Já disse. Estou na faculdade.

— Só estou checando, gatinha — diz Bernard, piscando para mim. — E não tenha medo de se impor com Teensie, tá? Pode ser ameaçadora, mas tem um coração enorme.

Em outras palavras: é uma vaca total.

Entramos num longo caminho de cascalho e estacionamos na frente de uma casa coberta de telhas. Não é tão grande quanto eu imaginara, considerando a enormidade das casas que vira no caminho, mas ainda assim é grande. O que um dia devia ter sido uma casa de tamanho normal agora está ligada a uma estrutura alta como um celeiro.

— Bonita, não? — pergunta Bernard, olhando a propriedade por trás do para-brisa. — Escrevi minha primeira peça aqui.

— Mesmo? — pergunto, saindo do carro.

— Reescrevi, na verdade. Havia escrito a primeira versão na época em que trabalhava no turno da noite em uma fábrica de garrafas.

— Que romântico.

— Não era, na época. Mas em retrospectiva, sim, parece mesmo romântico.

— E um pouco clichê? — provoco.

— Fui a Manhattan uma noite com meus amigos — continua, abrindo o porta-malas. — Topei com Teensie numa boate. Insistiu que lhe mandasse minha peça, disse que era agente. Eu nem sabia o que era um agente naquela época. Mas mandei mesmo assim e, quando me dei conta, tinha oferecido sua casa para que eu passasse o verão. Para escrever. Sem perturbações.

— E não teve? — pergunto, tentando esconder a apreensão em minha voz. — Perturbações?

Ele ri.

— Quando fui perturbado, não foi ruim.

Droga. Isso significa que ele transou com Teensie? E, se sim, por que não me contou? Poderia ter me avisado, pelo menos. Espero que eu não descubra outros fatos desagradáveis como esse ao longo do fim de semana.

— Não sei onde estaria sem ela — revela, passando os braços em volta de meus ombros.

Estamos quase na casa quando Teensie aparece, subindo rapidamente um atalho de pedras. Está usando roupas brancas e tênis e, por mais que ainda não possa falar quanto a seu coração, não há dúvidas de que pelo menos seus seios são enormes. Estão apertados contra o tecido de sua camisa polo como dois pedregulhos ameaçando saltar de um vulcão.

— Aí estão vocês! — exclama ela com simpatia, protegendo os olhos do sol.

Ela para na minha frente e, apressadamente, fala:

— Cumprimentaria você, mas estou toda suada. Peter está em algum lugar lá dentro, mas, se quiser um drinque, peça a Alice. — Ela se vira e sai apressada em direção à quadra, acenando com os dedos.

— Parece legal — comento, tentando gostar dela. — E tem seios bem grandes — acrescento, imaginando se Bernard já os vira.

Bernard vaia e diz:

— São falsos.

— *Falsos?*

— Silicone.

Então ele já os viu mesmo. De que outra maneira poderia saber tanto sobre eles?

— O que mais foi plástica?

— O nariz, é claro. Gosta de pensar em si mesma como Brenda, em *Paixão de primavera*. Sempre digo a ela que está mais para Mrs. Robinson do que para Miss Patimkin.

— E o que o marido dela acha?
Bernard sorri.
— Basicamente tudo que ela manda achar, imagino.
— Estou falando quanto ao *silicone*.
— Ah — exclamou. — Não sei. Passa muito tempo saltitando.
— Como um coelho?
— Mais como o Coelho Branco. Só falta o relógio de bolso.
— Bernard abre a porta da frente e chama "Alice", como se fosse dono do lugar.
O que, considerando sua história com Teensie, suponho que seja possível.
Entramos na parte celeiro da casa, decorada como uma gigantesca sala de estar cheia de sofás e poltronas. Há uma lareira de pedra e várias portas que levam a corredores ocultos. Uma das portas se abre e dela sai um homem baixo com çabelo ligeiramente comprido e o que já deve ter sido um bonito e afeminado rosto. Está entrando em outra porta quando nos vê e se aproxima.
— Alguém viu minha esposa? — pergunta, com sotaque britânico.
— Está jogando tênis — respondo.
— Ah, *certo*. — Ele bate na própria testa. — Muito observador de sua parte. Aquele jogo infernal — fala sem dar pausa. — Bem, sintam-se em casa. Sabe como é, Bernard, tudo muito casual, *mi casa es su casa* e tudo mais; vamos receber o presidente da Bolívia para o jantar desta noite, então pensei em treinar meu *español*.
— *Gracias* — digo.
— Ah, fala espanhol — exclama o homem. — Excelente. Direi a Teensie para sentá-la ao lado de *el presidente* durante o jantar. — E antes que eu possa protestar, ele sai correndo da sala enquanto a própria Teensie reaparece.

— Bernard, querido, pode fazer a gentileza de levar a mala de Cathy para seu quarto?

— Cathy? — pergunta Bernard. Ele olha em volta. — Quem é Cathy?

O rosto de Teensie se contorce de irritação.

— Achei que tivesse dito que seu nome era Cathy.

Balanço a cabeça.

— É Carrie. Carrie Bradshaw.

— Quem consegue acompanhar? — pergunta, impotente, sugerindo que Bernard tem tantas namoradas que ela mal consegue acertar seus nomes.

Ela nos conduz escada acima e por um corredor curto na parte original da casa.

— O banheiro é aqui — informa, abrindo uma porta e revelando a pia azul-clara e o estreito chuveiro de vidro. — E *Carrie* vai ficar aqui. — Ela abre outra porta, revelando um pequeno quarto com uma única cama, uma colcha de retalhos e uma prateleira cheia de troféus. — O quarto da minha filha — diz arrogante. — Fica em cima da cozinha, mas Chinita adora, porque oferece privacidade.

— Onde está sua filha? — pergunto, imaginando se Teensie resolvera expulsar a própria filha de seu quarto para manter o controle.

— Colônia de férias. Vai se formar no ensino médio ano que vem e esperamos que vá para Harvard. Temos tanto orgulho dela...

Está insinuando que Chinita tem quase a mesma idade que eu.

— Onde *você* estuda? — pergunta Teensie.

— Brown. — Olho para Bernard. — Estou no segundo ano.

— Que interessante — responde Teensie, num tom de voz que me faz imaginar se percebeu minha mentira. — Deveria apresentar Chinita a você. Tenho certeza de que adoraria saber tudo sobre a Brown. É sua opção *de reserva*.

Ignoro o insulto e devolvo com outro.

— Adoraria, Sra. Dyer.

— Chame-me de Teensie — corrige ela, com uma pontada de ressentimento. Ela se vira para Bernard e, determinada a não me deixar aborrecê-la, pergunta: — Por que não deixamos sua amiga desfazer as malas?

Pouco tempo depois, estou sentada na beirada da cama, imaginando onde ficaria o telefone e se deveria ligar para Samantha para pedir conselhos sobre como lidar com Teensie, quando me lembro de Teensie no chão da casa dos Jessen e sorrio. Quem se importa se ela me odiar? Estou nos Hamptons! Levanto num salto, penduro minhas roupas e coloco um biquíni. O quarto está um pouco abafado, então abro a janela e admiro a vista. O gramado verde e brilhante termina numa bem-cuidada cerca viva e, além dela, ficam quilômetros de campos tomados por muitas plantas — plantações de batata, Bernard explicara no caminho. Inspiro e sinto o ar doce e úmido, o que significa que o oceano não fica longe daqui.

Acima do suave barulho das ondas, escuto vozes. Debruço-me na janela e vejo Teensie e outra mulher sentadas numa mesa de metal num pequeno pátio, bebendo o que parece ser Bloody Mary. Escuto a conversa com tanta clareza quanto se estivesse sentada junto a elas.

— É pouco mais velha que Chinita — exclama Teensie. — É escandaloso.

— Qual idade *tem*, afinal?

— Quem vai saber? Parece ter acabado de sair do ensino médio.

— Pobre Bernard — comenta a segunda mulher.

— É simplesmente tão patético e infantil — acrescenta Teensie.

— Bem, depois daquele verão horrível com Margie... Não foi aqui que se casaram?

— Sim. — Teensie suspira. — Imaginei que ele teria o bom-senso de não trazer essa jovem tola...

Tenho um sobressalto e imediatamente fecho a boca num perverso desejo de não perder uma só palavra.

— Com certeza é inconsciente — opina a segunda mulher.
— Quer ter certeza de que nunca mais vai se magoar. Então escolhe uma jovenzinha deslumbrada que o idolatra e que nunca poderia abandoná-lo. Ele controla o relacionamento. Ao contrário do que acontecia com Margie.

— Mas quanto tempo pode durar? — geme Teensie. — O que poderiam ter em comum? Sobre o que conversam?

— Talvez não façam isso. *Conversar* — diz a outra.

— Essa garota não tem pai e mãe? Que tipo de pai deixa sua filha por aí com um homem claramente dez ou 15 anos mais velho?

— Estamos *mesmo* nos anos 1980 — suspira a segunda mulher, tentando ser conciliatória. — As garotas são diferentes agora. São tão ousadas...

Teensie se levanta para ir à cozinha. Praticamente saio pela janela, tentando ouvir o resto da conversa, mas não consigo.

Anestesiada de vergonha, caio de costas na cama. Se o que estavam dizendo for verdade, isso significa que sou apenas um peão no tabuleiro de Bernard. Sou quem ele está usando na vida real para superar Margie.

Margie. O nome dela me dá arrepios.

Como foi que pensei que poderia competir com ela pelo carinho de Bernard? Aparentemente, não posso. Não segundo Teensie.

Atiro o travesseiro na parede de tanta raiva. Por que vim para cá? Por que Bernard me sujeitaria a isso? Teensie deve estar certa. Ele *está* me usando. Pode não saber, mas não é segredo para ninguém.

Só há uma maneira de manter minha dignidade. Preciso ir embora. Pedirei a Bernard que me leve ao ponto de ônibus. Direi adeus e nunca mais o verei. Então, depois da leitura de minha peça e de ela virar um sucesso, ele perceberá a besteira que fez.

Estou jogando as roupas de volta na mala quando ouço a voz dele.

— Teensie? — chama.

Olho por cima do parapeito.

— Sim, querido?

— Viu Carrie? — pergunta.

Detecto uma breve queda em seus ombros, de decepção.

— Não, não a vi.

— Onde ela está? — pergunta Bernard, olhando em volta.

Teensie ergue as mãos.

— Não sou babá dela.

Os dois desaparecem ao entrar na casa enquanto mordo o lábio inferior, triunfante. Teensie estava errada. Bernard se importa comigo. Ela sabe também, e isso a está deixando louca de ciúmes.

Pobre Bernard, penso. É meu dever salvá-lo das Teensies deste mundo.

Rapidamente, apanho um livro e me ajeito sobre a cama. Como previsto, Bernard bate à porta um minuto depois.

— Entre!

— Carrie? — Ele abre a porta. — O que está fazendo? Fiquei esperando você na piscina. Vamos almoçar.

Baixo o livro e abro um sorriso.

— Desculpe. Ninguém me avisou.

— Bobinha — zomba ele, vindo em minha direção e beijando o topo da minha cabeça. Ele se deita a meu lado. — Adorei o biquíni — murmura.

Começamos a nos agarrar freneticamente até escutarmos Teensie chamando nossos nomes. Isso me faz cair na gargalhada, e Bernard faz o mesmo. É quando decido quebrar minha própria regra. *Vou* transar com Bernard. Hoje à noite. Vou entrar de fininho em seu quarto e finalmente vamos fazer. Bem debaixo do narizinho plastificado de Teensie.

CAPÍTULO TRINTA E DOIS

Durante o jantar, o marido de Teensie, Peter, cumpre o que prometera e me acomoda ao lado do presidente boliviano. É um homem rude e convencido, com marcas de catapora e um comportamento arrogante que me assusta. Por não entender nada sobre a Bolívia nem política, estou determinada a não dizer nada errado. Tenho a impressão de que, se disser, poderia ser eliminada da face da Terra.

Felizmente, *el presidente*, como Peter se dirige a ele, não demonstra qualquer interesse por mim. Mal desdobramos os guardanapos e os colocamos no colo quando ele me olha uma vez, conclui que não tenho importância alguma e imediatamente se vira para a mulher à sua esquerda. Na outra ponta da mesa, Teensie posicionou Bernard ao seu lado. Estou longe demais para escutar a conversa, mas Teensie, rindo e gesticulando, parece manter seu grupinho distraído. Desde que os primeiros convidados começaram a chegar, Teensie virou outra pessoa. Não havia um traço da antipatia sutil e calculada que exibira essa tarde.

Mastigo um pedaço do peixe, determinada a não demonstrar o fato de que estou ficando horrivelmente entediada. A única coisa que me segura ali é pensar em Bernard e em como poderemos ficar juntos mais tarde.

Distraída, imagino se o marido de Teensie, Peter, sabe a respeito dela e Bernard. Tomo um gole de vinho e suspiro discretamente. Corto outro pedaço de peixe e encaro o garfo, pensando se vale a pena arriscar mais uma mordida. O peixe está seco e sem graça, como se alguém tivesse resolvido que comida deveria ser uma punição em vez de um prazer.

— Não gostou do peixe? — A voz de Peter veio da minha esquerda.

— Na verdade, não. — Sorrio, aliviada por alguém falar comigo.

— Está ruim assim, é? — Ele empurra o peixe para a lateral do prato. — É essa dieta ultramoderna que minha mulher está fazendo. Nada de manteiga, sal, pele, gordura ou temperos. Tudo parte de uma tentativa inútil de viver para sempre.

Dou risadinhas.

— Não acho que viver para sempre seja uma boa ideia.

— Não acha? — declara Peter. — É uma ideia horrível. Como foi que acabou no meio dessa gente, afinal?

— Conheci Bernard e...

— Quis dizer, o que faz em Nova York?

— Ah. Sou escritora — explico simplesmente. Sento-me um pouco mais ereta e continuo: — Estou estudando na New School, mas minha primeira peça será lida semana que vem.

— Muito bem — responde ele, parecendo impressionado. — Já contou para minha mulher?

Baixo o olhar para meu prato.

— Não acho que ela esteja interessada em mim ou no que escrevo. — Olho para Teensie por cima da mesa. Está bebendo vinho tinto, e seus lábios têm um horroroso tom de roxo. — Por outro lado, não preciso da aprovação de sua mulher para ser bem-sucedida.

Isso foi meu ego subindo à superfície.

— É uma jovem bem confiante — observa Peter.

E então, como se para enfatizar o fato de eu ter ido longe demais, ele abre um daqueles sorrisos supereducados que talvez fizessem a rainha da Inglaterra ficar quieta.

Fico congelada de vergonha. Por que não podia ter ficado de boca calada? Peter apenas tentou ser gentil, e insultei sua mulher. Além de cometer o suposto pecado da arrogância. Isso é aceitável num homem, mas não numa mulher. Ou não entre essa gente, de qualquer maneira.

Toco no braço de Peter.

— Sim? — Ele se vira. Não há agressividade em seu tom de voz, apenas um desinteresse embaraçoso.

Estou prestes a perguntar se, caso eu fosse um homem, seria julgada tão implacavelmente, mas a expressão em seu rosto me impede.

— Poderia passar o sal? — pergunto, acrescentando baixinho: — Por favor?

Consigo sobreviver ao resto do jantar fingindo não estar interessada numa longa história sobre golfe na Escócia, com a qual Peter se delicia no nosso lado da mesa. Depois de tirarem os pratos, espero que Bernard e eu consigamos escapar, mas, em vez disso, somos levados até o terraço para tomar café e sobremesa. Depois disso, segue-se um jogo de xadrez na sala de estar. Bernard joga com Peter enquanto sento no braço da poltrona de Bernard, fingindo-me de boba. A verdade é que qualquer um razoavelmente bom em matemática sabe jogar xadrez, e, depois de testemunhar várias jogadas erradas dele, começo a dar-lhe conselhos discretamente. Bernard começa a ganhar, e um pequeno grupo se junta para assistir ao espetáculo.

Bernard me dá todo o crédito e, finalmente, posso ver meu valor sendo reconhecido nos olhos dele. Talvez possa competir aqui, afinal.

— Onde aprendeu a jogar xadrez? — pergunta ele, preparando mais um drinque para nós de um carrinho de bebidas no canto da sala.

— Sempre joguei. Meu pai me ensinou.

Bernard me examina, estupefato.

— Acaba de me fazer perceber que não sei nada sobre você.

— Isso é porque se esqueceu de perguntar — respondo, divertida, com meu orgulho restaurado. Olho ao redor da sala. — Essas pessoas nunca vão dormir?

— Está cansada?

— Estava pensando...

— Teremos bastante tempo para isso mais tarde — interrompe, tocando levemente minha nuca com seus lábios.

— Ei, pombinhos — chama Teensie do sofá. — Venham para cá e se juntem à conversa.

Solto um suspiro. Bernard pode estar com vontade de se retirar, mas Teensie está determinada a manter-nos aqui embaixo.

Aguento mais uma hora de discussões políticas. Finalmente, os olhos de Peter se fecham e, quando ele adormece em sua poltrona, Teensie balbucia que talvez todos devêssemos ir dormir também.

Olho significativamente para Bernard e corro para meu quarto. Agora que chegou a hora, estou tremendo de medo. Meu corpo chacoalha de ansiedade. Como vai ser? Vou gritar? E se sangrar?

Visto meu *negligé* e escovo os cabelos cem vezes. Depois de se passarem trinta minutos e a casa estar em silêncio, saio de fininho, atravesso a sala de estar na ponta dos pés e subo outro lance de escadas, que leva ao quarto de Bernard. Fica no final de um longo corredor, convenientemente localizado ao lado do de Teensie e Peter, mas, como todos os quartos na nova ala da casa, tem seu próprio banheiro *en suite*.

*En suite*. Nossa, quanta coisa descobri esse fim de semana. Rio baixinho enquanto giro a maçaneta.

Ele está deitado, lendo. Debaixo da suave luz da luminária, parece magro e misterioso, como alguém saído de um romance vitoriano. Coloca um dos dedos sobre os lábios enquanto levanta as cobertas. Me jogo silenciosamente em seus braços, fecho os olhos e cruzo os dedos.

Ele apaga a luz e se ajeita debaixo do cobertor.

— Boa noite, gatinha.

Sento-me, perplexa.

— Boa noite?

Inclino-me e acendo a luz.

Ele pega minha mão.

— O que está fazendo?

— Você quer *dormir*?

— Você não quer?

Faço biquinho.

— Achei que podíamos...

Ele sorri.

— Aqui?

— Por que não?

Ele apaga a luz.

— É falta de educação.

Acendo a luz de volta.

— Falta de educação?

— Teensie e Peter estão no quarto ao lado. — Ele apaga a luz mais uma vez.

— E daí? — pergunto no escuro.

— Não quero que nos escutem. Pode deixá-los... desconfortáveis.

Franzo a testa na escuridão, os braços cruzados.

— Não acha que está na hora de Teensie se conformar com o fato de você estar com outra? Que não ela *nem* Margie?

— Ah, Carrie. — Ele suspira.

— Estou falando sério. Teensie precisa aceitar o fato de que está saindo com outras pessoas agora. Que está saindo comigo...

— Sim, precisa — concorda gentilmente. — Mas não precisamos esfregar isso na cara dela.

— Acho que precisamos — discordo.

— Vamos dormir. Resolveremos isso de manhã.

Isso me deixa com vontade de sair imediatamente do quarto, zangada. No entanto, concluo que já fui estúpida o suficiente por uma noite. Em vez disso, fico deitada em silêncio, remoendo cada cena, cada conversa, segurando o choro e a dolorosa realidade de que, de alguma maneira, não consegui sair por cima nesse fim de semana, afinal.

## CAPÍTULO TRINTA E TRÊS

— Que bom que veio me ver — proclama Bobby ao abrir a porta. — Que ótima surpresa. Sim, uma surpresa muito boa — tagarela, pegando meu braço.

Mudo minha bolsa de um ombro para o outro.

— Não é exatamente uma surpresa, Bobby. Liguei para você, lembra?

— Ah, mas é sempre uma surpresa ver uma amiga, não acha? Ainda mais quando ela é tão bonita.

— Bem — digo, franzindo o cenho e imaginando o que isso tem a ver com minha peça.

Bernard e eu retornamos à cidade no final da tarde de domingo; pegamos carona com Teensie e Peter na velha Mercedes. Teensie dirigia enquanto Bernard e Peter conversaram sobre esportes, e eu fiquei sentada em silêncio, determinada a me comportar da melhor maneira possível. O que não foi difícil, considerando que não tinha mesmo muito a dizer. Fiquei pensando que, caso Bernard e eu continuássemos juntos, nossa vida seria assim. Fins de semana com Teensie e Peter. Não acho que consigo suportar. Queria Bernard, mas não seus amigos.

Voltei para a casa de Samantha prometendo colocar minha vida em ordem, o que incluía ligar para Bobby e marcar um horário para discutirmos a leitura da peça. Infelizmente, Bobby não parecia estar levando aquilo tão a sério quanto eu.

— Deixe-me mostrar o espaço a você — continua agora com uma insistência irritante, especialmente considerando que eu já tinha visto tudo na sua festa.

Aquela noite parece ter acontecido há séculos, uma lembrança desconfortável de que, enquanto o tempo está voando, meu próprio tempo pode estar acabando também.

Essa leitura pode ser minha última chance de estabelecer uma base em Nova York. Um laço firme ao solo de Manhattan, do qual não posso ser solta.

— Vamos colocar as cadeiras aqui. — Bobby indica o espaço da galeria. — E servir coquetéis. Embebedar a plateia. Devemos servir vinho branco, vodca ou ambos?

— Ah, ambos — murmuro.

— E planeja chamar atores de verdade? Ou será apenas uma leitura?

— Acho que apenas uma leitura. Por enquanto — completo, pensando nas luzes brilhantes da Broadway. — Planejo ler toda a peça sozinha. — Depois da leitura em aula com Capote, pareceu mais fácil não envolver ninguém.

— Melhor assim, não é? — assente Bobby. Seu consentimento insistente e seu entusiasmo desenfreado estão começando a me irritar. — Devíamos tomar champanhe. Para comemorar.

— Não é nem meio-dia — contesto.

— Não me diga que é uma dessas nazistas do tempo — entoa, apressando-me por um pequeno corredor que leva aos quartos. Sigo Bobby, meio hesitante, um alarme disparando dentro da minha cabeça. — Artistas não podem viver como os outros. Com horários e tudo mais... Acaba com a criatividade, não concorda? — pergunta.

— Acho que sim.

Solto um suspiro, desejando sair dali. Mas Bobby está me fazendo um favor enorme, planejando uma leitura de minha peça em sua casa. Pensando nisso, aceito uma taça de champanhe.

— Deixe-me mostrar o resto da casa.

— Falando sério, Bobby — começo, frustrada —, não precisa fazer isso.

— Mas eu quero! Reservei a tarde toda para você.

— Mas por quê?

— Achei que poderíamos nos conhecer melhor.

Ah, pelo amor de Deus. Não pode realmente estar tentando me seduzir. É ridículo demais. Para começar, é mais baixo que eu. E tem papada, ou seja, deve ter mais de 50 anos. E é gay, não?

— Este é meu quarto — declara, com afetação.

A decoração é minimalista e o quarto está impecável, então imagino que tenha uma empregada que limpe para ele.

Ele afunda na beirada da cama bem-feita e toma um gole de champanhe, dando tapinhas no espaço a seu lado.

— Bobby — começo, obstinada —, realmente preciso ir. — Para enfatizar minha intenção, coloco minha taça sobre o parapeito.

— Ah, não a coloque aí — diz ele. — Vai deixar uma marca.

Pego a taça de volta.

— Vou deixá-la na cozinha, então.

— Mas não pode ir embora — reclama. — Nem terminamos de conversar sobre sua peça.

Reviro os olhos, mas não quero ofendê-lo. Resolvo sentar a seu lado por um momento e depois ir embora.

Sento-me cautelosa na beirada da cama, o mais longe possível dele.

— Quanto à peça...

— Sim, quanto à peça — concorda. — O que a fez querer escrevê-la?

— Bem, eu... — Procuro as palavras certas, mas demoro demais, e Bobby fica impaciente.

— Me passe aquela fotografia, por favor? — Antes que eu possa protestar, ele está colado em mim, apontando para um retrato com seu dedo de unha feita. — Minha mulher — continua, dando uma risadinha. — Ou deveria dizer ex-mulher?

— Foi casado? — pergunto, o mais educadamente possível, levando-se em conta que aquela sirene agora está no volume máximo.

— Durante dois anos. Seu nome era Annalise. É francesa, entende?

— Aham. — Olho a imagem mais de perto. Annalise tem uma daquelas belezas que parecem loucura, com uma boca ridiculamente carnuda e olhos negros selvagens e penetrantes.

— Você me lembra ela. — Bobby coloca uma das mãos sobre minha perna.

Sem cerimônia, a retiro.

— Não pareço em nada com ela.

— Ah, parece, sim. Para mim — murmura.

E então, numa horrível câmera lenta, ele franze os lábios e chega o rosto perto do meu para um beijo.

Rapidamente me viro e me solto de seus dedos. Eca. Que tipo de homem vai à manicure, afinal?

— Bobby! — Pego minha taça do chão e saio correndo do quarto.

Ele me segue até a cozinha, balançando o rabo como um cachorrinho repreendido.

— Não vá — implora. — Ainda temos quase uma garrafa inteira de champanhe. Não pode esperar que eu tome tudo sozinho. Além disso, não posso guardá-la aberta.

A cozinha é minúscula, e Bobby parou na porta, bloqueando a saída.

— Tenho namorado — digo, irritada.

— Ele não precisa saber.

Estou quase escapando quando ele muda sua conduta de manhosa para agressiva.

— Realmente, Carrie. Vai ser muito difícil trabalharmos juntos se eu achar que não gosta de mim.

Ele só pode estar brincando. No entanto, talvez Samantha tivesse razão. Trabalhar com homens pode ser complicado. Se rejeitar Bobby, será que ele vai cancelar a leitura da minha peça? Engulo em seco e tento abrir um sorriso.

— Gosto de você, Bobby. Mas tenho namorado — repito, achando que enfatizar esse fato talvez seja minha melhor saída.

— Quem? — exige ele.

— Bernard Singer.

Bobby solta um som agudo de quebrar vidros.

— Ele? — Bobby chega mais perto e tenta pegar minha mão. — É velho demais para você.

Balanço minha cabeça, confusa.

A calmaria momentânea dá a Bobby mais uma chance de atacar. Ele joga os braços em volta do meu pescoço e tenta me beijar de novo.

Há uma espécie de luta, na qual eu tento me esquivar dele e ele tenta me empurrar contra a pia. Felizmente, Bobby não apenas parece escorregadio, sua consistência também é assim. Além disso, estou mais desesperada que ele. Passo por baixo de seu braço esticado e corro para a porta.

— Carrie! Carrie! — grita ele, batendo palmas enquanto corre pelo corredor atrás de mim.

Estendo uma das mãos em direção à porta e paro, sem fôlego. Estou prestes a dizer como ele é canalha e como não gosto de segundas intenções — enquanto vejo meu futuro se despedaçar diante dos meus olhos —, quando noto sua expressão de sofrimento.

— Desculpe. — Está de cabeça baixa como uma criança. — Espero...

— Sim? — pergunto, ajeitando o cabelo.

— Espero que não me odeie por causa disso. Ainda poderemos fazer a leitura, certo?

Tento ao máximo olhá-lo com desprezo.

— Como poderei confiar em você? Depois disso?

— Ah, esqueça sobre tudo — sugere, agitando as mãos na frente do rosto como se afastasse um bando de moscas. — Não foi minha intenção. Sou muito atirado. Amigos? — pergunta timidamente, estendendo uma das mãos.

Endireito as costas e aceito. Rápido como uma flecha, ele segura minha mão com força e a leva até sua boca.

Permito que a beije antes de puxá-la de volta.

— E quanto à peça? — pronuncia. — Precisa permitir que eu a leia antes de quinta-feira. Como não me deixa beijá-la, preciso saber onde estou me metendo.

— Não estou com ela. Deixo aqui amanhã — digo, com pressa. Miranda está com ela, mas pego depois.

— Convide algumas de suas amigas. As bonitas — acrescenta.

Balanço a cabeça e saio. Certos homens nunca desistem.

Nem certas mulheres. Me abano aliviada enquanto desço pelo elevador. Pelo menos ainda terei minha leitura. Provavelmente tentarei me livrar de Bobby a noite toda, mas parece um preço pequeno a se pagar pela fama iminente.

## CAPÍTULO TRINTA E QUATRO

— Quem é esse esquisito, afinal? — pergunta Samantha, abrindo um pacote de adoçante e despejando o pó químico em seu café.

— É um tipo de marchand. O dono do espaço. Aquele onde aconteceu o desfile ao qual fui, lembra?

Junto os pedacinhos da embalagem cor-de-rosa do meio da mesa, dobro-os cuidadosamente e guardo-os em meu guardanapo. Não consigo evitar. Aqueles malditos pacotes de açúcar falso me deixam louca. Até porque não se pode andar meio metro sem encontrar algum.

— O dono do espaço — diz Samantha, pensativa.

— Bobby. Conhece? — pergunto, imaginando que deve conhecer. Ela conhece todo mundo.

Estamos no Pink Tea Cup, um restaurante muito famoso no West Village. É todo cor-de-rosa, com cadeiras de ferro retorcido e antigas toalhas de mesa estampadas de rosas. Fica aberto 24 horas, mas só serve café da manhã, então, se estiver lá no momento certo, pode ver Joey Ramone comendo panquecas às cinco horas da tarde.

Samantha saiu do trabalho mais cedo, alegando ainda sentir dor pela operação.

— Ele é baixinho? — pergunta.

— Teve que ficar na ponta dos pés quando tentou me beijar. — A lembrança da tentativa de ataque de Bobby traz uma nova onda de irritação, e derramo açúcar demais em minha caneca.

— Bobby Nevil. — Ela assente. — Todo mundo o conhece. É infame.

— Por atacar jovens garotas?

Samantha faz uma careta.

— Isso não lhe traria notoriedade alguma. — Ela ergue sua xícara e prova o café. — Ele tentou atacar o *David* de Michelangelo.

— A escultura? — Ah, ótimo. Que sorte a minha. — É um criminoso?

— Está mais para um revolucionário artístico. Estava tentando fazer uma declaração sobre arte.

— Querendo dizer o quê? Arte é uma droga?

— O que é uma droga? — pergunta Miranda, chegando à mesa com sua mochila e um saco de compras preto da Saks pendurado sobre o ombro. Ela pega um punhado de guardanapos da mesa e seca a testa. — Está fazendo trinta graus lá fora. — Ela chama a garçonete e pede um copo cheio de gelo. — Estamos falando sobre sexo de novo? — Ela olha para Samantha acusadoramente. — Espero não ter vindo até aqui para mais uma conversa sobre exercícios Kegel. Que tentei fazer, a propósito. Me senti um macaco.

— Macacos fazem exercícios de contração? — pergunto, surpresa.

Samantha balança a cabeça.

— Vocês duas não têm jeito.

Solto um suspiro. Saí da casa de Bobby achando que poderia lidar com seu comportamento inadequado, mas quanto mais pensava no assunto, mais furiosa ficava. Seria errado achar que, quando eu finalmente estourasse, seria por causa de meus próprios méritos em vez de por causa de um velho tarado qualquer?

— Bobby tentou me atacar — informo a Miranda.

— Aquela coisinha? — Não parece impressionada. — Achei que ele fosse gay.

— É um daqueles gays que ninguém quer ter no time. Nem gays nem héteros — oferece Samantha.

— Esse tipo de gente existe? — indaga Miranda.

— São chamados garotos perdidos da orientação sexual. Qual é, gente — digo. — Isso é sério.

— Havia um professor na minha faculdade — começa Miranda. — Todo mundo sabia que se transasse com ele tirava A.

Olho-a furiosamente.

— Não está ajudando.

— Ah, qual é, Carrie. Isso não é nenhuma novidade. Cada bar em que trabalhei tem uma regra não dita de que, se transar com o gerente, pega os melhores turnos — diz Samantha. — E em cada escritório no qual trabalhei, a mesma coisa. Tem sempre algum cara dando em cima de você, e a maioria deles é casada.

Dou um gemido.

— E você...?

— Transo com eles? O que acha, passarinho? — pergunta desafiadoramente. — Não *preciso* transar com alguém para me dar bem. Por outro lado, não tenho vergonha de nada que já tenha feito. Vergonha é uma emoção tão inútil...

O rosto de Miranda se contorce numa expressão que significa que está prestes a dizer algo inapropriado.

— Se é verdade, por que não pode contar a Charlie sobre a endometriose? Se não tem vergonha, por que não pode ser honesta?

Os lábios de Samantha se curvam num sorriso condescendente.

— Meu relacionamento com Charlie não é da sua conta.

— Por que fala sobre ele o tempo todo, então? — pergunta Miranda, recusando-se a desistir.

Coloco a cabeça entre as mãos, me perguntando o motivo pelo qual estamos tão irritadas. Deve ser o calor. Ele frita o cérebro.

— Então, devo ler minha peça na casa de Bobby ou não? — pergunto.

— É claro que sim — responde Samantha. — Não pode deixar a cantada idiota de Bobby fazê-la duvidar de seu talento. Senão ele é quem ganha.

Miranda não tem outra escolha senão concordar:

— Por que deixaria aquele sapo horroroso definir quem você é ou o que pode fazer?

Sei que estão certas, mas, por um momento, sinto-me derrotada. Pela vida e pela interminável luta de tentar fazer algo com ela. Por que as coisas não podem ser mais fáceis?

— Leu minha peça? — pergunto a Miranda.

Ela fica corada. E, numa voz aguda demais, diz:

— Eu quis. Mas estive muito ocupada. Prometo que lerei hoje à noite, combinado?

— Não vai poder — respondo com rispidez. — Preciso dela de volta. Preciso entregá-la a Bobby amanhã de manhã.

— Não fique zangada...

— Não estou.

— Aqui está — diz, abrindo a mochila e remexendo dentro dela. Ela olha o conteúdo, confusa, então pega a sacola de compras e esparrama o conteúdo em cima da mesa. — Deve ter se misturado aos meus panfletos.

— Levou minha peça para a Saks? — pergunto, incrédula, enquanto Miranda folheia seus papéis freneticamente.

— Ia ler quando o movimento diminuísse. Aqui está — diz, aliviada, estendendo-me algumas páginas.

Rapidamente folheio a pilha de papéis.

— Cadê o resto? Aqui tem apenas o primeiro terço.

— Só pode estar aqui — balbucia, enquanto me junto a ela e examino cada pedaço de papel, um a um. — Ah, meu Deus.

— Ela recosta de volta na cadeira. — Carrie, me desculpe. Um homem esbarrou em mim ontem. Pegou um monte de panfletos e saiu correndo. O resto da peça devia estar no meio deles...

Paro de respirar. Tenho uma daquelas estranhas premonições de que minha vida está prestes a desabar.

— Deve ter uma cópia — sugere Samantha tentando me tranquilizar.

— Meu professor tem uma.

— Então — fala Miranda, como se estivesse tudo bem.

Agarro minha bolsa.

— Preciso ir — digo, antes de minha boca ficar completamente seca.

Droga. Merda! E todos os outros xingamentos que possa conhecer.

Se não tiver minha peça de volta, não tenho nada. Nada de leitura, nada de vida.

Mas Viktor com certeza tinha a cópia. Lembro-me muito bem de entregar a ele. Que tipo de professor jogaria fora os trabalhos de seus alunos?

Corro pelo Village, desviando-me do trânsito e quase derrubando diversos transeuntes a caminho da New School. Chego ofegante, subo dois degraus de cada vez e me atiro contra a porta de Viktor.

Está trancada.

Dou a volta desesperadamente, desço as escadas aos tropeços e corro de volta à casa de Samantha.

Está deitada na cama com uma pilha de revistas.

— Carrie? Dá pra acreditar naquilo que Miranda me falou? Sobre Charlie? Achei muito inapropriado...

— É — respondo, enquanto procuro a lista telefônica na cozinha.

— Conseguiu recuperar a peça?

— Não! — grito, folheando o catálogo.

Afago o peito, tentando me controlar. Lá está: Viktor Greene. Com um endereço de Mews.

— Carrie? — pergunta Samantha, enquanto saio. — Pode comprar alguma coisa para comer? Talvez comida chinesa? Ou pizza? Com pepperoni. E pouco queijo. Não se esqueça de pedir que ponham pouco queijo...

*Ahhhh!!!!!!*

Saio voando para Mews, cada músculo de meu corpo gritando com a dor do esforço. Subo e desço a rua de pedras duas vezes antes de encontrar a casa de Viktor, escondida atrás de uma grade coberta de hera. Bato à porta várias vezes e, como não consigo resposta, desabo sentada num pilar.

Onde diabos está ele? Viktor está sempre por perto. Ele não tem vida, tirando a escola e seus ocasionais casos com alunas. Aquele canalha. Levanto-me e chuto a porta e, ainda assim não obtenho resposta, espio pela janela.

A pequena casa está escura. Inspiro fundo, certa de que sinto um cheiro de podre.

Não surpreende. Viktor é um porco.

Então, noto jornais de três dias jogados ao lado da porta. E se ele tiver ido embora? Para onde iria? Fungo perto da janela mais uma vez, imaginando se aquele cheiro poderia indicar que estava morto. Talvez tenha tido um ataque cardíaco e, considerando que não tem amigos, ninguém tenha pensado em vir atrás dele.

Bato na janela, o que não adianta nada. Olho ao meu redor em busca de alguma coisa com que quebrá-las, soltando enfim uma pedra da calçada. Levanto-a acima da cabeça, pronta para atacar.

— Está procurando Viktor? — pergunta alguém atrás de mim.

Abaixo a pedra e me viro.

Era uma idosa levando um gato na coleira. Ela avança cautelosamente e se abaixa com dificuldade para apanhar os jornais.

— Viktor não está — revela. — Disse a ele que guardaria os jornais. Muitos ladrões por aqui.

Largo a pedra discretamente.

— Quando volta?

Ela aperta os olhos.

— Sexta-feira? Sua mãe morreu, pobrezinho. Foi para o interior enterrá-la.

— Sexta-feira? — Ando um passo e quase tropeço na pedra que largara. Seguro uma vinha de hera para me equilibrar.

— Foi o que me disse. Sexta-feira. — A velha balança a cabeça.

A realidade da situação me atinge como um caminhão.

— Mas vai ser tarde demais! — grito, enquanto largo a vinha e desabo no chão, em desespero.

— Passarinho? — pergunta Samantha, entrando na sala. — O que está fazendo?

— Hein?

— Está sentada aí há mais de uma hora com a boca aberta. Não é muito atraente — censura. Quando não respondo, ela fica na minha frente e bate na minha cabeça. — Olá? Tem alguém aí?

Desgrudo meu olhar de um espaço vazio na parede e giro a cabeça para olhar para ela.

Ela sacode um punhado de páginas de jornal na minha frente.

— Achei que podíamos nos divertir um pouco. Pensar no meu anúncio de casamento para o *New York Times*. É uma escritora. Isso deve ser moleza para você.

— Não sou escritora. Não mais — respondo sem emoção.

— Não seja ridícula. Teve um pequeno contratempo. — Ela senta ao meu lado com a pilha de jornais no colo. — Tenho juntado esses jornais desde maio. Os anúncios de casamento e noivado do *New York Times*. Também conhecidos como "caderno de esportes das mulheres".

— Quem se importa? — Levanto a cabeça.

— Todo mundo que é alguém em Nova York, passarinho — explica, como se estivesse falando com uma criança. — E é especialmente importante, porque o *Times* não aceita qualquer anúncio. O noivo precisa ser da Ivy League. E ambas as partes devem vir das famílias certas. Quanto mais antiga a fortuna, melhor, mas novos-ricos servem. Ou famosos. Se, por exemplo, a noiva tem um pai famoso, como um ator, escultor ou compositor, definitivamente está dentro.

— Por que não podem simplesmente se casar? — Esfrego as bochechas. Minha pele está gelada, como se tivesse perdido a circulação.

— Qual é a graça nisso? — pergunta Samantha. — Para que se casar em Nova York se não vai ser alguém? Era melhor ter ficado em casa. Um casamento em Nova York é, na verdade, uma questão de ocupar o lugar certo na sociedade. É a razão pela qual vamos nos casar no Century Club. Quando se casa lá, está declarando alguma coisa.

— O quê?

Ela dá um tapinha em minha perna.

— Que se encaixa, passarinho.

— Mas e se não se encaixar?

— Pelo amor de Deus, passarinho. Você *age* como se se encaixasse. O que há de errado com você? Esqueceu tudo que lhe ensinei?

Antes de conseguir protestar, ela vai até a máquina de escrever, coloca uma folha de papel e aponta para minha cadeira.

— Você escreve. Eu dito.

Meus ombros desabam, mas sigo suas ordens e coloco as mãos sobre as teclas, mais por hábito que por uma ação consciente.

Samantha puxa uma folha de sua pilha de papéis e examina os anúncios.

— Aqui está um bom. "Srta. Barbara Halters de Newport, Rhode Island, conhecida por seus amigos como Horsie..."

Se ela está brincando, não entendi.

— Achei que você era de Weehawken.

— Quem quer ser de lá? Escreva aí "Short Hills". Short Hills é aceitável.

— E se alguém investigar...

— Não *vão*. Podemos, por favor, continuar? "Senhorita Samantha Jones..."

— Que tal "Srta."?

— Tudo bem. "Srta. Samantha Jones, de Short Hills, Nova Jersey, estudou..." — Ela para. — Qual a faculdade mais perto de Short Hills?

— Não sei.

— Então ponha "Princeton". É perto o suficiente. Princeton — continua, satisfeita com sua escolha. — E me formei em... literatura inglesa.

— Ninguém vai acreditar nisso — protesto, começando a ficar alerta. — Nunca a vi lendo nada além de autoajuda.

— O.K. Pule a parte sobre meu diploma. Não importa mesmo — declara, abanando as mãos. — A parte complicada será sobre meus pais. Vamos dizer que minha mãe era dona de casa, isso é neutro, e meu pai era um executivo internacional. Assim posso explicar por que nunca estava por perto.

Tiro as mãos das teclas e as coloco no colo.

— Não posso fazer isso.

— Por que não?

— Não posso mentir para o *New York Times*.

— Não é você que está mentindo. Sou eu.

— Por que *você* precisa mentir?

— Carrie — começa ela, ficando frustrada —, todo mundo mente.

— Não, não mente.

— Você mente. Não mentiu para Bernard quanto à sua idade?

— Aquilo foi diferente. Não vou me casar com Bernard.

Ela abre um sorriso frio para mim, como se não acreditasse que a estou desafiando.

— Ótimo. Eu mesma escreverei.

— Fique à vontade. — Levanto-me e ela se senta na frente da máquina de escrever.

Ela bate nas teclas por diversos minutos enquanto assisto. Finalmente, não aguento mais.

— Por que não pode contar a verdade?

— Porque a verdade não é boa o bastante.

— Isso é como dizer que você não é boa o bastante.

Ela para de datilografar. Recosta-se na cadeira e cruza os braços.

— Sou boa o bastante. Nunca tive nenhuma dúvida na minha cabeça...

— Por que não é você mesma, então?

— Por que *você* não é? — Ela se levanta num salto. — Está preocupada *comigo*? Olhe só para você. Choramingando pelo apartamento porque perdeu metade de sua peça. Se é uma escritora tão boa, por que não escreve outra?

— Não funciona desse jeito — grito, arranhando a garganta. — Levei um mês inteiro para escrever aquela peça. Não se pode simplesmente sentar e escrever uma peça inteira em três dias. Precisa pensar nela. Precisa...

— Tudo bem. Se quiser desistir, o problema é seu. — Ela dispara para o quarto, para e se vira. — Mas se quiser agir como uma perdedora, não ouse me criticar — berra, batendo a porta atrás de si.

Coloco a cabeça entre as mãos. Ela está certa. Estou cansada de mim mesma e do meu fracasso. É o mesmo que fazer as malas e ir para casa.

Como L'il. E os milhões de outros jovens que vieram a Nova York para vencer, mas falharam.

Subitamente, fico furiosa. Corro para o quarto de Samantha e esmurro a porta.

— O quê? — Ela grita enquanto a abro.

— Por que *você* não começa do zero? — grito, sem nenhum motivo racional.

— Por que você não começa?

— Eu vou.

— *Ótimo*.

Bato a porta.

Como se estivesse em transe, vou até minha máquina e me sento. Arranco o anúncio falso de Samantha, amasso-o e atiro-o para o outro lado da sala. Coloco uma folha de papel nova na máquina. Olho meu relógio. Tenho 72 horas e 23 minutos até a leitura na quinta-feira. Vou escrever outra peça nem que morra para isso.

\* \* \*

A fita de minha máquina de escrever rasga na quinta-feira de manhã. Olho ao redor para as embalagens vazias de chocolate, os saquinhos secos de chá e as bordas gordurosas de pizza.

É meu aniversário. Finalmente tenho 18 anos.

CAPÍTULO TRINTA E CINCO

Minhas mãos tremem enquanto entro no chuveiro.
A garrafa de xampu escorrega de meus dedos, mas consigo apanhá-la pouco antes de se espatifar nos azulejos. Respiro fundo, jogando a cabeça para trás contra o jato de água.
Consegui. Realmente consegui.
No entanto, a água não consegue apagar como me sinto: com olhos vermelhos, fraca e confusa.
Nunca saberei o que teria acontecido se Miranda não tivesse perdido minha peça e eu não tivesse precisado reescrevê-la. Não sei se isso é bom ou ruim. Não sei se serei celebrada ou desprezada. Mas consegui, lembro a mim mesma. *Tentei.*
Saio do chuveiro e me seco com a toalha. Olho no espelho. Meu rosto parece cansado e magro, como se não dormisse há três dias. Não era exatamente assim que esperava fazer minha estreia, mas tudo bem. Não tenho escolha.
Visto a calça de látex vermelha, meu roupão chinês e as velhas botas Fiorucci de Samantha. Talvez um dia eu seja como ela e possa comprar meus próprios sapatos.
Samantha. Ela voltara ao trabalho na terça-feira de manhã, e desde então não tive mais notícias dela. O mesmo com Miran-

da, que também não ligou. Provavelmente está com medo de que eu nunca a perdoe.

Mas vou perdoar. Espero que Samantha também possa fazer o mesmo comigo.

— Aqui está você — diz Bobby alegremente. — Bem na hora.
— Nem sabe — balbucio.
— Animada? — Ele fica na ponta dos pés.
— Nervosa. — Abro um sorriso fraco. — É verdade que você atacou *David*?

Ele franze o cenho.
— Quem lhe contou isso?
Dou de ombros.
— Nunca é bom ficar pensando no passado. Vamos tomar um pouco de champanhe.

Sigo-o até a cozinha, mantendo minha maleta de carpinteiro entre nós para ele não ter chance de tentar nenhuma palhaçada. Se tentar, eu juro, vou bater nele de verdade desta vez.

Não precisava ter me preocupado, no entanto, porque os convidados começaram a chegar e Bobby corre até a porta para receber cada um.

Fico na cozinha bebendo meu champanhe. Que se dane, penso, e viro a taça inteira. Sirvo-me de mais uma.

Esta é a noite, penso amargamente. Da leitura de minha peça e de Bernard.

Estreito os olhos. Melhor ele estar preparado para transar dessa vez. Hoje à noite é bom ele não inventar nenhuma desculpa.

Balanço a cabeça. Que tipo de atitude é essa a respeito de perder a minha virgindade? Nada boa.

Estou prestes a me servir de mais champanhe quando escuto "Carrie?". Quase largo a garrafa quando me viro e vejo Miranda.

— Por favor, não fique brava — implora.

Meu corpo amolece de alívio. Agora que Miranda está aqui, talvez tudo realmente possa ficar bem.

Depois da chegada de Miranda, não posso exatamente descrever a festa, pois estou em todo lugar ao mesmo tempo: cumprimentando os convidados na porta, me preocupando com a posição das cadeiras, evitando Bobby e tentando inventar algo impressionante para dizer a Charlie, que viera, inesperadamente, com Samantha.

Se Samantha ainda está zangada comigo por causa da outra noite, está fazendo o seu melhor para não demonstrar, elogiando minha calça enquanto segura o braço de Charlie como se fosse dona dele. É um homem grande, quase bonito e um pouco desajeitado, como se não soubesse o que fazer com seu corpo. Ele começa logo a falar sobre beisebol e, quando chega mais gente, saio de fininho para tentar encontrar Bernard.

Ele está num canto com Teensie. Não acredito que a trouxe depois daquele fim de semana desastroso, mas, aparentemente, ou não liga ou Teensie nunca se deu o trabalho de reclamar de mim para ele. Talvez porque a noite seja minha, Teensie esteja sendo só sorrisos, pelo menos na aparência.

— Quando Bernard me contou sobre o evento, não pude acreditar — diz, inclinando-se para sussurrar alto no meu ouvido. — Falei que simplesmente precisava ver isso ao vivo.

— Bem, obrigada — respondi com modéstia, sorrindo para Bernard. — Que bom que pôde vir.

Capote e Ryan chegam com Rainbow a tiracolo. Conversamos sobre a aula e sobre como Viktor desapareceu, e também como mal acreditamos que o verão está quase acabando. Bebo e socializo mais, e me sinto como uma joia, esbaldando-me como centro das atenções, lembrando-me da minha primeira noite em Nova York com Samantha e de quão longe cheguei desde então.

— Olá, pequena. — É Cholly Hammond em seu habitual paletó de algodão. — Já conhece Winnie Dieke? — pergunta, indicando uma jovem de traços sérios. — É do *New York Post*. Se for muito legal com ela, pode ser que ela escreva sobre o evento.

— Então serei muito legal. Olá, Winnie — cumprimento gentilmente, estendendo uma das mãos.

Às 22h30, a festa está lotada. O apartamento de Bobby é parada habitual para os foliões em suas noitadas. Tem bebida de graça, barmen sem camisa, além de uma miscelânea de figuras loucas para agitar as coisas. Como a velha senhora de patins e o desabrigado Norman, que às vezes fica no closet de Bobby. Ou o conde austríaco e as gêmeas que dizem ser Du Pont. A modelo que já transou com todo mundo. A jovem socialite com a colher de prata em volta do pescoço. E, no meio desse carnaval rodopiante, encontro-me na ponta dos pés, tentando ser ouvida.

Quando outra meia hora se passa, lembro a Bobby de que, afinal, o propósito é o entretenimento, e Bobby tenta encaixar as pessoas em seus lugares. Ele sobe numa cadeira, que desmonta a seus pés. Capote diminui o volume do som enquanto Bobby tenta se recompor, e, em cima de duas cadeiras em vez de uma, Bobby pede a atenção de todo mundo.

— Esta noite teremos a estreia mundial de uma peça desta incrível e charmosa jovem escritora, Carrie Bradshaw. O nome da peça é... hum... não sei exatamente, mas não importa...

— *Bastardos ingratos* — grita Miranda.

— Isso, *Bastardos ingratos*... O mundo está cheio deles — grasna. — E agora, sem mais delongas...

Respiro fundo. Meu coração parece ter ido parar na garganta. Há uma salva de palmas enquanto ocupo meu lugar na frente da sala.

Lembro a mim mesma que isso não é muito diferente de ler na frente da turma, então começo.

Dizem que, em situações estressantes, as pessoas podem perder a noção de tempo, e é isso que acontece comigo. Na verdade, eu perco todas as noções, porque a princípio não registro imagens nem sons. Depois, percebo algumas risadas na primeira fila, que consiste em Bernard, Miranda, Samantha e Charlie, Rainbow, Capote e Ryan. Depois, noto pessoas levantando e deixando seus lugares. Então me dou conta de que as risadas não são pela peça, mas por algo engraçado que alguém dissera no fundo da sala. Então alguém aumenta a música.

Tento ignorar, mas meu rosto está queimando de vergonha, e minha voz começa a falhar. Estou morrendo aqui. No fundo da sala, pessoas dançam. Sou reduzida a um resmungo, um murmúrio, um sussurro.

Será que isso vai ter fim?

Milagrosamente, tem. Bernard fica de pé, batendo palmas. Miranda e Samantha gritam elogios, mas só isso. Nem Bobby está prestando atenção. Está perto do bar, caindo em cima de Teensie.

É isso?, penso, enlouquecida. *Acabou?* O que foi isso? O que acaba de acontecer?

Achei que estariam gritando.

Achei que haveria aplausos.

Tive todo esse trabalho para nada?

Começo a despertar para a realidade, apesar de "despertar" não ser a palavra mais adequada. "Despertar" implica algo agradável. Esperança. Um dia melhor. Um novo começo. Isso não é um começo, mas um fim. Uma desgraça. Um vexame.

Sou uma droga.

Capote, meu pai e todos os outros tinham razão: não tenho talento. Tenho perseguido um sonho criado na minha imaginação. E agora acabou.

Estou tremendo. O que devo fazer? Olho em volta da sala, imaginando as pessoas virando folhas, vermelhas e em seguida marrons e, depois, despedaçando-se em migalhas no chão. Como posso...? O que poderia...?

— Achei muito boa. — Bernard vem na minha direção, com um sorriso estampado no rosto como o de um palhaço. — Bem inovador.

— Foi ótimo — diz Miranda, que me abraça. — Não sei como conseguiu ficar na frente de toda essa gente. Eu teria ficado apavorada.

Olho para Samantha, que concorda com a cabeça.

— Foi divertido, passarinho.

É uma daquelas situações em que ninguém pode ajudar. Sua carência é grande demais, como um buraco negro sugando a vida de todos ao seu redor. Tropeço para a frente, cega.

— Vamos tomar um drinque — sugere Bernard, pegando minha mão.

— Sim, vamos beber alguma coisa — concorda Samantha. Isso é demais. Até Samantha, minha maior torcedora, sabe que minha peça foi um desastre.

Sou como Maria Tifoide. Ninguém quer ficar perto de mim.

Bernard corre até o bar e, como se estivesse se livrando de um vírus, me coloca ao lado de, entre todas as pessoas, Teensie, que agora está conversando com Capote.

Sorrio, desconfortável.

— Ora — diz Teensie, com um suspiro dramático.

— Deve ter mudado um pouco — diz Capote. — Desde aquele dia. Achei melhor do que a que leu em aula.

— Tive que reescrever tudo. Em três dias.

De repente, percebo que Capote tinha razão sobre o que dissera no jantar de Jessen. Bobby é uma piada. Ler em sua casa não fora exatamente a maneira certa de fazer meu trabalho ser notado. Por que não escutei? O verão acabou, e a única coisa que consegui foi me fazer completamente de boba.

Meu sangue gela.

Capote deve ter percebido meu desespero, porque me dá um tapinha no ombro e diz:

— É bom se arriscar, lembra?

Enquanto ele se afasta, Teensie se prepara para seu golpe.

— Achei muito engraçada. Muito, muito engraçada — fala, manhosamente. — Mas olhe só para *você*, querida. Está um caco. Parece exausta. Está magra demais. Tenho certeza de que seus pais devem estar preocupados.

Ela para e, com um sorriso cintilante, dispara:

— Não acha que está na hora de voltar para *casa*?

## CAPÍTULO TRINTA E SEIS

Estou tentando ficar bêbada, mas não consigo.

Sou um fracasso total. Não consigo nem mesmo me embriagar.

— Carrie — adverte Bernard.

— O quê? — pergunto, levando uma garrafa de champanhe roubada até os lábios. Peguei-a na festa e a levei escondida em minha maleta de marceneiro. Sabia que aquilo seria útil um dia.

— Pode acabar se machucando. — Bernard tira a garrafa de mim. — O táxi pode frear de repente e você poderia quebrar os dentes.

Pego a garrafa de volta, segurando-a com força.

— É meu aniversário.

— Eu sei.

— Não vai me desejar parabéns?

— Já desejei. Várias vezes. Talvez não tenha me escutado.

— Comprou um presente para mim?

— Sim. Agora me escute — começa ele, ficando sério. — Talvez devesse deixá-la em seu apartamento. Não há motivo para fazermos isso hoje à noite.

— Mas eu quero meu presente — choramingo. — E é meu aniversário. Precisa ser feito no dia, senão não conta.

— Tecnicamente, não é mais seu aniversário. Já passa de duas da manhã.

— Tecnicamente, meu aniversário não começou antes de duas da manhã de ontem. Então ainda conta.

— Vai ficar tudo bem, garota. — Ele afaga minha perna.

— Não gostou, né? — Tomo mais um gole e olho pela janela aberta, sentindo o vento fedido do verão batendo no meu rosto.

— Não gostei do quê? — pergunta.

Meu Deus! Do que ele acha que estou falando? É tão burro assim? Será que todo mundo é burro assim e eu nunca reparei antes?

— Minha *peça*. Disse que gostou, mas não gostou.

— Disse que a reescreveu.

— Só porque fui obrigada. Se Miranda...

— Qual é, garota — interrompe, reconfortante. — Essas coisas acontecem.

— Comigo. Só comigo. Não com você ou com os outros.

Aparentemente, Bernard já se encheu de meus dramas. Ele cruza os braços.

Seu gesto me traz um pouco de volta à realidade. Não posso perdê-lo também. Não esta noite.

— Por favor — peço —, não vamos brigar.

— Não sabia que *estávamos* brigando.

— Não estamos. — Coloco a garrafa no chão e me agarro a ele como um molusco.

— Ei, garota. — Ele acaricia minha bochecha. — Sei que teve uma noite difícil. Mas é assim que as coisas são quando você expõe alguma coisa.

— Mesmo? — pergunto, fungando.

— É uma questão de reescrever. Vai trabalhar de novo na peça e vai ficar ótima. Vai ver.

— Odeio reescrever — resmungo. — Por que o mundo não pode dar certo da primeira vez?

— Qual seria a graça nisso?

— Ah, Bernard. — Solto um suspiro. — Eu te amo.

— É, também te amo, gatinha.

— Verdade? Às duas da madrugada? Na Madison Avenue? Você me ama?

Ele sorri.

— O que vai me dar de presente? — pergunto.

— Se contasse, não seria um presente, seria?

— Eu vou te dar um presente — falo arrastado.

— Não precisa.

— Ah, preciso, sim — respondo, enigmática.

Mesmo que minha peça tenha sido um desastre, perder minha virgindade poderia salvar as coisas.

— Aqui está! — exclama Bernard, triunfante, entregando-me uma caixa perfeitamente embrulhada em papel preto lustroso e um grande laço, também preto.

— Ah, meu Deus. — Caio de joelhos no carpete de sua sala de estar. — É o que estou pensando?

— Espero que sim — responde ele, nervoso.

— Já amei. — Olho para ele com os olhos brilhando.

— Você ainda nem sabe o que é.

— Ah, sei, sim — grito de excitação, arrancando o papel e passando os dedos pelas letras brancas em relevo na caixa. CHANEL.

Bernard parece um pouco desconfortável com minha reação exagerada.

— Teensie achou que fosse gostar.

— Ah, Bernard. — Levanto a tampa da caixa e gentilmente abro o papel de seda. E lá está: minha primeira bolsa Chanel.

Seguro a bolsa e embalo-a em meus braços.

— Gostou? — pergunta.

— Amei — respondo solenemente.

Fico com ela por alguns segundos mais, sentindo o couro macio. Com uma doce relutância, devolvo a bolsa para sua capa de algodão e cuidadosamente recoloco-a dentro da caixa.

— Não quer usá-la? — pergunta Bernard, perplexo com minha reação.

— Quero poupá-la.

— Por quê? — pergunta.

— Porque quero que sempre esteja... *perfeita*. — Porque nada nunca é. — Obrigada, Bernard. — Imagino se estou prestes a chorar.

— Ei, manteiga derretida. É apenas uma bolsa.

— Eu sei, mas... — Levanto e me aninho a seu lado no sofá, acariciando sua nuca.

— Está ansiosa, não é? — Ele me beija e o beijo de volta e, quando começamos a nos animar, ele pega minha mão e me leva até o quarto.

É agora. E, de repente, não tenho mais tanta certeza se estou pronta.

Lembro a mim mesma de que não deveria ser grande coisa. Já fizemos de tudo menos isso. Passamos a noite inteira juntos uma dúzia de vezes. Mas saber o que está por vir faz com que pareça diferente agora. Até beijar fica estranho. Como se mal nos conhecêssemos.

— Preciso beber — digo.

— Já não bebeu demais? — Bernard parece preocupado.

— Não... quis dizer um copo de água — minto.

Pego uma de suas camisas para me cobrir e corro até a cozinha. Há uma garrafa de vodca na bancada. Fecho os olhos, me preparo e tomo um gole. Rapidamente enxaguo a boca com água.

— Tudo bem, estou pronta — anuncio, parada no batente.

Fico toda atrapalhada de novo. Estou tentando ser sexy, mas não sei como. Tudo parece tão falso e artificial, assim como eu. Talvez seja preciso aprender a ser sexy na cama. Ou talvez seja algo que nasce com você. Como Samantha. Ser sexy é natural para ela. Para mim, seria mais fácil ser um encanador neste momento.

— Vem cá — ri Bernard, batendo na cama. — E nem pense em roubar essa camisa para você. Margie costumava levar minhas camisas.

— Margie?

— Não vamos falar sobre ela, tá?

Começamos a nos beijar de novo, mas agora parece que Margie está no quarto. Tento bani-la, convencendo-me de que Bernard é meu agora. Mas isso só faz com que me sinta mais diminuída em comparação. Talvez depois de acabarmos me sinta melhor.

— Vamos fazer isso logo, tá bom? — digo.

Ele levanta a cabeça.

— Não está gostando?

— Não. Estou amando. Mas só quero transar logo.

— Não posso apenas...

— Bernard. *Por favor*.

Miranda tinha razão. É horrível. Porque não fiz logo isso há muito tempo? Pelo menos saberia o que esperar.

— O.K. — murmura Bernard. Ele se deita em cima de mim. Se remexe um pouco. E então se remexe mais.

— Já aconteceu? — Estou confusa. Puxa, Miranda não estava brincando. Realmente não parece nada.

— Não. Eu... — Ele para. — Olha, vou precisar que me ajude um pouco.

Ajudá-lo? Do que está falando? Ninguém me falou que "ajudar" estava no cardápio.

Por que não pode simplesmente fazer?

E lá estamos nós, nus. De corpos nus. Mas nus principalmente em nossas emoções. Não estava preparada para *isso*. A intimidade crua e desconfortável.

— Pode apenas...? — pergunta.

— Claro — respondo.

Tento o melhor possível, mas não adianta. Então ele tenta. Parece que finalmente está pronto. Ele fica em cima de mim. O.K., vamos lá, amigo, penso. Ele faz alguns movimentos bruscos. Coloca sua mão lá embaixo para ajudar.

— É para ser assim? — pergunto.

— O que você acha? — diz ele.

— Eu não sei.

— Como assim, não sabe?

— Nunca fiz isso antes.

— O quê?! — Ele se afasta, chocado.

— Não fique com raiva de mim — imploro, segurando sua perna enquanto ele desce da cama. — Nunca conheci a pessoa certa antes. Todo mundo precisa ter uma primeira vez, certo?

— Não comigo. — Ele anda pelo quarto, pegando minhas coisas.

— O que está fazendo?

— Precisa se vestir.

— *Por quê?*

Ele puxa o próprio cabelo.

— Carrie, não pode ficar aqui. Não podemos fazer isso. Não sou a pessoa certa.

— Por que não? — pergunto, minha insistência se transformando em pânico.

— Porque não sou. — Ele para, respira fundo e se controla. — Sou um adulto. E você é uma garota...

— Não sou uma garota. Tenho 18 anos.

— Achei que era veterana na faculdade. — Mais horror.

— Ops — digo, tentando transformar tudo numa piada. Ele fica boquiaberto.

— Você é louca?

— Não, acho que não. Isto é, da última vez que verifiquei, parecia ser razoavelmente normal... — E então me desespero. — Sou eu, não sou? Não me quer. Por isso não conseguiu. Não conseguiu fazer levantar. Porque...

Assim que as palavras saem da minha boca percebo que aquilo é basicamente a pior coisa que se pode dizer a um cara. De todas. Porque posso garantir a você, ele também não parece nem um pouco satisfeito.

— Não posso fazer isso — geme ele, mais para si mesmo do que para mim. — Não posso fazer isso. O que estou fazendo? O que aconteceu com a minha vida?

Tento me lembrar de tudo que já lera sobre impotência.

— Talvez eu *possa* ajudar você — vacilo. — Talvez possamos trabalhar isso...

— Não quero que seja necessário trabalhar minha vida sexual — grunhe ele. — Não entende? Não quero ter que trabalhar meu casamento. Não quero ter que trabalhar meus relacionamentos. Quero que simplesmente deem certo, sem esforço. E se não fosse tão babaca o tempo todo, talvez entendesse.

*O quê?* Por um momento, fico perplexa demais para reagir. Então, retorno à realidade, magoada e indignada. Eu sou babaca? Mulheres também podem ser babacas? Devo ser realmente terrível para um homem me chamar de babaca.

Calo a boca. Pego minhas calças de onde ele as atirara, na cama.

— Carrie — começa ele.
— O quê?
— É melhor ir embora.
— Não brinca.
— E... talvez seja melhor não nos vermos mais.
— Certo.
— Ainda quero que fique com a bolsa — diz, tentando ser legal.
— Não quero.

Isso, no entanto, é uma grande mentira. Eu quero a bolsa. Muito. Queria sair com alguma coisa desse desastre de aniversário.

— Por favor, leve — insiste.
— Dê a Teensie. É igualzinha a você.

Tenho vontade de estapear seu rosto. É como um daqueles sonhos em que você tenta bater em alguém, mas fica errando o alvo.

— Não seja estúpida — diz. Já estamos vestidos na porta.
— Fique com a bolsa, pelo amor de Deus. Você sabe que quer.
— Isso é nojento, Bernard.
— Aqui. — Ele tenta enfiar a bolsa em meus braços, mas escancaro a porta, aperto o botão do elevador e cruzo os braços.

Bernard desce comigo.

— Carrie — começa, tentando não fazer uma cena na frente do ascensorista.
— Não. — Balanço a cabeça.

Ele me segue até o lado de fora e levanta uma das mãos para chamar um táxi. Por que sempre que não se quer um táxi aparece um imediatamente? Porque metade de mim ainda espera que isso não esteja acontecendo de verdade, que um milagre aconteça e tudo volte ao normal. Mas, quando vejo, Bernard já está dando meu endereço e dez dólares ao motorista para me levar para casa.

Sento no banco de trás, furiosa.

— Toma — recomeça, oferecendo-me a bolsa mais uma vez.

— Já falei. Não quero a bolsa — grito.

E enquanto o táxi se afasta da calçada, ele abre a porta e a atira para dentro.

A bolsa cai a meus pés. Por um momento, penso em jogá-la pela janela. Mas não jogo. Porque agora estou chorando histericamente. Grandes e barulhentos soluços que parecem capazes de me rasgar por dentro.

— Ei — diz o taxista. — Está chorando? Está chorando no meu táxi? Quer algo sobre o que chorar, moça, vou lhe dar uma coisa. E os Yankees então? E aquela maldita greve de beisebol? Hein?

O táxi para na frente do prédio de Samantha. Encaro-o, impotente, incapaz de me mexer de tanto chorar.

— Ei, moça — grunhe o motorista. — Vai sair? Não tenho a noite toda.

Seco os olhos enquanto tomo uma daquelas decisões precipitadas e imprudentes que todo mundo sempre diz para não tomar.

— Me leve para a Greenwich street.

— Mas...

— *Greenwich street.*

Salto em frente à cabine telefônica da esquina. Meus dedos tremem enquanto procuro uma moeda e a encaixo na entrada. O telefone toca várias vezes. Uma voz sonolenta atende, dizendo:

— Alô?

— Capote?

— É? — Ele boceja.

— Sou eu. Carrie Bradshaw.

— Sim, Carrie. Sei seu sobrenome.

— Posso subir?
— São quatro horas da manhã.
— Por favor?
— Tudo bem.

A luz em sua janela se acende. Sua sombra se mexe de um lado para o outro, então de um lado para o outro de novo. A janela se abre e ele atira as chaves.

Apanho-as no ar.

CAPÍTULO TRINTA E SETE

Abro um dos olhos e fecho. Abro de novo. Onde diabos estou? Deve ser um daqueles pesadelos nos quais você acha que acordou, mas ainda está dormindo.
Não me sinto como se estivesse dormindo, no entanto.
Além disso, estou nua. E lá embaixo está doendo um pouco.
Isso é porque... Abro um sorriso. Aconteceu. Não sou mais virgem oficialmente.
Estou na casa de Capote Duncan. Estou em sua cama. A cama com os lençóis xadrez que sua mãe comprou para ele. E os dois travesseiros de espuma (por que homens são tão pão-duros quando se trata de travesseiros?) e o cobertor áspero do Exército que pertenceu a seu avô. Que o ganhou de seu pai, que lutou na Guerra Civil. Capote é muito sentimental. Posso escutar Patsy Cline ainda cantando baixo no som. "I Fall to Pieces". De agora em diante, toda vez que ouvir essa música, vou pensar em Capote e na noite que passamos juntos. A noite em que ele gentilmente tirou minha virgindade.
Acho que tenho sorte, porque foi mais ou menos como sempre pensei que seria. E enquanto estávamos transando, honestamente me senti como se estivesse apaixonada por ele. Ficou me dizendo o quanto eu era bonita. E como eu não devia ter

medo. E em como estava feliz por estar comigo. E como queria estar comigo desde o começo, mas achava que eu não o suportava. E, então, quando comecei a namorar Bernard, como achara que não tinha mais chances. E, quando eu realmente consegui escrever uma peça, pensou que eu acharia que ele não era "bom o bastante". Porque não havia conseguido escrever quase nada.

Nossa. Homens podem ser tão inseguros.

Naturalmente, disse a ele que me interpretara mal, apesar de ser verdade — o que não contei — que não o achei terrivelmente atraente no começo.

Agora, é claro, acho que é a criatura mais estonteante do planeta.

Olho para ele. Ainda está dormindo, de barriga para cima, sua expressão tão calma e relaxada que inclusive acho que posso ver um sorriso discreto em seus lábios. Sem os óculos, parece bastante vulnerável. Ontem à noite, depois de nos beijarmos por um tempo e ele fazer aquele gesto de bibliotecário sexy ao tirar os óculos de grau, ficamos nos olhando sem parar. Senti como se visse a história de sua vida passando em suas pupilas.

Poderia saber tudo sobre ele de uma maneira que nunca percebera antes.

Foi um pouco estranho, mas também bem profundo.

Acho que foi o que achei mais surpreendente no sexo: o conhecimento. Como era possível entender uma pessoa completamente e vice-versa.

Me inclino sobre a beirada da cama, procurando minha calcinha. Quero sair enquanto Capote ainda está dormindo. Trato é trato, e eu dissera que iria embora assim que amanhecesse.

Levanto-me devagarzinho, deslizando cuidadosamente para fora da cama para não balançar o colchão. Este que, inclusive, tem cerca de cem anos e foi deixado aqui pelos moradores antigos. Imagino quantas pessoas já deviam ter feito sexo naquela cama. Espero que muitas. E espero que tenha sido tão bom para elas quanto foi para mim.

Encontro minhas roupas espalhadas em volta do sofá. A bolsa Chanel está ao lado da porta, onde a larguei quando Capote segurou meu rosto e me pressionou contra a parede, beijando-me loucamente. Praticamente arranquei as roupas dele.

Porém, nunca mais o verei, então não importa. E agora preciso encarar o futuro: Brown.

Talvez, depois de quatro anos na faculdade, tente novamente. Vou adentrar os portões da Cidade das Esmeraldas e, dessa vez, vou me dar bem.

Mas, por enquanto, estou muito cansada. Quem diria que 18 anos poderiam ser tão exaustivos?

Solto um suspiro e calço meus sapatos. Tive uma boa jornada. É claro, errei algumas vezes, mas consegui sobreviver.

Ando na ponta dos pés até o quarto para dar uma última olhada em Capote.

— Adeus, amante — sussurro baixinho.

Sua boca se abre e ele acorda, tateando o travesseiro, confuso. Ele se senta e aperta os olhos para mim.

— Hein?

— Desculpe — sussurro, pegando meu relógio. — Estava só... — aponto para a porta.

— Por quê? — Ele esfrega os olhos. — Não gostou?

— Amei. Mas...

— Então por que está indo embora?

Dou de ombros.

Ele procura os óculos e os coloca, piscando por trás das lentes grossas.

— Não vai me permitir ao menos o prazer de fazer um café da manhã para você? Um cavalheiro nunca deixa uma dama ir embora sem alimentá-la antes.

Eu rio.

— Sou perfeitamente capaz de alimentar a mim mesma. Além disso, fala como se eu fosse mesmo um passarinho.

— Um pássaro? Está mais para um tigre — ri. — Vem cá. — Ele abre os braços. Engatinho pela cama e caio no meio deles.

Ele afaga meu cabelo. Está quente e aconchegante e um pouco suado. Como um homem, suponho. O cheiro é estranhamente familiar. Como torradas.

Ele joga a cabeça para trás e sorri.

— Alguém já lhe disse como fica linda de manhã?

Mais ou menos às duas horas da tarde conseguimos finalmente sair para tomar o café da manhã, no Pink Tea Cup. Estou usando uma das camisas de Capote com minha calça de látex e comemos panquecas e bacon com legítimo xarope de maple; bebemos cerca de três litros de café e fumamos cigarros e conversamos tímida e ansiosamente sobre nada.

— Ei — começa ele, quando chega a conta. — Quer ir ao zoológico?

— Zoológico?

— Ouvi dizer que têm um urso-polar novo.

E, de repente, quero mesmo ir ao zoológico com Capote. Em dois meses que estive em Nova York, não fiz um só programa de turista. Não fui ao Empire State. Ou à Estátua da Liberdade. Nem ao rinque Wollman ou ao Met ou mesmo à Biblioteca Pública.

Fui extremamente negligente. Não posso deixar Nova York sem fazer um tour.

— Preciso fazer uma coisa antes — digo.

Levanto-me e vou até o banheiro. Há um telefone público na parede perto da porta.

Miranda atende depois do primeiro toque:

— Alô? — pergunta com urgência, como se estivesse aguardando más notícias. Ela sempre atende o telefone assim. É uma das coisas que adoro nela.

— Consegui! — grito triunfantemente.

— Carrie? É você? Ah, meu Deus. O que aconteceu? Como foi? Doeu? Como Bernard se saiu?

— Não foi com Bernard.

— O quê? — Ela parece assustada. — Com *quem* você perdeu? Não pode sair por aí e escolher um estranho qualquer. Ah, não, Carrie. Não fez isso. Não escolheu um cara qualquer num bar...

— Foi com Capote — revelo com orgulho.

— Aquele cara? — Posso perceber seu espanto. — Achei que o odiava.

Olho de volta para Capote. Ele joga casualmente umas notas sobre a mesa.

— Não odeio mais.

— Mas e Bernard? — quer saber. — Achei que tinha dito que Bernard era o cara certo.

Capote se levanta.

— Mudança de planos — digo com pressa. — Ele não conseguiu. Tive que abortar a missão e encontrar outro foguete.

— Carrie, isto é nojento. Samantha disse para você falar assim? Está falando como ela. Ah, meu Deus. Isso é loucura. O que vai fazer agora?

— Visitar o urso-polar — respondo, rindo. Gentilmente desligo antes de ela poder fazer mais perguntas.

* * *

Já me apaixonei? Realmente me apaixonei? E por que com cada cara novo acho que estou mais apaixonada do que pelo último? Penso em Sebastian rapidamente e sorrio. Que diabos estava fazendo com ele? Ou com Bernard? Me debruço sobre o muro para ver melhor o urso-polar. Pobre Bernard. Acabou se revelando mais confuso que eu.

— Do que está rindo? — pergunta Capote, envolvendo-me com os braços por trás. Não conseguimos tirar as mãos um do outro, apertando-nos um contra o outro no metrô, andando de braços dados pela Quinta Avenida e nos beijando na entrada do zoológico. Meu corpo parece manteiga. Não acredito que passei o verão inteiro atrás de Bernard em vez de Capote.

Mas talvez Capote não fosse gostar tanto de mim se não tivesse sido assim.

— Estou sempre rindo — explico.
— Por quê? — pergunta docemente.
— Porque a vida é engraçada.

No zoológico, compramos cachorros-quentes e bonés do urso-polar. Descemos a Quinta Avenida correndo e passamos pelo velho que vende lápis na frente da Saks, o que me lembra a primeira vez em que vi Miranda. Entramos numa fila de turistas dentro do prédio do Empire State e subimos de elevador até o topo. Olhamos a cidade pelos visores e nos beijamos até ficar sem fôlego. Pegamos um táxi de volta à casa de Capote.

Transamos mais uma vez, e não paramos até ambos percebermos o quanto estávamos famintos. Vamos até Chinatown e comemos pato, que eu nunca experimentara antes, e andamos pelo SoHo rindo daquele comprimido no vernissage de Barry Jessen e todas as outras loucuras que aconteceram conosco naquele verão. Agora já está bem tarde — passa da meia-noite —, então resolvo passar mais uma noite com ele e voltar para casa de manhã.

Mas quando amanhece, ainda não conseguimos nos desgrudar. Voltamos ao meu apartamento e fazemos amor na cama de Samantha. Mudo de roupa, coloco a escova de dentes e calcinhas limpas na maleta de marceneiro, e saímos para sermos turistas mais uma vez. Fazemos o tour Circle Line e vamos à Estátua da Liberdade, indo até o alto e rindo de como parece pequena quando finalmente se chega até a coroa, e então voltamos para a casa de Capote.

Comemos hambúrgueres no Corner Bistro e pizza no John's. Tenho meu primeiro orgasmo.

As horas se passam embaralhadas como num sonho, misturadas a uma pontada de desespero. Isto não pode durar para sempre. Capote começa a trabalhar numa empresa de publicidade depois do Dia do Trabalho. E eu tenho de ir para a Brown.

— Tem certeza? — murmura ele.

— Não tenho escolha. Estava esperando que fosse acontecer alguma coisa em relação à minha peça e eu então pudesse convencer meu pai a me deixar estudar na NYU em vez disso.

— Por que não diz a ele que mudou de ideia?

— Precisaria de uma boa desculpa.

— Como a de que conheceu um garoto por quem ficou louca e com quem quer ficar?

— Ele teria um ataque cardíaco. Não fui criada para basear minhas decisões num garoto.

— Ele parece bem durão.

— Que nada. Ia gostar dele. É genial. Como você.

Três dias com Capote me ensinaram que o que eu pensava ser arrogância era simplesmente seu profundo conhecimento de literatura. Como eu, ele acredita piamente que livros são sagrados. Podem não ser para os outros, mas, quando se tem uma paixão, deve-se se agarrar a ela. Defendê-la. Não fingir que não é importante para não ofender os outros.

E, de repente, é manhã de quarta-feira. Nossa última aula é hoje. Estou tão fraca de tristeza que mal consigo levantar o braço para escovar os dentes. Estou horrorizada por ter que encarar a turma. Mas, como tantas coisas na vida, depois vejo que não devia ter me preocupado.

Ninguém se importa muito.

Ryan e Rainbow estão conversando do lado de fora do prédio quando Capote e eu chegamos. Largo a mão de Capote, achando melhor ninguém saber sobre a gente, mas Capote não sente a mesma coisa. Ele pega minha mão de volta e passa meu braço em volta de seu ombro.

— Ha-ha, vocês dois estão juntos agora? — pergunta Ryan.

— Não sei. — Olho para Capote em busca da confirmação. Ele me responde com um beijo na boca.

— Que nojo — declara Rainbow.

— Fiquei imaginando quanto tempo demoraria para vocês dois se entenderem — conta Ryan.

— Tem uma boate nova abrindo na Bowery — comenta Rainbow.

— E uma leitura na casa de Cholly Hammond — completa Ryan. — Ouvi dizer que ele dá as melhores festas.

— Alguém quer ir na Elaine semana que vem? — pergunta Capote.

E assim eles continuam, sem mencionar o fato de que não estarei por perto. Nem sobre minha peça. Provavelmente a essa altura já esqueceram, afinal.

Ou, como eu, estão com vergonha demais para tocar no assunto.

Quando em dúvidas, há sempre o plano C: se algo realmente horrível acontecer, ignore.

Sigo o grupo para dentro do prédio, arrastando os pés. Para que servira tudo isso, afinal? Fiz amizade com pessoas que talvez nunca mais veja, namorei um homem que acabou se revelando um traste, achei um amor que não pode sobreviver e passei o verão inteiro escrevendo uma peça que nunca será encenada. Como diria meu pai, não usei meu tempo "construtivamente"

## CAPÍTULO TRINTA E OITO

— O que vai acontecer com você e Capote? — quer saber Miranda. — Acha mesmo que vão conseguir manter um relacionamento a distância? Parece um caso deliberado do subconsciente...

— Se é deliberado, como pode ser subconsciente?

— Você entendeu. Escolheu o final do verão para se apaixonar por esse cara porque, secretamente, *não quer que dure*.

Dobro o macacão de vinil branco e o aperto dentro da mala.

— Não acho que meu sobconsciente consiga ser tão calculista assim.

— Ah, mas é, sim — diz Miranda. — Seu subconsciente pode convencê-la a fazer todo tipo de coisa. Por exemplo, por que ainda está usando a camisa dele?

Olho para a camisa azul-clara que peguei dele depois de nossa primeira noite juntos.

— Esqueci que estava com ela.

— Está vendo? — diz Miranda, vitoriosa. — Por isso é tão importante fazer análise.

— Como explica Marty, então?

— Mais uma vez o subconsciente. — Ela dá de ombros como se não ligasse. — Enfim percebi que ele não era para mim. Mesmo que minha consciência estivesse tentando quebrar o padrão, meu subconsciente sabia que não daria certo. Além do mais, não pude ir ao banheiro durante todo o tempo em que estivemos juntos.

— Parece que o problema era seu intestino, não seu subconsciente. — Abro uma gaveta e tiro três pares de meia soquete que eu não via desde que as guardara, dois meses antes. Meias soquete! O que estava pensando? Atiro-as dentro da mala também.

— Vamos ser realistas, Carrie — suspira Miranda. — *Nada* disso tem jeito.

Os homens ou o fato de eu ter de deixar Nova York?

— Não é o que a psicanálise chama de realização de desejo?

— Sou realista. Só porque transou uma vez não significa que precise se apaixonar — murmura. — E nunca achei que você e Samantha seriam desse tipo meloso que babam por causa de seus vestidos de noiva e do cheiro da camisa de um homem.

— Em primeiro lugar, Samantha nem apareceu para experimentar seu vestido de noiva. E em segundo... — Não termino. — Vai conseguir me visitar em Providence?

— Por que eu iria até lá? O que Providence tem que não temos em Nova York?

— Eu? — pergunto num tom sombrio.

— Pode me visitar quando quiser — diz Miranda firmemente. — Pode dormir no sofá se não se incomodar com as molas.

— Você me conhece. Não me incomodo com nada.

— Ah, Carrie — responde Miranda melancolicamente.

— Eu sei.

— Tem alguma coisa pra comer neste lugar? Estou faminta — diz.

— Talvez alguns biscoitos de manteiga de amendoim que sobraram do apagão.

Miranda vai até a cozinha e volta com o resto de comida daquele dia.

— Lembra-se daquela noite? — pergunta, abrindo o pacote.

— Como poderia esquecer? — Se soubesse na época o que sei agora, poderia já ter ficado com Capote. Poderíamos estar juntos há duas semanas a essa altura.

— O que Samantha vai fazer com este apartamento, afinal? Agora que você está indo embora e ela vai se casar?

— Não sei. Provavelmente vai achar alguém como eu para quem alugá-lo.

— Bem, é uma pena — continua Miranda. Não sei se está falando do fato de eu ir embora ou do fato de Samantha querer manter o apartamento mesmo tendo um lugar bem melhor para morar. Ela mastiga um biscoito pensativamente enquanto continuo a fazer a mala. — Ei — diz, finalmente —, contei a você sobre a aula que vou fazer? Rituais patriarcais na vida contemporânea.

— Parece interessante — elogio, sem muito entusiasmo.

— É. Estudamos casamentos e coisas assim. Sabia que todos os eventos que levam a um casamento, dos chás à escolha dos horrorosos vestidos de madrinhas, foram inventados apenas para dar às mulheres algo para fazer na época em que não tinham carreiras? E também para convencê-las a achar que precisavam se casar?

— Na verdade, não sabia. Mas faz sentido.

— O que vai estudar? Na Brown? — pergunta Miranda.

— Sei lá. Estudar para virar cientista, acho.

— Achei que ia se tornar algum tipo de grande escritora.

— Olha no que isso deu.

— A peça não estava tão ruim — diz Miranda, limpando as migalhas da boca. — Já notou que, desde que perdeu a virgindade, tem agido como se alguém tivesse morrido?

— Quando minha carreira morreu, morri junto com ela.

— Besteira — declara Miranda.

— Por que não tenta ficar em pé na frente de uma sala cheia de gente enquanto riem de você?

— Por que não para de agir como se fosse a maior invenção desde o pão de forma?

Sobressalto-me.

— Tudo bem — diz Miranda. — Se não aguenta levar críticas construtivas...

— Eu? E quanto a você? Metade do tempo seu "realismo" é apenas uma palavra diferente para amargura...

— Pelo menos eu não tenho complexo de Poliana.

— Não, porque isso implicaria haver alguma coisa boa acontecendo...

— Não sei por que acha que tudo devia ser dado de mão beijada para você.

— Só está com ciúmes — solto.

— De Capote Duncan? — Seus olhos se estreitam. — Isso é baixo até mesmo para você, Carrie Bradshaw.

O telefone toca.

— É melhor atender — aconselha Miranda duramente. — Provavelmente é *ele*. Pronto para declarar seu *amor* eterno. — Ela entra no banheiro e bate a porta.

Respiro fundo.

— Alô?

— Onde diabos se meteu? — grita Samantha.

Isso não é típico dela. Seguro o telefone longe do ouvido.

— Estava preocupada? Vai ficar tão orgulhosa! Perdi a virgindade.

— Bem, que bom para você — diz apressada, o que não era exatamente a reação que estava esperando. — Adoraria comemorar, mas, infelizmente, tenho uma crise nas mãos. Preciso que venha à casa de Charlie agora.

— Mas...

— Apenas venha, O.K.? Não faça perguntas. E traga Miranda. Preciso de toda ajuda possível. E pode comprar uma caixa de sacos de lixo no caminho? Certifique-se de que seja dos grandes. Do tipo que aquela gente patética do subúrbio usa para jogar fora as folhas caídas.

— Aproveitem — diz Samantha, apontando para seu rosto ao abrir a porta do apartamento de Charlie. — Essa será a única vez em que me verão chorar.

— É uma promessa? — pergunta Miranda mordaz.

Ainda estamos meio tensas por causa de nossa quase briga. Não fosse pela ligação e pela crise de Samantha, provavelmente estaríamos esganando uma à outra.

— Olhem — continua Samantha, secando os olhos e estendendo o dedo para vermos melhor. — Essa lágrima é de verdade.

— Poderia ter me enganado — digo.

Miranda olha em volta, admirada.

— Nossa. Este lugar é *lindo*.

— Olha a vista — concorda Samantha. — É a última vez que a verão, também. Estou indo embora.

— O quê?

— Isso mesmo — afirma, andando pela sala de estar. A vista do Central Park é estonteante. Vê-se quase todo o lago dos patos. — Não vai ter casamento — declara. — Charlie e eu *terminamos*.

Olho para Miranda e reviro os olhos.

— Com certeza isso também vai passar — murmuro, indo até a janela para ver melhor a vista.

— Carrie, estou falando sério — insiste Samantha. Ela vai até um carrinho de vidro, pega uma garrafa de cristal e se serve de uma generosa dose de uísque. — E tudo graças a você. — Ela entorna o drinque e olha para nós. — Na verdade, tenho que agradecer a vocês duas.

— A mim? — pergunta Miranda. — Mal conheci o cara.

— Mas foi você quem me disse para contar a ele.

— Contar o quê? — pergunta Miranda, intrigada.

— Sobre minha condição.

— Que é?

— Você sabe. Aquilo — sibila Samantha. — O problema...

— Endometriose? — pergunto.

Samantha levanta uma das mãos.

— Não quero mais ouvir essa palavra. Nunca mais.

— Endometriose não é exatamente uma "condição" — observa Miranda.

— Tente dizer isso para a mãe de Charlie.

— Ai, céus. — Percebo que também estou precisando de um drinque. E de um cigarro.

— Não entendo. — Miranda vai até a vitrine de acrílico com artefatos de esporte de Charlie. Ela se inclina para mais perto. — Essa bola de beisebol é de verdade?

— O que acha? E, sim, esse autógrafo de Joe DiMaggio também é — explode Samantha.

— Achei que estivessem decorando com louças de porcelana chinesa — ironiza Miranda enquanto Samantha a olha furiosamente e desaparece pelo corredor.

— Ei, acabo de perceber uma coisa. Sabe como Samantha sempre disse que Charlie queria ser jogador de beisebol e sua mãe nunca deixou? — pergunto. — Talvez ele secretamente ache que é Joe DiMaggio e Samantha, Marilyn Monroe.

— Isso mesmo. E lembra como Joe DiMaggio sempre se ressentiu da sexualidade de Marilyn e tentou transformá-la numa dona de casa? É quase igual.

Samantha volta com uma pilha de roupas nos braços, que larga em cima do sofá de camurça enquanto me olha feio.

— E você tem tanta culpa quanto Miranda. Foi você quem disse que eu precisava ser mais honesta.

— Não quis dizer isso. Nunca achei...

— Bem, é nisso que ser honesta em Nova York resulta. — Ela corre de volta para o quarto e volta com mais uma pilha, que larga a seus pés. Então pega um saco de lixo, abre e começa a colocar as roupas dentro freneticamente. — É nisso que dá — repete, o volume de sua voz aumentando. — Um chute na bunda e cinquenta centavos para o metrô.

— Epa. Está falando sério? — pergunto.

Ela para por um momento e abre um dos braços.

— Está vendo isso? — Ela mostra um grande Rolex de ouro cheio de diamantes.

— Isso também é de verdade? — assusta-se Miranda.

— Espera aí — começo. — Por que alguém que terminou com você lhe daria um Rolex gigante?

— Talvez possa comprar um pequeno país com essa coisa — acrescenta Miranda.

Samantha se vira para nós.

— Parece ser uma tradição. Quando termina um noivado, você dá um relógio à sua ex-noiva.

— Devia ficar noiva mais vezes.

Furiosa, Samantha arranca o relógio e o atira contra o acrílico, onde quica sem estrago nenhum. Algumas coisas são simplesmente indestrutíveis.

— Como isso foi acontecer comigo? Estava com tudo planejado. Tinha Nova York na palma da mão. Tudo estava dando certo. Estava me saindo tão bem em ser outra pessoa...

Se pudéssemos simplesmente guardar nossos corações em vitrines de acrílico, penso, enquanto me ajoelho ao lado dela.

— Não se saiu tão bem quando não apareceu na Kleinfeld — discordo gentilmente.

— Aquilo foi uma exceção. Um deslize. E compensei dizendo a Glenn que ficaria feliz em deixar seu decorador reformar o apartamento. Mesmo que isso significasse conviver com chita. Qual o problema de umas florezinhas aqui e ali? Posso aguentar rosas se for necessário... — E, de repente, ela explode em lágrimas. Só que dessa vez são de verdade. — Não entende? — soluça. — Fui rejeitada. Por ter trompas de Falópio defeituosas.

Nos anais dos relacionamentos, ser rejeitada por causa de suas trompas de Falópio só pode estar lá no topo junto com... bem, me diga você, acho. Mas talvez namorar em Nova York realmente seja como Samantha sempre diz: tudo faz diferença, até mesmo as coisas que você não vê.

E o que você *vê* em geral já é ruim o bastante.

Conto mentalmente o número de sacos de lixo espalhados pelo apartamento de Charlie. Catorze. Tive que sair correndo e comprar mais uma caixa. Em dois anos de relacionamento dá pra se acumular bastante coisa.

— Peso — diz Samantha, chutando um dos sacos para fora do caminho. — Tudo peso.

— Ei! — exclamo. — Tem sapatos Gucci aí dentro.

— Halston, Gucci, Fiorucci? Quem se importa? — Ela levanta as mãos. — Qual a diferença quando sua vida inteira foi arrancada de você?

— Vai encontrar outra pessoa — comenta Miranda, despreocupada. — Sempre encontra.

— Mas não alguém que vá se casar comigo. Todo mundo sabe que o único motivo para um homem dizer "aceito" em Manhattan é por querer filhos.

— Mas não tem certeza de que não pode ter filhos — observa Miranda. — O médico disse...

— Quem liga para o que ele disse? Vai ser sempre a mesma velha história.

— Você não tem como saber isso — insisto. Pego uma sacola e puxo-a em direção à porta. — E realmente quer passar o resto da vida fingindo ser alguém que não é? — Tomo fôlego e indico os móveis de acrílico. — Cercada de *plástico*?

— Todos os homens são canalhas. Mas eu já sabia disso. — Miranda pega o relógio debaixo da mesinha de centro. — Acho que só faltava isto aqui — diz, estendendo o Rolex. — Não vai querer deixar isso para trás.

Samantha pesa o relógio com cuidado na palma da mão. Seu rosto se retorce de agonia. Ela respira fundo.

— Na verdade, quero.

Ela coloca o relógio sobre a mesa enquanto Miranda e eu nos entreolhamos, estupefatas.

— Onde está o saco com os sapatos Gucci? — pergunta.

— Ali? — pergunto, pensando no que deu nela.

Ela rasga o saco e tira dois pares de mocassins.

— E o terninho Chanel? Onde está?

— Acho que está aqui — diz Miranda cautelosamente, empurrando um saco para o meio da sala.

— O que está fazendo? — pergunto, ansiosa, enquanto Samantha tira o terninho do saco e o coloca na mesa ao lado do relógio.

— O que acha que estou fazendo?

— Não faço a menor ideia. — Olho para Miranda em busca de ajuda, mas ela está tão abismada quanto eu.

Samantha encontra um vestido de tênis e o ergue, rindo.

— Contei a vocês que Charlie queria que eu fizesse aulas de tênis? Para poder jogar com Glenn. Em Southampton.

Como se eu fosse gostar de rebater bolas com aquela múmia. Ela tem 65 anos e diz que tem 50. Como se alguém fosse acreditar *nessa*.

— Bem... — Olho mais uma vez para Miranda, que balança a cabeça, estupefata.

— Quer ficar com isso, passarinho? — Samantha atira o vestido de tênis na minha direção.

— Claro — digo, hesitante.

Estou pensando no que fazer com ele quando Samantha subitamente muda de ideia e o tira de minhas mãos.

— Pensando bem, *não* — grita, atirando o vestido na pilha.
— Não fique com ele. Não cometa o mesmo erro que eu.

Ela continua repetindo a mesma coisa, procurando dentro dos sacos e tirando cada item de roupa de sua vida com Charlie. A pilha fica cada vez mais alta, enquanto Miranda e eu assistimos a tudo, apreensivas. Mordo o lábio.

— Vai realmente deixar tudo isso aqui?
— O que acha, passarinho? — pergunta.

Ela para e respira fundo, as mãos nos quadris. Samantha inclina a cabeça e abre um sorriso feroz.

— É peso. E mesmo que eu não seja a pessoa mais verdadeira do mundo, vou te dizer uma coisa sobre Samantha Jones. Ela não pode ser comprada. A preço *nenhum*.

— Lembra quando me mudei para cá e me fez esvaziar aquela caixa de leite no ralo porque disse que o cheiro a deixava enjoada? — pergunto, me ajeitando em cima do futon. São duas da madrugada e finalmente estamos de volta ao apartamento de Samantha. Empacotar e depois guardar suas coisas me deixou exausta.

— Ela fez mesmo isso? — pergunta Miranda.
— Ah, fez. — E afirmo com a cabeça.

— Adultos não deviam beber leite mesmo. — Samantha suspira ao jogar a cabeça para trás, aliviada. — Graças a Deus acabou. Se essas trompas de Falópio pudessem falar...

— Felizmente não podem. — Me levanto e entro no quarto. Olho para meus próprios e escassos pertences e, suspirando, abro minha mala.

— Passarinho? — chama Samantha. — O que está fazendo?

— As malas — respondo alto. — Vou embora amanhã, esqueceu? — Paro na porta. — E depois deste verão, acho que aprendi a voar. Já não me formei, a essa altura?

— Com certeza evoluiu — concorda Samantha. — Eu agora a declaro um pombo, sem diminutivo. O pássaro oficial da cidade de Nova York.

— O único pássaro de Nova York — Miranda ri. — Ei, é melhor que ser uma ratazana. Sabia que na China ratos são símbolos de boa sorte?

— Amo os chineses. — Samantha sorri. — Sabia que foram eles que inventaram a pornografia?

## CAPÍTULO TRINTA E NOVE

— Stanford White — diz Capote. — Ele projetou a estação Pensilvânia original. Era uma das construções mais lindas do mundo. Mas em 1963 um idiota qualquer vendeu os direitos e demoliram tudo para construir essa monstruosidade.

— Isso é tão triste — murmuro, descendo as escadas rolantes atrás dele. — Imagino se cheirava tão mal quanto hoje em dia.

— O quê? — pergunta ele mais alto, por cima do burburinho.

— Nada.

— Sempre desejei ter vivido na Nova York do século passado — continua ele.

— Fico feliz por ter vivido aqui em qualquer época.

— É. Acho que nunca vou conseguir deixar Nova York — acrescenta Capote, com palavras que me trazem uma nova onda de desespero.

Ficamos a manhã inteira dizendo as coisas erradas um para o outro, ao mesmo tempo que conseguimos não dizer absolutamente nada.

Fiquei cuidadosamente tentando falar sobre o futuro, enquanto Capote tentou cuidadosamente evitá-lo.

Por isso a aula de história sobre a Penn Station.

— Olha... — começo.

— Olha só a hora — interrompe ele rapidamente, assentindo para o relógio. — Não vai querer perder o trem.

Se eu não o conhecesse melhor, acharia que estava tentando se livrar de mim.

— Foi divertido, não foi? — arrisco, entrando na fila para comprar minha passagem.

— É. Foi ótimo. — Ele hesita por um momento, e vejo o menininho dentro dele.

— Pode vir me visitar em Providence...

— Claro — responde.

Pela maneira com que seus olhos se desviam dos meus, sei no entanto que nunca vai acontecer. Já vai ter encontrado outra mulher. Mas se eu não estivesse indo embora, talvez pudesse ter sido A garota.

Ele tem que conhecê-la um dia, certo?

Compro minha passagem. Capote pega minha mala e compro edições do *New York Times* e do *Post*. Não vou mais fazer isso por um tempo, penso amargamente. Encontramos as escadas que levam ao meu portão. Enquanto descemos, sou inundada por um vazio cego. É isso, penso. Fim.

— Todos a bordo — grita o condutor.

Coloco um dos pés no degrau e paro. Se ao menos Capote corresse para mim, agarrasse meu braço e me puxasse de volta. Se ao menos acontecesse um novo blecaute. Se ao menos pudesse acontecer alguma coisa — qualquer coisa — que me impedisse de entrar naquele trem.

Olho para trás e vejo Capote na multidão.

Ele acena.

* * *

A viagem até Hartford leva três horas. Durante a primeira, sinto-me miserável. Não acredito que fui embora de Nova York. Não acredito que deixei Capote. E se nunca mais o vir?

Não está certo. Não era assim que as coisas *deviam* ser. Capote deveria ter declarado seu amor eterno.

"Devia", lembro-me subitamente de dizer a Samantha e Miranda, "é a pior palavra da nossa língua. As pessoas sempre acham que as coisas 'deviam' ser de determinada maneira, e quando não são, ficam decepcionadas."

"O que aconteceu com você?", perguntou Samantha. "Fez sexo e agora sabe de tudo?"

"Não apenas fiz sexo, eu tive um orgasmo", contei com orgulho.

"Ah, querida, bem-vinda ao clube", exclamou Samantha. E depois ela se virou para Miranda: "Não se preocupe. Um dia vai ter um também."

"Como sabe se já não tive?", gritou Miranda.

Fecho os olhos e encosto a cabeça no banco. Talvez esteja tudo bem em relação a Capote. Só porque uma coisa não dura para sempre não quer dizer que não significou nada enquanto durou. Não significa que não tenha sido importante.

E o que pode ser mais importante que seu primeiro? Ei, podia ter sido bem pior.

E, subitamente, sinto-me livre.

Folheio os jornais e abro o *New York Post*. E é quando vejo meu nome.

Franzo o cenho. Não pode ser. Por que meu nome está na *Page Six*? Então leio a manchete da reportagem: "Desastrosa".

Largo o jornal como se ele tivesse me dado uma mordida.

\* \* \*

Quando o trem para em New Haven para uma pausa de vinte minutos, saio correndo de meu assento e vou até a cabine telefônica mais próxima. Encontro Samantha em seu escritório e, tremendo e gaguejando, consigo perguntar se ela vira o *Post*.

— Sim, Carrie, vi, sim. E achei incrível.

— O quê? — grito.

— Fique calma. Não pode levar essas coisas tão a sério. Não existe publicidade ruim.

— Disseram que minha peça foi a pior coisa que já viram desde o concurso de Natal dos antigos colégios.

— Quem liga? — fala ela, manhosa. — Devem estar com inveja. Ganhou uma notinha sobre sua primeira peça em Nova York. Não está animada?

— Estou *horrorizada*.

— Que pena. Porque Cholly Hammond ligou. Está tentando falar com você há dias. Quer que ligue para ele imediatamente.

— Por quê?

— Ah, passarinho — suspira Samantha. — Como vou saber? Mas ele disse que era importante. Preciso ir. Harry Mills está na minha sala... — E então ela desliga.

Fico olhando o telefone. Cholly Hammond? O que ele poderia querer?

Separo mais moedas. Normalmente, o custo de uma chamada de longa distância de um telefone público seria um problema, mas estou meio rica agora. Seguindo o exemplo de Samantha, vendi minha bolsa Chanel novinha e nunca usada para o gentil dono do brechó por 250 dólares. Sabia que o dinheiro não chegava nem perto de seu verdadeiro valor, mas não precisaria daquela bolsa na Brown. E, além disso, fiquei meio feliz em me livrar dela.

Peso.

Coloco várias moedas no telefone. A ligação é atendida por alguém jovem e animado.

— Cholly está? — pergunto, dizendo meu nome em seguida. Cholly logo atende.

— Pequena! — exclama, como se eu fosse sua velha amiga sumida.

— Cholly! — respondo.

— Li sobre você no *Post* e achei muito interessante — entusiasma-se ele. — Até porque tenho pensado em você há semanas. Desde que sentei a seu lado no vernissage de Barry Jessen.

Meu coração murcha. Lá vamos nós mais uma vez. Outro velho pervertido querendo me levar para a cama.

— Não paro de pensar em suas conversas divertidas.

— É mesmo? — pergunto, tentando me lembrar do que poderia ter dito de tão engraçado.

— E considerando que estou sempre em busca de algo novo, pensei: não seria interessante tentar conquistar jovens leitores para a *New Review*? E quem melhor para conquistá-los do que uma jovem também? Numa espécie de coluna, pra ser mais específico. Nova York vista pelos olhos de uma ingênua.

— Não sei se me sairia bem. Considerando o fracasso da minha peça.

— Santa mãe do céu — exclama ele. — Mas essa é a questão. Se *tivesse* sido um sucesso estrondoso, não estaria ligando para você. Porque toda a ideia por trás dessa iniciativa é que Carrie Bradshaw nunca vence.

— Como? — assusto-me.

— Carrie nunca vence. Essa é a graça da história, não vê? É o que a faz continuar tentando.

— Mas e no amor? Ela vence no amor?

— Principalmente não no amor.

Hesito.

— Isso parece uma maldição, Cholly.

Ele ri alto e demoradamente.

— Sabe o que dizem: azar de uns, sorte dos outros. Então, o que me diz? Podemos nos encontrar em meu escritório às três, esta tarde?

— Em Nova York?

— Onde mais? — pergunta.

*Uhuuu*, penso, balançando-me na primeira classe do trem de volta à cidade. Os assentos são enormes e cobertos de veludo vermelho e há um guardanapo de papel em cada braço. Tem até um compartimento especial para guardar a mala. É bem melhor que a classe econômica.

"Sempre viaje de primeira classe." Escuto a voz de Samantha na minha cabeça.

"Mas só se você mesma puder pagar por ela", rebate Miranda.

Bem, eu mesma estou pagando. Por meio de Bernard e de seu adorável presente. Mas e daí? Eu mereço.

Talvez não seja um fracasso, afinal.

Não sei quanto tempo ficarei em Nova York, ou o que meu pai vai fazer quando eu contar a ele. Mas vou me preocupar com isso depois. No momento, tudo o que me importa é uma única coisa: estou voltando.

Ando sacudindo pelo corredor, procurando por um lugar para ocupar e alguém decente ao lado de quem me sentar. Passo por um homem calvo e por uma mulher tricotando. Então vejo uma garota bonita com uma cabeleira cheia, lendo uma cópia da revista *Brides*.

*Brides*. Ela só pode estar brincando. Sento-me ao lado dela.

— Ah, olá — cumprimenta, ansiosa, reposicionando sua bolsa

Eu sorrio. É tão gentil quanto imaginei, considerando aquele cabelo maravilhoso.

— Que bom que foi você a sentar ao meu lado — cochicha ela, olhando em volta. — Da última vez que peguei o trem para Nova York, foi um homem assustador. Ele inclusive tentou colocar a mão na minha perna. Acredita nisso? Tive que mudar a posição da poltrona três vezes.

— Isso é terrível — opino.

— Eu sei. — Ela assente de olhos arregalados.

Sorrio mais uma vez.

— Vai se casar? — pergunto, indicando a revista.

Ela fica vermelha.

— Não exatamente. Quero dizer, ainda não. Mas espero ficar noiva em alguns anos. Meu namorado trabalha em Nova York. Em Wall Street. — Ela inclina a cabeça elegantemente. — Meu nome é Charlotte, a propósito.

— Carrie — digo, estendendo a mão.

— E você? Tem namorado?

Explodo em gargalhadas.

— O que foi tão engraçado? — pergunta, confusa. — Dizem que Paris é romântica, mas acho que Nova York também é. E os homens...

Rio ainda mais.

— Bem, francamente — diz ela, afetada —, se vai rir durante todo o trajeto até Nova York... Não vejo o que é tão engraçado sobre ir para Nova York atrás de amor.

Agora uivo de rir.

— Então? — exige.

Seco minhas lágrimas. Recosto-me na poltrona e cruzo os braços.

— Quer mesmo saber alguma coisa sobre amor em Nova York?

— Sim, quero. — Seu tom de voz é curioso e um pouco cauteloso.

O trem apita enquanto me inclino para a frente.

— Meu bem — começo, sorrindo —, tenho uma história e tanto para *você*.

Este livro foi composto na tipologia Sabon LT Std,
em corpo 10,5/15, impresso em papel off-white 80g/m²,
no Sistema Cameron da Divisão Gráfica
da Distribuidora Record.